向你而生

下册

南野琳儿
—著—

青岛出版社
QINGDAO PUBLISHING HOUSE

第十二章
“人设”崩塌

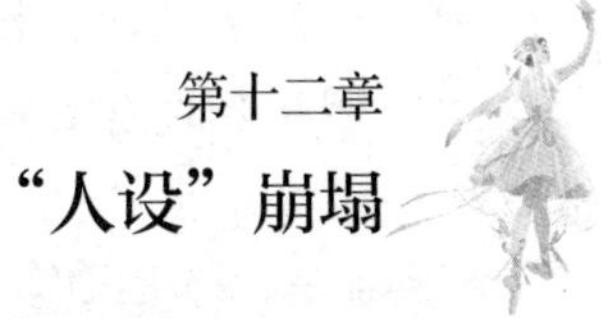

【1】

柯昱把谢妍姗气跑了，还被狠狠踹了一脚。

若不是想起图书馆是个神圣的公共场合，柯昱怀疑她可能会抄起他的电脑在他身上砸个稀巴烂，然后夺过他存着她的照片、她的微博段子、她各种各样秘密资料的硬盘，一把火烧成灰。

柯昱回到寝室，冲了个澡，在卫生间镜子前揭下耳朵上的创可贴，看了看谢妍姗留下的杰作。

印子不深，痕迹很快就要退掉了。

他赤着上身，脖子上挂着一块毛巾，牛仔裤没扣扣子。

镜子中，男生五官立体英俊，眼角有一颗很浅的泪痣，湿漉漉的头发凌乱地垂落在额前，略微遮住眼睛，发梢还滴着水。

他抬手，食指和拇指捏住耳垂，慢慢向上轻抚牙印。

她的牙齿真小，还很整齐。

柯昱的眸色愈加暗沉。他指尖下移，手握成拳，拇指指腹缓缓滑过嘴唇，动作带着些难以言喻的痞气。

沉思半晌，他双手扶着洗手台，低头轻笑。

“谢妍姗，你给我等着。”

在书桌前坐下，柯昱想起谢妍姗今天以感谢为幌子，别扭地问他为什么高学姐生日那天主动送季筱晴回家，心情突然变得无比畅快。

柯昱当然不是什么特别好心的人，平日里需要忙的正经事情太多，空闲状态的他便是个十足的节能主义者，别人的事能不管就不管。

对他而言，绅士风度这种东西，一看报酬，二看对象。

他对季筱晴的友善，源自几个星期前一场少年钟情的事故。

那天柯昱正在房间里编程，陆禾突然踩着小碎步蹦跶过来，在他旁边扭来扭去，像棵海草般随风飘动。

“哥，哥，我有件小心事，不知道要不要告诉你。”

柯昱回答得很干脆：“不要。”

“哥，我爱上晴姐了。”

柯昱置若罔闻。

“季筱晴，我们专业年级第一。”怕他没印象，陆禾补充道，“谢妍姗的好闺密，‘冰美人’经常千里迢迢地跑去工程学院找她。”

柯昱这才抬眼看了他一眼。

陆禾倏地面红耳赤，抓起围裙下摆捂住脸。

“哥，我觉得我和晴姐之间不是男女平等的爱，而是低等生物对高等生物的崇拜。”

柯昱走进厨房，从冰箱里拿出一罐饮料，屈起食指打开，边喝边往回走，坐回原处。

陆禾全程跟着他，激情诉说纯情少男的暗恋史：“我这学期和晴姐一起上机器学习相关的课，作业最后一题我们学习小组的人都没思路，就去图书馆三楼找她。

“期中考试前那会儿，助教给了几套去年的真题，但都没有答案，好几道题难得丧心病狂，只有晴姐做完了。你知道她有多好吗？她向我借相机，拍了答案上传到网上供大家参考。

“我默默注视着晴姐拍答案，时间仿佛凝固了，在我对面的，是晴姐、圆珠笔，以及——题的答案！”

陆禾眼眶含泪，四十五度向上望向天花板，摊开双手，手指因激动而颤抖。

“你们都用单反相机拍什么？拍人？拍景？晴姐用我的单反相机拍下了所有题的答案，她拍的是智慧！她造福的是芸芸众生！”

柯昱喝完饮料，站起身，将饮料罐摆在椅子上：“你把它当成我。”

陆禾转头看他，呆滞地眨了眨眼。

柯昱指指饮料罐：“接着说，对着它继续说。”

扔下这句话，他抱着电脑走进房间，关上门。

数秒后，陆禾委屈地踩了一脚地板：“哥！你好过分！”

然而柯昱向来是言语上的狠人，行动上的好人。

高学姐的生日派对上，见季筱晴有提前离开的意思，陆禾急忙扯了扯柯昱的衣服下摆：“哥，哥，我想送晴姐回家。”

柯昱冷漠地斜睨他：“你去和她说啊。”

陆禾面红耳赤，冲季筱晴所在的方向偷瞄了好几眼，小声道：“我……我不敢。”

一日室友百日恩，冲着陆禾为自己做饭洗衣那么久，柯昱还是出面为他制造了一次机会。

结果陆禾一路上都在进行学术提问，问完傅里叶变换后问贝叶斯公式，硬生生地把并肩闲聊改为在线答疑。问到最后，季筱晴都没了耐心，提前与他们分开，建议他自己去看书。

回宿舍后，陆禾开始抽风，在客厅里放情歌，跟着鬼哭狼嚎。

他一会儿唱：“就是开不了口让她知道，就是那么简单几句，我办不到。”一会儿又唱：“你算什么男人，算什么男人，眼睁睁看她走却不闻不问。”

直到柯昱进房间睡觉，陆禾还在外面折腾。

柯昱被吵得辗转反侧。

就在他好不容易即将坠入梦乡之际，陆禾闯入房间，猛虎下山般扑到他身上："哥！哥！晴姐是在暗示我向她借书吧？"

陆禾抱住柯昱的胳膊来回晃："有借，就有还，还了，我还能再借啊！"

他双眼放光，声音因自我感动而带上隐隐的哭腔："借完线性代数，就借概率论，这一来二去，美好的感情就在定理与例题中滋长了啊！"

柯昱忍无可忍，掀开被子，一脚将陆禾踹下床。

"刷题不好玩吗？你学人家谈什么恋爱！"

【2】

谢妍姗在实验室圈完猫后已是傍晚。离开教学楼，踏进工程学院广场，她误入了最右侧的"求数据三角区"。

不同于人工智能实验室会为项目研究组配备数据标记组，大部分AI机器学习相关的个人作业都需要自行搜集数据。

修这些课的学生或是在网上发布调查问卷，或是在学校里设立摊位，实时采集数据。

谢妍姗放眼望去，形形色色的摊位上用立牌写着项目介绍和请求标语。

"项目介绍：扫一扫脸，AI自动判断用户的理想型。"

"调查内容：你觉得男生的哪个部位最性感？喜欢的偶像去举铁，你是摇旗呐喊还是怒而脱粉（脱离粉丝组织）？"

作为回报，摊主准备了各式各样的小礼物，譬如糖果和贴纸。

谢妍姗急着吃完饭去图书馆做"101"的项目，不愿久留，疾走几步后惊奇地发现，居然还有学生带着自己的猫，路人交一份问卷就给摸一摸。

谢妍姗暗叹，世风日下，"铲屎官"连自家主子都拿来利用，可见工程学院的人课业压力真的很大。幸好她最近在实验室里圈猫圈多了，才能抵挡住如此诱惑。

柯昱在人工智能实验室的数据标注指导课上同他们说过，如果说AI是辆高速飞驰的跑车，硬件计算力是引擎，那么数据就是车的燃料。

“比如说，研究自动驾驶需要大量路牌、路标、路名的数据标注，有时候我们在网站输入验证码时，会发现网站要求我们做简单的图形识别，其实就是在顺便帮忙做数据标注。”

谢妍姗恍然，只要人人都献出一份力量，世界将充满了不得的数据集。

“再比如说，很多免费的软件提供了一些功能，实际是为了收集数据。媒体平台、购物网站的AI通过历史记录学习用户习惯，随后进行广告推送，投其所好。”

谢妍姗皱眉，难怪每次随便买个东西，旁边都会出来一堆“你可能喜欢”。

不过虽说数据很重要，但相比整日在实验室里圈猫“提供燃料”，谢妍姗还是更想参与设计跑车。

另一方面，“101”进入了面向对象编程的阶段，谢妍姗最新编程作业从先前为音乐会选择表演项目、更新地图、模拟玩家行为等功能性单一的应用，进阶为玩法比较复杂的游戏。

游戏为战棋类，课程提供了图像素材，功能则需要自己完成，加上后期测试，工作量极大，连续数天谢妍姗几乎住在了图书馆。

工程学院的学生经常以学习小组的形式一起自习，谢妍姗在课上不和任何人说话，没交新朋友，独自窝在地下一层被书架围起来的那块隐蔽角落。

她遇到问题上网搜，各种方法来回尝试，实在卡壳太久，就在助教的答疑时间提问，可答疑也不是随时都有，经常一天都没什么进度。

就这样持续“打单机”，项目做了一半时，谢妍姗惊恐地发现课上许多人都已经完成了作业，不断进行改进，写2.0版本，再写3.0版本。许多同学额外新增了作业要求中并没有的游戏存档和读档功能，在课间互相交流展示，看得她头皮发麻。

梁萤在旁嘀咕："他们多写这些干吗呀？成绩又不会加分。"

谢妍姗道："因为人家是来学东西的，不是来混学分的。"

梁萤张了张嘴，意外地没接着与她呛声。

谢妍姗被周围环境激发了干劲，速度不如别人，那就用时间来补。

好几次自习时，她被重复弹出的错误信息烦得想捶桌子踹凳子，忽然感到背后有阵冷风吹过，回过头，看见了似乎是碰巧路过的柯昱。

他依旧单肩背着书包，双手插在口袋里，弯下腰，脑袋停在她肩膀上方。

注意到他正在看自己的代码，谢妍姗脸上一热，条件反射地用手捂住屏幕。

"我已经发现你哪段有问题了。"柯昱侧头看她，笑得很坏，"求求我，我就告诉你。"

谢妍姗太阳穴一跳，手脚并用地将他推远："我不需要！走开！"

柯昱每次都不会逗留太久，将"碰巧路过"贯彻到底，但对谢妍姗来说这无异于突然袭击，于是只要身后稍有风吹草动，她便会心跳加快，进入备战模式，生怕被他看到自己的丑态。

比如说现在，早起后连续工作了一个上午，她意识模糊，单手托腮，边打哈欠边挠头，食指在空中随着思绪乱比画，蓦地听见不远处的脚步声，立刻端正坐姿，挺胸收腹。

果然，耳边传来了熟悉的令人手痒的刻薄语调："哟，开始写附加功能了，谢大小姐速度挺快啊。"

谢妍姗拿起桌上的水杯，缓慢地喝了一口水。

她刚解决了一个大问题，此刻底气十足，甚至十分想展示。

突然能够理解为什么班上男生每次做出点东西总按捺不住在群里吹牛了。

柯昱问："游戏都测试完了？"

谢妍姗将杯子放回原处，优雅地将一缕头发撩到耳后。

“给我玩玩。”

见他掌心欲盖上她的鼠标，谢妍姗立刻收回手，嫌弃地连人带椅子往旁边挪了很远。

柯昱冷冷地瞥她，下颌线微动，似乎磨了磨牙。

他点击了几下她游戏画面上的棋盘格，然后发出了一声轻蔑的“啧”。

谢妍姗装作不在意地斜眼看向屏幕，身子一震。

程序出错了。

柯昱退出后重新运行，又点了几个边缘的格子。

程序又出错了。

谢妍姗面无表情，额头却开始流汗。

柯昱再次退出游戏，运行，操作……

这回，电脑死机了。

谢妍姗搭在桌上的手指开始抽筋。

不可能！和我的游戏没关系！

柯昱慢慢转过头，面向她，十分用力地叹了口气：“唉。”

谢妍姗郁闷得眼冒金星，飞速地将椅子拖回原地，一把夺过鼠标。

怎么回事？自己玩的时候无比顺畅，柯昱一玩就频繁跳出错误信息！

柯昱直起身，气定神闲地说：“谢大小姐，测试的时候呢，你得拿出平时找我碴的精神来，考虑各种边界和极限的情况。”

谢妍姗瞪他：“平时都是你在找我的碴吧？”

柯昱摊手：“你看，我只是打个比方，你又开始较劲了吧？”

谢妍姗深吸口气，正打算接着说，四周忽然浩浩荡荡地冲上来一群男生，在她座位边围成一圈。

谢妍姗从没见过这样的大阵仗，站在中心位看去，工程学院的男生们简直是从一个模子里刻出来的，着装的区别大概仅限于条纹T恤的条纹粗细不一和格子衬衫的格子颜色不同了。

他们估计是狂奔而来，面色通红，喘着粗气，为首的男生差点在柯昱面前当众跪下抱住他的大腿：“柯神，你怎么从三楼跑到地下室了？我们的测验出现好多问题，找你半天！”

另一人跟着上前道：“刚才和合作的企业开电话会议，公司那边问的好多细节我们都不太清楚，就等着你呢！”

“柯神！你再不来我们都要哭了！”

“柯神！”

请愿声连绵不绝，甚是动人，令人想起霸道总裁言情剧里男主角进公司边走路边处理事务，生死只差五秒钟的场景。

谢妍姗斜眼看过去，上下打量柯昱。

大哥，你这么能耐，咋还需要去餐厅端盘子、上贵妇家修水管呢？

那些男生说完话才注意到柯昱边上的谢妍姗，而她此刻盯着柯昱内心疯狂吐槽的目光则被不知情的群众解读为——含情脉脉。

众人集体一个激灵，原来如此。

“难怪你总偷偷躲起来打电话啊。”为首的男生暧昧地冲柯昱吹口哨，“我们就猜你是恋爱了。”

谢妍姗怔住，“躲起来打电话”这几个字传入耳中，像是有细针一下接着一下地戳向她的胸口，毫无防备的她被扎得又酸又麻。

柯昱飞快地看了她一眼，视线转向说话的男生，声音没什么起伏地道：“别胡说。”

这反应在围观群众眼里信息量极大。

谢妍姗所在的标注小组原先的负责人并不是柯昱，但他主动提出了换人的要求，个中缘由不详。如今近距离观察到这两人的互动实在有戏，不经意间的细小动作都火花十足。

“我走了。”

柯昱冲谢妍姗打了个招呼，跟随众人离开。

谢妍姗连一个眼神都没给他。

她淡定地敲击键盘，过了半晌，蓦地扭头，用书遮挡着脸，偷偷望向他离开的方向，再转回来，看向身边空荡荡的座位。

两个小时后，谢妍姗拿出手机给柯昱发消息：“我把漏洞都改完了，你有本事就再来挑战。”

柯昱没有回复。

她合上电脑，趴在桌上，侧头盯着书架那边看了一会儿，冷不防地想起那句“我们就猜你是恋爱了”。

他和谁恋爱？

那个总给他发可爱表情包的“比心萌妹”？

那个跟他打电话时能让他露出温柔表情的女生？

谢妍姗越想思绪越乱，索性将到目前为止猜到的所有信息整理了一番：

那个女孩叫他“阿晟”，给他推荐自己喜欢的歌。

他送她礼物，在电话里对她说“你只管好好念书，剩下的都由我来解决”。

他经常给她发信息，甚至和自己在一起的时候也不忘回复她。

谢妍姗瞥向毫无动静的手机，心里蹿上一股火，于是将手机翻了面，屏幕朝下盖在桌上。

不回拉倒！

她换了个方向接着趴，忽地抬手捶了一下桌板，边上的电脑跟着一震。

她好后悔——为什么要发短信给他？！

谢妍姗提交了“101”新项目的最终版，离开图书馆时已是傍晚。

工程学院群楼前的广场处，正在举办人工智能实验室科研项目阶段性展示。

展区上空，拉着横幅的无人机，不间断地飞成各种阵型。

展区四周，大草坪被分割成数个赛场，上演着火热的机甲对战。

核心参展区挂着各式各样的巨幅标题，依照应用领域进行归类。谢妍姗跟随智能机器人的指引，从最外围往里逛。

首先映入谢妍姗眼帘的是医疗健康区。

“用大脑控制AI机械臂。”

展台电脑播放着成功实例的视频：让因病而截肢的残疾人士拥有可灵活操控的“手臂”。

“AI减肥，为过胖者植入脑芯片。”

芯片植入大脑伏隔核区域，追踪大脑活动，将贪吃的念头掐灭在摇篮里。

谢妍姗往右拐，到了人文艺术区。

“AI根据人类输入的句子创作图片。”

“AI分析小说剧情结构和‘人设’，帮助影视公司挑选适合改编成剧的小说。”

她再往前走，到了生活应用区。

“AI垃圾桶，自动进行垃圾分类。”

她又往左转，便是刑事侦查区。

“易容变装情况下的人脸识别。”

谢妍姗停住脚步。

这是柯昱的小组？

他先前确实提过，过去做的是一个企业的外包项目，开发的是数字图像还原取证技术，通常用于刑侦，“一键卸妆”软件只是其中一个测试应用，并不会公开发布。

柯昱的摊位早已被围得水泄不通，谢妍姗必须踮起脚才能努力看到近处的光景。

他站在海报展板前，一边讲解一边对技术问题进行答疑，身旁的陆禾则忙不迭地分发彩色印刷的项目资料小册，收集有意向合作的企业访客的名片。比起其他组员，他更像柯昱的助理。

听高学姐说，柯昱在人工智能实验室里是个风云人物。

外国人都用“Super smart”（超级聪明）来形容他。

“柯昱超级聪明，大家都想和超级聪明的人一起工作。”

聪明会改变人的外貌，产生一种独特的魅力，比如说踏上演讲台的季筱晴，比如说面前的柯昱。谢妍姗无法描绘这是种什么样的感觉，像是能切碎所有阻碍的尖刀，在黑暗中闪烁着耀眼的光芒。

她静静围观柯昱回答别人的提问，他个子高，总需要低头，明显的下颌线和挺拔的鼻梁都好似罩了一层金属质感的外壳，看上去有股令人难以接近的感觉，唯独眼角那颗泪痣，为整体冷淡的气质添了些许柔和。

那个刻薄的，表情戏谑的，没事就爱嘲讽、动手动脚的，阴阳怪气的柯昱，好像只有面对谢妍姗时才会出现。

前方的队伍突然一阵躁动，原来有名女生不走寻常路， 不仅插队，还打破了美妙的学术氛围，陡然在参展桌上摆了一个包装精致的点心盒。

“这是我亲手做的。”

柯昱淡淡地瞥了一眼：“拿走。”

女生面露窘迫，却依旧戳着不走，阻挡了后方来提问的人。

陆禾干笑着上前打圆场：“不好意思啊，现在是阶段性汇报展示，与项目无关的东西我们不能收。”

谁知女生竟哇地大哭出声，坐在地上赖着不走，场面瞬时如火车脱轨般陷入混乱，好端端的技术展示竟演变为追星现场。

谢妍姗忽然想起高中时期女生们为争抢他的外套在举办文艺会演的大礼堂里厮打的画面，没想到过了这么多年，这家伙“招蜂引蝶”的本事有增无减。

她麻利地从混乱中心撤了出来，刚走几步路又听到了柯昱的名字。

“他这个角度真好看！”

“看我拍的！”

谢妍姗扭头看过去，好几个女生聚在一起交换手机，瞧这着装估计又是其他学院的学生特意坐了长途校车来工程学院所在的北校一睹名人真容的。

难怪柯昱总是自我感觉好得不得了，都是被你们惯的。

“你给柯昱的信送出去了没？”

“送了，我趁他和别人说话的时候，偷偷塞在他的笔记本电脑下了。”

“这资料背后有他的联系方式吧？”

“没手机号，但有邮箱。”

“发个邮件试试。”

谢妍姗忍不住想抱着双臂冷笑着抖腿。

你们随便发，他肯定不会回。

他只给他的“比心萌妹”回信息。

没准他会回呢？

她嘴角慢慢一撇。

柯昱这种狗男人，什么事情干不出来？说不定他一边装酷，一边背地里爽到内伤。

可是，这又关我什么事？

谢妍姗看向手机，柯昱没有回信。

她嫌弃地皱眉，抬手狠狠地掐了自己的胳膊一下。

我只喜欢“泪痣先生”，不喜欢柯昱。

【3】

整场展会都很精彩，但有一个地方略显诡异。

身为核心技术负责人，季筱晴项目组的展位却由“爆炸头”主讲，谢妍姗逛了一圈都没找到好友的身影。

掐指一算，她已经很久没见到季筱晴了。自从开始沉迷于学业，她对时间的流逝便没什么感觉了。

几周前，谢妍姗收到顾齐的提醒后见过季筱晴一次，当时季筱晴将私藏的止痛片悉数交给她，保证下不为例，绝对会彻底戒掉药物依赖。

之后她再去找季筱晴，“季学霸”总用“有事忙”来推托。

如今在这种季筱晴百分百会出现的场所都见不到人，谢妍姗隐隐觉得不安。

这头风波未定，一周后又发生了一件令她始料未及的事。

在去“101”教室上课的路上，谢妍姗迎面撞见“爆炸头”，以往对方冷嘲热讽前总会有一段语气阴阳怪气的铺垫，这次她直接鼻孔朝天地对着她，气势汹汹地不走流程直接开骂——

“谢妍姗！我早就警告过你了，我们学院不好混，抄袭代码直接零分，你还真是不见棺材不掉泪！你等着被退学吧！”

谢妍姗听得一头雾水，但毕竟是见过大风大浪的人，瞬间便恢复了冷漠。

到了教室她才知道，“101”课程项目代码查重，结果显示，她上一个战棋游戏的作业涉嫌作弊，消息并未正式公开，但已在同学间飞快地流传开了。

查重用的是检测程序，除了对代码本身进行比对，还会检查内在的逻辑关系。

那位和谢妍姗代码相似的也是留学生，然而，不同于谢妍姗是文理学院跨学院修课的“外来人”背景，他本就是工程学院的学生，成绩优秀，人缘也很好。

教室里聚集了不少人，热火朝天地议论着刚出的新闻。大家穿着色彩缤纷，远看宛如一幅美妙的八卦像素图。

“他们两个的代码相同的部分在整体程序中所占的比例并不高，一般来说，不到一定比例判不了抄袭，但奇怪的是，相同的部分实在太可疑。”

占据中心位的主讲人穿着红格子衬衫，从技术层面为大家进行“案情解析”。

“游戏当中有块反复用到的计算部分，实现起来代码一般都得几百行，就算优化得特别好，估计也要个六七十行，就他们两个……”“红格子”咽了口口水，伸出食指轻轻晃了晃，“他们的程序只用了不到十行。”

不到……十行。

众人震惊地瞪圆了眼。

“能工作吗？”

“红格子”点头道：“能，程序准确率还特别高，测试基本都通过了。”

“怎么可能？！”

仿佛在烧开的热油中倒入了一盆水，惊呼声此起彼伏。

大家开始在脑内想自己写了多少行，越思考越觉得不可思议。

这事就好比你写了一整页纸才算出来的解析几何题，有人居然写了两行就解出来了！

对方还是个学文科的，曾经数学不及格到差点被退学……

结果被查出与一位大佬的答案一样……

真相只有一个啊！

“肯定是谢妍姗抄他，她之前几个编程项目成绩那么高就不正常！”

“对啊！谢妍姗抄的！”

“抄的！她根本就不会编程！”

众人义愤填膺，恨不得直接为教授结案。忽然有人从人群中撕开一道口子，一掌拍在“红格子”面前的桌板上。

“你们有证据吗？没证据就在这儿瞎说。谢妍姗编程可厉害了！我亲眼看过她在我面前敲代码！”

见来者居然是梁萤，结合一下她刚说的话，“红格子”觉得滑稽极了：“你可闭嘴吧！自己什么德行心里还没数吗？每天定时定点地找大神，全身的技能点统统加在了卖弄风骚上。你和谢妍姗就是一路货，区别是你还知道找人帮你写，她蠢到直接复制粘贴被抓包！”

梁萤被当众揭短，愤而反击：“你为什么针对我们？你搞性别歧视对不对！看不起女生对不对！”

她一卷袖子，正气凛然地道：“我现在就去举报你！”

谁知“红格子”在众人撑腰的气氛下竟没被唬住，用更高的音调吼了回去：“别整天嚷嚷着性别性别的，你能成为季筱晴那样的学霸，别人连个屁都不敢放！”

他话音未落，周围的人就热烈地鼓起了掌。

在教室门口旁观许久的谢妍姗闭了闭眼，绕过他们，找了个安静的角落坐下，打开电脑。

谁知他们却不打算放过她，“红格子”带领其他人挑衅地紧跟上前，好似暗中看不惯她已久，此刻终于抓到了把柄，要立刻拼命地往死里踩。

“你之前项目的高分也是季筱晴帮你写的吧？”

“还有上学期的数学课，一下子全满分，作弊要不要这么明显啊？”

“季筱晴对谁都摆臭脸，骄傲得不得了，看到你成绩单的那刻估计就把你定义为智障了。她没收你的钱怎么可能对你那么好？”

谢妍姗抬起头，面无表情地看着他：“如果到时候教授判定抄代码的人不是我，你们会为今天说过的话自扇巴掌吗？”

“红格子”脸色一僵，被她的气场震住，在众人面前有些下不来台，却依旧故作淡定地冷哼：“铁证如山，还死鸭子嘴硬。”

谢妍姗点头，目光冰冷：“你记住，结果出来后多加一巴掌。”

“红格子”像是被她这句话隔空狠狠地扇了一记耳光，脑袋竟瞬间变迟钝。身后有人小声提醒他谢妍姗过去的骇人传闻，他再与她对视时，顿时感觉凉意沿着背脊一路攀爬，到后来连牙齿都开始打战。

谢妍姗的表情终于有了些松动，眉毛微微往上一抬：“你废话说完了吧？麻烦滚出我的视线。”

下课后，谢妍姗去找了“101”负责上次程序作业的助教，告诉他作业都是自己独立完成的，她不仅不认识那名男生，连与同班同学交流讨论的次数都为零。

然而，她仍在助教的眼里看到了不信任，他没给她更多解释的机会便下了逐客令：“这件事我已经报告给教授了，等他公布最后对你的处罚结果。”

“处罚？”谢妍姗轻笑道，“我没有任何途径碰到他的代码，请问靠什么抄？意念吗？”

“你确定你没有途径接触他的代码？”助教面露嘲色，“总之，我们会彻查的。”

“麻烦你修正一下刚才回答我的话。”谢妍姗侧了侧头道，“过早下定论，到时候如果确定是误判，教授会公布对你的处罚结果吗？”

助教咬牙，半晌后不太情愿地开口：“等教授公布最后的结果。”

多辩无益，教授去外地开会，下周才会回来，她身正不怕影子斜。

尽管如此，自己那么久以来的努力被那些人全盘否定，她依然感觉胸口闷闷的。

以前为了不受伤，她故意什么都不去做，时间久了坚信自己早就被打磨成了铜墙铁壁，可如今有了付出，心境便恢复成了过去的模样。

走出工程学院，谢妍姗忽然收到了高学姐发来的微信消息。高学姐说她今天早上约了季筱晴来实验室开会，已经过了四个小时，季筱晴还没出现，电话也打不通。

“筱晴最近非常奇怪，我现在有事走不开，你能帮忙去宿舍看看她的情况吗？”

【4】

谢妍姗从高学姐那儿得知，季筱晴的健康状况始终在走下坡路，一度嗓子疼得说不出话，被“爆炸头”抢走了向合作企业做项目汇报的机会。

祸不单行，季筱晴提出的架构过于复杂，组员们无法按时完成，最终她的设想被全部推翻，项目组决定改用“爆炸头”的版本。

季筱晴为此向负责相关实验室的教授抗议，所有组员却在此刻联合表态，拒绝继续与她合作。

谢妍姗踏入季筱晴的宿舍，被她靠在窗台边的身影吓了一跳。

季筱晴本就睡在客厅，用一条帘子划出一块自己的区域，如今这块区域已经乱得不像人能住的地方——书、草稿纸、衣物散落满地。她抱着膝盖缩在墙角，面颊深深地凹了进去，眼圈周围全是黑的。

谢妍姗在她面前蹲下，过了很久，季筱晴才愿意开口：“我做每一个项目都会全力以赴，可对其他人来说，这也许就是个任务，完成了就行。”

她的视线落在不远处地毯上的一道污渍上。

“明明可以有更好的做法，明明可以加以改进，可是他们不愿意按我说的去做，我直接改掉他们的代码，他们又指责我不尊重他们的成果。

“所以我一意孤行，我不在乎他们背后怎么骂我，我只希望我做出来的东西是最好的。”

谢妍姗叹了口气，季筱晴把身体整垮了，换来的却是全组的抛弃。

“筱晴，团队项目，你一个人不可能做完所有事。”

谢妍姗试着劝导她：“每个人都不一样，你无法拿自己的标准和热情去说服别人。大家也有别的生活，不是所有人都像你一样，愿意整天待在实验室里。

“而且，你依赖药物……”

季筱晴突然抬起头粗暴地打断谢妍姗，歇斯底里地尖叫：

“你没有做过项目！你根本就不会懂！

“没有时间给我挥霍了，我人生中的每一刻都不能出任何的差错！”

她愤怒地瞪着谢妍姗。

“我和你们这种不学习也无所谓的大小姐不一样！”

谢妍姗全身的血液都冷了。

她高高筑起的心墙裂开了一条缝，那些刻薄的嘲讽和谩骂迫不及待地钻了进来——

“季筱晴对谁都摆臭脸，骄傲得不得了，看到你成绩单的那刻估计就把你定义为智障了。她没收你的钱怎么可能对你那么好？”

谢妍姗张了张嘴，站起身，后退一步。

她背脊挺得笔直，声音却在发颤：“我在你眼里一直是个不学无术的大小姐？”

“对。”

季筱晴回答得斩钉截铁，不假思索到残忍。

谢妍姗听见她接着说：“因为你是个笨蛋我才和你做朋友。你什么都比我强，比我漂亮、比我有钱，可你比我笨、比我成绩差，看着你被他们奚落嘲讽，我其实开心得不得了。”

季筱晴的眼眸中有些疯狂的光泽在滚动。

“我经常问你在哪儿，是想知道顾齐是不是和你在一起。我知道他对我好纯粹是因为你，可那又怎么样呢！鲜花旁边的绿叶，也比其他绿叶引人注目得多啊！”

谢妍姗全程默然地立在原地，一下都没有动。

过了好久，她忽然笑了。

“筱晴，有些话说来你可能不信，其实我高一的时候，就已经学过很多大学数学的内容了。我为什么会一直不及格呢？”

谢妍姗缓慢地闭了一下眼：“因为我考试交白卷。”

季筱晴身子震了震。

谢妍姗再次在她面前蹲了下来。

“高一的时候，出过一件事，让我觉得自己不配好好活着。

“后来我尝试过重新站起来，可每次还没走稳就被踹倒在地，被踩着脑袋踾进尘土里。“我爸骂我是个废物，骂我一辈子注定一事无成，所以我就做给他看。

“人有时候很容易被自我催眠，自暴自弃的时候会真的相信我就是个废物，我什么都做不成功的，所以我只要不去做就不会受到伤害。”

谢妍姗停顿片刻，笑意在嘴角扩大。

“我信了，周围所有的人都信了，你不信。

“是你一直在提醒我，我不是废物。

“是你带着我参加一场场志愿者活动；是你告诉我在这个时代，不跟着拼命向前跑就会被淘汰；是你让我看到了充满自信的人可以活得如此鲜活朝气，好像世界上不存在不可能；是你让我证明给所有嘲笑我的人看。”

谢妍姗脸上的笑容一点一点消失，到最后，变为涟漪散尽后的死寂水面：“对不起，原来我误会你了。”

季筱晴：“我……”

谢妍姗平静地说：“我借给你钱，你便与我有了联系，你发现了我微博的秘密，我开始经常去你的学院找你，说是为了监督你为我保密，其实，我只是想和你待在一起。

“你那么厉害，那么耀眼，我很担心，如果你把钱还清了，还会不会继续和我做朋友。”

季筱晴全身抖如筛糠，嘴唇颤着，说不出话来。

谢妍姗垂眼，让人看不清情绪。

“我现在知道答案了。”

【5】

谢妍姗觉得自己可笑至极。

“盐山爱吃糖”这个微博上，学习生活这部分记录的是季筱晴的日常学习状况，感情生活的部分是杜撰的和“泪痣先生”的互动。这两个点，在她最迷茫最灰暗的时期一度成为她的精神支柱，让她不至于彻底跌入深渊。

如今悉数破灭，碎得满地残渣。

或许上天想惩罚她这自欺欺人的恶劣行径，她的微博号也在这几天被人深度分析了。

段子里的蛛丝马迹被人用放大镜找出逐一罗列，自称她现实中同学的人开始匿名爆料：

“作为现实中认识她的人，我来讲一讲，这姐一直单身，整天脸臭得像别人欠她五百万似的，方圆百里连公狗都不敢靠近她，什么活泼开朗，什么‘泪痣先生’，告诉你们，都是假的。

“再爆一个料，日常段子里写的去实验室赶报告之类的都是她闺密的经历。她根本就不学工科，却为了维持虚拟的‘人设’拼命往工程学院跑。我也不知道她图什么，‘秃头少女’的‘人设’很时髦？

“我再给个背景介绍，P大工程学院是精英学院，毕业后硅谷科技巨头排队抢着要的那种，然后你们的‘盐山爱吃糖’念的是文理学院，国际生塞钱就能进的那种。她就是来混个文凭的，留下来工作的机会无限接近零，所以我看到她搞学霸‘人设’后，笑到方圆百里的声控灯都亮了。对了，就算文理学院那么垃圾，她还被下过退学警告。”

凑热闹的人如雨后春笋。

“以前就知道她不可能是学霸啊，留过学的都知道学霸每天忙着做作业，哪有时间在微博上写段子搞测评啊。”

“她发的那些省钱攻略都是接的营销推广，我才不信。”

“她本人不好看，见过她的人告诉我，她又丑又肥。”

短短十几个小时内，#盐山爱吃糖人设崩塌#就上了热搜。

各地铺天盖地开帖。

“还记得红遍全网的博主‘盐山爱吃糖’吗？如今‘人设’崩塌！恩爱情侣纯属自导自演！”

甚至有人建立了吐槽微博“说给盐山婊”，几小时内就有了好几百条评论。

“她之前发的那张泪痣帅哥的照片也是假的吧？”

“拿别人的照片冒充自己的男朋友，她可太不要脸了。”

“听说她还要出书，边玩弄粉丝边赚钱，我先吐为敬。”

“假的她还写得那么羞耻，我都替她尴尬！”

谢妍姗离开季筱晴的宿舍后，外面下了一场大雨，她的车在路边抛锚，自己淋雨走回家。

电脑没电了，台灯也不亮，她跪在地上检查插座，起身时脑袋撞上桌板，跌倒在地。

所有微妙的情绪在刹那间被集体点燃，她鼻间泛起酸意，眼前蓦地覆上水雾。

她一事无成，自作自受。

有什么人可以让她稍微依靠一下吗？

仿佛在响应她的心声，手机屏幕上忽然弹出柯昱的短信：“之前手机坏了，漏掉了你的消息，下次直接打我电话。”

谢妍姗坐在地板上，双手捧着手机，一个字一个字地看了好久，给他回了条信息。

不到半个小时，柯昱就按响了谢妍姗家的房门。

“找我修什么？”他看向屋内，“你家断电了？”

房间里没开大灯，漆黑一片，谢妍姗就着月光，将柯昱带到摆着电脑的餐桌前。

柯昱屈膝半蹲，用手电筒检查了一圈，随后抬头瞥了她一眼，面无表情地按下接线板的电源键。

电脑和台灯全亮了，整个客厅瞬间浮现出淡淡的暖色。

柯昱直起身，嘲讽地扯了扯嘴角：“谢大小姐，你深更半夜把我叫到家里，用的借口可越来越别致了。”他低笑，“以前好歹知道先把家里的东西弄坏。”

谢妍姗沉默着看向窗外。

“心情不好？”

谢妍姗转头对上柯昱的视线，举起桌上的啤酒一饮而尽：“你跳个舞给我看，我心情就好了。”

柯昱皱眉道：“我不会跳舞。”

谢妍姗从钱包里抽出支票本重重地拍在桌上。

柯昱重复道：“我不会跳舞。”

这句话像触到了谢妍姗的某根神经，年少时他跳舞逗她开心的画面在脑海中出现后又碎裂。

“你真的很讨厌！”谢妍姗抬手指着柯昱，眼圈发红，眼泪在眼眶里打滚，“你出现了以后，他就消失了！”

“泪痣先生”的幻象已经很久没有出现了。

再也没有人会在她最难过最低落的时候，温柔地陪伴在她身边安慰她了。

就像吹了个巨大的泡泡，往上飘，再往上飘，到最后破了，什么都没有剩下。

谢妍姗跌跌撞撞地走向柯昱，似乎有些神情恍惚。她步子不稳，滑向一边，柯昱立刻上前扶住她的肩膀。

“他没消失。”他叹了口气，轻拍她的后背，“我还在啊。”

“滚蛋！”谢妍姗像只奓毛的猫般抗拒着他的碰触。

她愤恨地捶他，一下接着一下：“你不是他！你不是他！”

柯昱垂眼盯着她的脸看了好久，忽然嘴角上扬，勾出一个玩味的笑。他俯身靠近，故意压低声线，尾音暧昧地拖长：“用不用我抱你去洗手台狠狠地吻，来让你回顾一下往昔？”

以往他用这条她在微博上写过的段子开玩笑，谢妍姗总会暴跳如雷，对他拳打脚踢，谁知她此刻竟缓缓地停止挣扎，抬起头时脸上的表情已经变得很平静。

她微眯起眼看他，然后，挑衅地抬了下下巴：“好啊，你敢吗？”

柯昱怔住。

她很反常。

几缕长发拂过谢妍姗的脸颊，散向脖颈，她的双瞳泛起盈盈水光。

他侧头轻嗤一声，再转回来。

“我有什么不敢的？”

第十三章

代码危机

【1】

柯昱向来是个行动上的狠人。

“你敢吗”这三个字，配上谢妍姗那目中无人的表情，轻易地激起了他的求胜欲。

柯昱一把将她抱进洗手间，半强迫式地将他按在洗手台上，而后压过去，俯身居高临下地看着她。

尽管在对峙中保持着一个颇为被动的姿势，谢妍姗的气势却丝毫未减。

她身材极好，没有一丝赘肉，直角肩搭配细腰，一双光洁的腿又长又直。

近距离接触，观感更是被无限放大。

“你脸红什么？”谢妍姗仰起下巴，眼睛半睁不睁地与他对视，声音又轻又软，“你为什么要脸红？”

柯昱眼皮一跳，下颌线随之绷紧，道：“你看错了。”

他双手撑着洗手台台面，垂头，唇在她的鼻梁和嘴唇处徘徊。

谢妍姗并没闪躲，目光迷离，像是在慵懒地观察他的细微表情。

柯昱脸上忽然泛起一阵混着冰凉的痒，女生纤细洁白的手毫无预兆地覆上他的脸颊，绕过他的耳后，顺着脖颈缓缓滑到胸前。

卫生间的暖光下，她的衣衫被映到半透，领口微敞，里面的一道深沟若隐若现。

柯昱喉结滚了滚，眼眸危险地眯起。

谢妍姗侧过脸，将耳朵靠向他的胸口，手指轻轻地敲了敲，笑得很甜："你的心跳也好快。"

柯昱一阵战栗。

他向来不喜被他人主动碰触，被她"轻薄"的时候，他本该后仰着与她拉开距离，可他却下意识地身体前倾，和她贴得更紧。

空气中，弥漫着她香甜的发香，以及他粗重的呼吸声。

为什么人总爱看冰山融化呢？因为带着惊心动魄的美。

理智即将被瓦解的那刻，一个念头忽然闪入柯昱的脑袋，伴随着她曾经铿锵有力的警告："如果你下次再敢随便碰我，你可能会死。"

她不正常。

果然，谢妍姗从他胸口处抬起头，双瞳不断靠近他的脸，最终变成斗鸡眼。

柯昱无语。

她发烧了。

"谢大小姐，我从现在开始计时，照顾病人一个小时一百美元，我给你打个八折。"

字正腔圆地扔下这句声明后，柯昱试图将谢妍姗扛去卧室睡觉，可她死活不乐意，嗷嗷号着自己一点也不困，还能接着写代码，听起来确实病入膏肓。几个来回后他拗不过她，只好暂时将她安置到客厅的沙发上，找了块毛毯将她裹住。

然而，"谢病患"依旧不愿老实地躺着，一脚踹开毯子坐起来，挪到柯昱旁边，伸出两根手指扯了扯他的衣角："我想看电视。"

她的嗓音因发烧而有些低哑，听上去倒是罕见地温柔。

柯昱斜眼看过去："怎么，你是在跟我撒娇吗？"

话虽这么说，他还是找了一圈拿来了遥控器，坐回她边上，打开电视机。

才看清一个画面，谢妍姗就嘴角一撇，将头摇成拨浪鼓："不要这个频道。"

柯昱换台，新频道在播爱情片，一对男女正在亲热。

柯昱想接着换台，谢病患却指向屏幕，冲他发号施令："就看这个。"

男生捏紧遥控器，瞥她一眼，磨了磨牙。

电视里"战况"激烈，两人从厨房滚到浴室，暧昧的声音在整个客厅回荡。谢妍姗家的音响效果非常棒，立体声全方位环绕，人宛如置身现场。

陆禾的短信就在这么不凑巧的时刻涌了进来：

"哥，'冰美人'家的东西修好了吗？

"哥，我帮你把床单被套都洗了一遍，枕套也换上了新的。

"哥，你今晚还回家吗？

"哥，你不回复我，现在一定很幸福。

"哥，你有带东西吗？

"哥，需要的话我现在给你送去……"

柯昱一把删掉他最后一条消息，放下手机，肩膀忽然一沉。他别过头，发现谢妍姗正靠着他，睡着了。

柯昱像被人点了穴，身体倏地僵住，定格许久才消化完目前的状况。他保持着朝向谢妍姗的半边身子不动的姿态，小心翼翼地戴上耳机，用手机观看新出的科技视频。

视频里博主正在边讲知识点边摸猫，他的猫很不爽，总想逃脱，每次试图逃跑都被抓回来。

视频内容是有关于各种反人脸识别的最新算法，博主说的什么柯昱完全没听进去，全部的感官仿佛都集中在与谢妍姗相触的那一小块地方。

"泪痣先生？"

肩膀上有了动静，柯昱偏过头，对上谢妍姗的视线：她蒙眬地眨了眨眼，开口时带着浓浓的鼻音："我又在做梦啊……"

柯昱轻嗤一声，垂眼看她："你能别给我起这么羞耻的名字吗？"

谢妍姗愣住，困惑地歪过脑袋，看上去有点呆。

这模样和她平时的样子反差极大，柯昱被激起了兴致，俯身靠近，笑得暧昧又不正经："你经常梦到我？嗯？"

他们的额头近得几乎抵到一起。

谢妍姗嘴唇微微张合，忽然将脸贴向他。

那瞬间，柯昱以为她要亲他。

谁知她掉转枪口，下一秒，柯昱的锁骨处传来剧痛，他毫无防备，倒吸一口冷气。

他被谢妍姗结实地咬了一口。谢妍姗得逞后，直起身与他分开些距离，淡定地欣赏他的表情。

柯昱不客气地将她拽回来，一手托着她的后脑勺，另一只手捏住她的下巴往上抬，低头轻声问："你怎么还上瘾了？"

谢妍姗仰头，从鼻孔里轻蔑地哼了一声。

她如同一只抓完人后依旧浑身不爽的猫，漂亮冷艳的脸上，表情像在无声地骂他："你这个垃圾。"

柯昱挑了挑眉："你还哼？"

谢妍姗张嘴，对准他的手指又是一口。

这又是哪一出？有发酒疯的，还有人做梦发疯的？

"行，我给你咬。"柯昱轻叹了口气，决定不与病患计较，卷起袖子伸向她，戏谑地拖长语调，"咬一下一百，账我都帮你记着了。"

话音未落，谢妍姗两只手扯过他的手臂，捧住，低头施暴，好似在啃一只油炸鸡腿。

柯昱忍着疼，愣是没吭声。

可就算这样，谢妍姗也不尽兴，索性将他扑倒，啃完"鸡腿"啃

“鸭脖”。

她的长发散落在柯昱的胸口，香气愈加浓郁。他举起双手做了个投降的姿势，以防自己在如此不雅的情况下做出什么出格的举动。

谢妍姗的鼻尖蹭过他的下巴，她感觉到男生的肌肉有力地收紧，硬成“铁板”。

他的气息都乱了。

她不知碰到了他哪里，他闷哼，按住她施暴的手腕，道：“这里不行。”

谢妍姗蓦地从他身上坐起来，意兴阑珊地挪到一旁。

柯昱跟着坐起来，整理自己被她弄乱的上衣：“闹够了？”

谢妍姗扭头看着他：“我讨厌你。”

柯昱眉峰上挑。

谢妍姗问：“那天我去找你，你为什么没有来？”

她的声音闷闷的，不知到底是醒着，还是依旧意识模糊。

柯昱不解：“哪天？”

“我等了你整整一天。”谢妍姗的眼眶毫无预兆地红了，“你知道我鼓起多大勇气才敢和你说话吗？”

柯昱疑惑地眯起眼，每次收到她的“传唤”，他只有早到，从未迟到，随后才明白，她在说过去的事。

“我回去后就被我爸骂了，他越骂越激动，激动到自己都开始掉眼泪。他撕掉了我的考卷，撕掉了我的教科书，撕掉了我得过的所有奖状。”

她双眸蒙上一层水雾，全身烧得滚烫，抑制不住地颤抖。

“他指着我的鼻子说我这辈子就这样了！”

谢妍姗看向天花板，将在眼眶里打转的泪水生生地憋了回去。

“我到底经历了什么，他不想听，他不在乎。

“我成绩越来越差，他只当我矫情叛逆。我看到数字就开始恶心，感觉自己就是个笨蛋，就是个什么都做不好的蠢货！

“没有人愿意理我，只有你。你肯听我说话，你让我靠着哭，你在我手上写了电话号码，告诉我无论有什么事，都可以联系你。”

柯昱神色微变，握着手机的手指不自然地摩挲着外壳。

“可是我后来去你说的秘密基地找你，你不见了，我打你电话，是个空号。”

谢妍姗的头越垂越低，她双手抓住衣服下摆，因太过用力，抓出了深深的纹路。

“号码是假的吗？承诺是假的吗？

“明明说好的，说好了会再见面的……

“为什么你们一个一个都言而无信……”

柯昱张开双臂将她揽入怀中，安静地听着她没有章法的控诉。

他手机里还在播刚才那个科技视频，博主安抚着闹情绪的猫主子：“乖，一会儿给你吃小鱼干。”

柯昱笨拙地轻抚她顺滑的长发，动了动嘴，说不出话来。过了很久，他极其生硬地让字从嘴里蹦出：“乖。”

这个词像有奇效，谢妍姗蓦地安静下来。

柯昱没料到她会如此听话，在原地定格了几秒后才试探着发问：“你告诉我，高一的时候发生了什么事，你为什么会想轻生？”

他停顿片刻，声音干涩：“不知道为什么，我不记得了，对不起。”

他等了很久，没有等到回应。

谢妍姗这次真的睡着了。

柯昱看向手机，屏幕上依旧在播技术视频。

博主一把将看上去无比嫌弃他的猫抱进怀里，温柔地摸着它的脑袋。

猫停止了挣扎，换了个舒适的姿势，闭上眼睡觉。

博主低头亲了亲猫，猫将脑袋往他怀里埋得更深了些。

柯昱目光微动，看向靠在自己胸口的谢妍姗。

难哄的“冰美人”面色绯红、嘴唇湿润，一根头发垂在嘴边，被她无意间含住。

她大概以为自己还在做梦，紧紧地抱着他的腰。

陆禾的短信又弹了出来，是和项目相关的事。

柯昱想趁这机会把谢妍姗抱到床上，安置好就离开，可手搭在她背上时却不想动了。他也没有乱碰，面对一个病人，他不能太过火。

他垂眼注视她片刻，屈起食指在她脑门上弹了一下，轻声道：“你这样我可得加钱。”

谢妍姗醒来时，感觉自己仿佛做了一场漫长的梦。

负面情绪宣泄了大半，胸口不再如同堵着块石头，压抑得连呼吸都困难。

她缓慢地伸了个懒腰，用心体会全身每一块肌肉彻底舒展的过程，准备用一个灿烂的微笑开始崭新的生活，嘴角上扬，再上扬，即将咧到耳边，然后……视野中出现了柯昱的脸。

“喂，你生病时候的情绪总这么反复无常吗？”

谢妍姗一个激灵，差点从沙发上滚到地上。

这家伙怎么在我家？

柯昱站在她旁边，双手插兜，垂眼看着她，神情冷漠中透着嘲讽。

谢妍姗缩了缩脖子，昨天发生的事，她毫无印象。

被指控代码抄袭、和唯一的朋友季筱晴决裂、惨遭网友攻击、家里停电，然后她喝了点酒，感觉很晕，正好收到柯昱的短信，顺手叫他过来修。接下来呢？

柯昱戏谑地勾起嘴角：“正常女孩生病的时候不都是柔柔弱弱的吗？你呢，睡着了还发疯。”

谢妍姗瞪圆了眼：“你……你偷看我睡觉？”

柯昱轻嗤，瞥向旁边：“那也得有的看。”

谢妍姗胸口一窒。

“你紧抱着我不让我走，我只好留下来，整个晚上都没睡好觉。”柯昱故意将语调拖长，透出一种深深的嫌弃，“照顾你，我身心俱疲。”

话音未落，谢妍姗甩手冲他脑袋啪地抽了一巴掌。

柯昱愣住了。

谢妍姗抬眼道：“疼吗？”

柯昱用了好几秒才回过神，舌尖顶了下腮帮，冷笑着磨牙：“你说呢？”

“那就好。”谢妍姗理直气壮地道，“不疼我打你干什么？”

柯昱收紧嘴角，敛住笑容，目不转睛地盯着她。

谢妍姗还没来得及回味自己占据上风的美好时刻，就听到他幽幽地说：“你可真是没良心，对我做了那种事，不道歉就算了，现在还暴力相待。”

霎时间，不妙的预感涌上谢妍姗的心头，像有无数只蚂蚁在爬。

“我对你……”她清了清嗓子，“我……我对你做了什么？”

柯昱挑眉，没直接回话，手指一勾拉开领口，里面齿痕分明，很引人遐想。

轰隆！

谢妍姗耳边好似蓦地劈过好几道惊天巨雷，整个头皮都炸了开来。

柯昱不动声色地理了理衣领：“需要我为你演示一下吗？”

谢妍姗唇齿打战，别过头，强忍住吐血的冲动：“我觉得不必了。”

“谢大小姐，这是本次服务的清单，劳驾核对后签字。”柯昱照例开始走流程。

谢妍姗这回没有在内心疯狂吐槽他，倒是感谢他给了自己一个台阶下，来洗刷内心的羞愧。她拿出雇主的底气，用皮夹子扇着风：“你就说多少钱吧。”

柯昱淡淡地道：“现在开始，我对你不收现金。”

谢妍姗愣住。

柯昱抬起眼，目光从她长裙的绯色腰带开始向上移，滑过她白皙的脖颈和小巧的下巴，最终看进她的眼睛里：“我说过的，我想要点别的。”

谢妍姗心跳漏了一拍，手指不自然地蜷起：“你什么意思？”

柯昱从背包里拿出个袋子，递给她：“拿着。”

是他先前送礼后又被她扔回去的那支录音笔。

“好好学习。”

谢妍姗眨眨眼：就这样？

“听说你厨艺不错，以前总给季筱晴送午饭。”柯昱的视线在窗外扫了一圈，慢悠悠地落回她身上，轻描淡写地说，“也给我做一顿。”

【2】

柯昱离开后，谢妍姗呆坐在沙发上，花了很长时间消化他说的话。

他怎么知道她总给筱晴送午饭的？

谢妍姗垂头，脚尖在地板上画了个圈。

也对，她和季筱晴关系亲近，总去她的实验室找她，工程学院里很多学生都有所耳闻。

毕竟在外人眼里，她们是个相当诡异的组合。

想起季筱晴，她忍不住鼻间泛酸，亲近之人捅破纸后说的那些血淋淋的真心话，远比陌生人的恶意中伤让她痛得多。

谢妍姗用力闭上眼，强行将注意力再转移到柯昱这边。

那家伙要她为他做饭是什么意思？

莫非看她最近在学习上无懈可击，他打算找个别的理由嘲讽她，比如说……嫌弃她的厨艺？

谢妍姗豁然开朗，哼了一声，将拖鞋甩出去，砸到墙上。

肯定是这样。

狗男人。

柯昱回宿舍洗了把脸，没补觉，直接去了人工智能实验室。

他所做的人脸识别项目的成果正应用于一家顶尖科技公司的无人超市项目中。他刚在学校进行完阶段性汇报，合作公司便发来反馈，AI模型还需要进行调整。

在柯昱的高压安排下，大清早房间里就来了不少人，有的人甚至彻夜未归，在电脑主机边上打地铺，键盘旁摆着牙刷和杯子。

P大工程学院原本亚裔留学生比例就很高，由于同时对数学和编程有严格要求，人工智能实验室里的亚裔留学生比例更高，柯昱这组的人基本都是中国学生。

柯昱当了一晚谢妍姗的抱枕，完全睡不着，此刻精神不佳，准备做几组俯卧撑作为晨练。

他刚脱下外套，露出内里的黑色背心，便被陆禾眼尖地发现亮点。

“哥，你手臂怎么青了？”

柯昱动作僵了僵，迅速恢复原样，将衣服重新穿上：“不小心磕的。”

熊熊的八卦烈火烧掉了陆禾的求生欲，他一个马步上前，抓住柯昱的胳膊将袖子往上一卷，“哎哟！哥，这是牙印吧！”

这话一出，杀伤力极大。

“什么！我看看！”

“还不止一个！”

实验室的小伙们早已为了科研大业恨不得把大脑磨成机器，这样的劲爆桃色新闻无疑是一针最好的兴奋剂。

柯昱无视他们，在自己的座位前坐下。

组员围在一起窃窃私语，不知谁说到什么可能被和谐的关键字，众人皱眉，齐齐发出一声响亮的“噫——”。

柯昱敲击键盘的手指在空中抖了抖，面不改色地拿过一罐饮料，拉开拉环，淡定地喝了几口。

某位不怕死的同学总结陈词：“这么激烈，不愧是柯神。”

柯昱停住手中的动作，扭头，缓缓地转向他。

室内温度骤降，像被他施放了暴风雪攻击。所有人屏息凝视，看向那位“不怕死同学”的眼神像在看一具死尸。

被柯大佬阴森森地紧盯，“不怕死同学”的表情逐渐变得绝望。

好在别处传来的声音转移了柯昱的注意力。

“你们不懂了吧，就像老好人爆发起来多半比正常人还恐怖一样，这‘冰山’谈恋爱，也比常人更热情、更火辣。”

陆禾双手捧着手机，声情并茂地在柯昱耳边朗读：“今天我们来学习一篇新章节，‘钢铁直男’求助手册之——女生为什么咬你？”

柯昱侧目看他，嘴角抿紧。

“也许是撒娇，也许是宣示主权，让别的女生不敢打你的主意。

“也许是依赖你，觉得无论她做得多过分，你都会宠着她。

“也许是缺乏安全感，所以要用极端的方式来表达自己对你的……”

陆禾俯身贴近柯昱，伸出食指在空中画了个心形图案，手指沿着曲线滑至柯昱的嘴唇，轻轻一点，口中幽幽吐出两个字：“爱意。”

“哈哈！救命啊！这爱情真是甜美！”

一群人笑到癫狂，恨不得原地劈叉。

啪。

柯昱捏扁了手中的易拉罐，喷涌而出的液体溅出好高一条水柱。

所有小伙表情凝固，动作定格，像被按下了暂停键。

柯昱掀起眼皮，冷冷地扫了陆禾一眼，又垂眼在键盘上一顿操作，按下回车键。

数秒后，陆禾的嘶吼声冲破屋顶，响彻天际。

“我电脑怎么重启了？我的测试跑了一天还有十分钟就有结果了！前功尽弃啊！”

他皮不起来了，脸上挂着两行宽面条般的眼泪，抱头鼠窜。

“还有我给晴姐……我写了一半的信，我看了好多言情小说才写出来的……”

柯昱长腿前伸，向后靠上椅背，周身的气压低得谁站到他面前都可能被一脚踹出去。

“接下来一个月内，你遇到任何问题，都别来问我。”

整个实验室响起阵阵哀号。

柯昱低头拿出手机，找了个别人看不见的角度，点开微信中谢妍姗的头像，正欲打字，忽然有人破门而入，他立刻屏幕向下将手机扣在桌面上。

小伙穿着黄色上衣，亮得像个电灯泡，差点亮瞎大家的眼。

“你们听说了没？那个文理学院的传奇学生谢妍姗，她课程代码查重出现问题，疑似抄袭，等着教授下结论呢！”

没人敢接话，男生们频频瞄向柯昱，疯狂对他进行暗示。

可惜黄衣男生并未领悟到，声音依旧洪亮：“她之前都被学校开黄牌了，加上涉嫌作弊，这次没准真的要被退学！”

有人忍不住问：“涉嫌作弊？谁帮的她？季筱晴？”

黄衣男生摇头道：“一个工程学院的男生，叫郭奇，成绩不错。”

他眼眸转了转，扫向柯昱的眼神中透着一丝混杂着怜悯的幽幽绿光：“柯神，这谢妍姗都有你了，怎么还需要抄别人的？”

全场倏地鸦雀无声，所有人嘴上像被贴了封条，大气都不敢出。

在众人眼睛如探照灯般的扫视下，柯昱头一歪，冲陆禾勾勾手指。

陆禾立马小跑到他面前。

柯昱气定神闲地将自己捏扁了的易拉罐放到他手上，道：“我上次教过你，如果下次再听见有人信谣传谣，你该怎么办？”

陆禾接过扁了的易拉罐，狠狠地砸向黄衣男生的脸，而后乖巧地答题：“把碗碟塞进他嘴里。”

【3】

在去工程学院上课的路上，谢妍姗迎面遇见了“夹道欢迎”的场面。

关于她代码涉嫌抄袭的消息一路传播到南校，很多人并不会去核实传言的真假，只热衷于当八卦的搬运工。

此番特意来嘲讽谢妍姗的大多是梁萤在南校的“塑料姐妹”。

她们之前跟着梁萤一起将谢妍姗视为一生之敌，处处找碴。梁萤修了“101”后对谢妍姗的态度发生诡异的转变，对外宣传是为了气死季筱晴，总找机会对谢妍姗献殷勤，最近甚至太过入戏，禁止别人说谢妍姗的坏话。

众姐妹深感梁萤背叛了组织，对谢妍姗更为反感。

她们排成人墙，将她结实地拦住。

“听说这次会被抓包，是因为你的程序性能太强引起了怀疑。”为首的女生系了条红头巾，微挑着眉，冲谢妍姗边笑边摇头，“啧啧，人家要写几百行代码才能完成的东西，你十行内就写出来了。”

其他人齐声发出宛如橡皮鸭被踩扁后的尖叫声：“天哪，妍姗，你突然变学霸了！”

“好厉害！”

“好佩服！”

谢妍姗全程充耳不闻，眉毛都没有抖一下。

她油盐不进的态度令挑衅者心中蹿上一股火。

“那种做法只有真正的学霸才做得出。”“红头巾”上前一步，将脸贴近谢妍姗，五官随着拖长的语调夸张地扭曲着，“但我们都知道，谢妍姗，你不是学霸啊。我们这儿所有的姐妹，哪个过去成绩不比你好？我还记得你考个位数的时候……”

谢妍姗挑起杏眼看她：“哪种做法？”

“红头巾”还有半篇嘲讽稿没念完就被谢妍姗粗暴打断，情绪卡在十分难受的点，又没料到谢妍姗会镇定发问。

“红头巾”目光闪了闪，道：“就……就编程的那些啊。”

谢妍姗冷声道：“那段代码的功能是什么？别人怎么写的，我又是怎么写的？”

"红头巾"往后缩了下脖子："这……这工程学院的东西，我们怎么会知道？"

"什么都不懂，你在这儿跟我胡扯什么？显摆自己又闲又蠢？"谢妍姗皱眉，"你们有这工夫打探我的近况，不如去洗手间把脑袋拧下来搁水里冲一冲，看清楚里面真的什么都没有，免得产生幻觉，出来丢人现眼。"

这话如同天降铁锤，将众人抡倒在地。挑衅者面面相觑，一时语塞。

"红头巾"被呛得面红耳赤，过了好久才想到反击。

"你等着瞧吧！你做了什么大家都知道！"

谢妍姗冷哼，肩膀轻耸，视线扫过前方挡道的人，对方一个哆嗦，为她让开路。

进入教学楼后，她又受到了"爆炸头"的"欢迎"。

成功取代季筱晴拿到实验室科研小组的核心地位后，"爆炸头"依旧没有满足。

"你上学期数学课期末考试突然全A，到底是不是季筱晴帮了你，我会查个水落石出……"

没给对方把话说完的机会，谢妍姗径直与她擦肩而过。

"爆炸头"气得火冒三丈，连连跺脚。

"谢妍姗，别在这儿给我装清高，你自己干了什么，自己心里明白！"

怎么又是这句话？

谢妍姗猜想，估计是因为说不过对方时，扔下这么一句话，不会显得自己太过灰头土脸。

好不容易快走到目的地，谢妍姗再次被前方的动静阻碍了脚步。

"101"教室门口围满了人，里面隐隐传来争吵声。

"如果你们看过我的成绩单，再看她的，是个人都能明白到底是怎么回事！

"我不知道她为什么会和我的代码一样！反正和我没关系！"

与其说是争吵，不如说是某人单方面地在宣泄情绪。

谢妍姗拨开人群，终于看清了被围着的几人——负责战棋游戏作业的两名助教，以及此次程序作业抄袭事件的另一位主角。

郭奇站在讲台附近，浑身带着好学生被质疑时的羞耻感，眼眶发红，隐隐噙着泪花。

注意到谢妍姗的出现， 不知助教同他说了什么，男生猛地拍桌，怒不可遏地吼道："我不想和她说话，她干了什么自己心里清楚！"

怎么还是这个配方？

不过这次很有用，围观群众的情绪迅速被煽到了顶点。

周遭的人盯着谢妍姗，面露鄙夷，窃窃私语。

"郭奇也太倒霉了，怎么会遇上这种事情？他刚被人工智能实验室录取，这下可能会被取消资格……"

"有胆子偷代码就得有胆承认啊，干吗拖别人下水！"

"她这种人就不配来我们工程学院上课！"

谢妍姗低头，忽然笑了。

她完全不在乎吗？

怎么可能！

她简直气死了好吗！

数学考零分是她智商低，考满分是季筱晴帮忙，现在写个程序跑得快就说她作弊。

因为她被认定为差生，所以横竖都是错。

若放在以前她自暴自弃的时候就罢了，如今她遇上了柯昱，觉醒的不仅是不服输的倔劲，还有原来的暴脾气。

这种明明什么都没干，所有人却不信她的感觉真的令人窝火。

但她在别人心中一直是个冷漠的人，所以哪怕内心恨不得将这群人拖到菜市场门口用狼牙棒一顿暴打，表面上也依旧稳如冰雕。

谢妍姗站到讲台前，两名助教的视线同时落在她身上。

胖助教面露忧色："教授说，如果你们没有人承认抄袭，就要公开审理。”

瘦助教硬邦邦地补充：“一旦判定作弊，你就要被退学。”

“如果我们之间真的有人作弊，那只有一种可能。”谢妍姗看向郭奇，冷冷地道，“你抄我的。”

郭奇的脸唰地憋成猪肝色，他抬起手指着她，发着抖道：“你……你……”

谢妍姗淡淡地瞥了他一眼，没再理会，径直走到后排，找了个位子坐下。

教室内一片哗然。

“天哪！她怎么可以这么不要脸！”

“真是刷新了我对无耻的认知！”

坐在谢妍姗四周的同学纷纷收拾东西挪位置，很快她周围便空出一大圈，无人愿意靠近。

谢妍姗对此没什么反应，似乎习以为常。

她盯着自己的电脑屏幕，却连一个字符都看不进去。

记忆中父亲的斥责声与周遭的喧嚣诡异地融为一体，不断在她耳畔放大为尖锐的刺耳回音。

“你做的事没一件不令我失望！

“废物！”

季筱晴的话语紧跟着冷冷地响起。

“因为你是个笨蛋我才和你做朋友。你什么都比我强，比我漂亮、比我有钱，可你比我笨、比我成绩差，看着你被他们奚落嘲讽，我其实开心得不得了。”

鼻尖蓦地泛起酸意，谢妍姗不想被人发现自己有了异样，闭了闭眼，深吸一口气，将翻滚而上的委屈狠狠地压了下去。

身旁传来脚步声，她偏过头，看见了抱着手提电脑的梁萤。对方本想将包放在她旁边，但像是被她的目光震慑住了，小心翼翼地隔了个空位坐下。

“看什么看！结果出来后你们这些人全给我滚过来道歉，别想当什么都没发生过！”

朝异样视线一阵“扫射”，梁萤扭头冲谢妍姗飞了个媚眼。

“我们都是文理学院的嘛，我肯定挺你啊。”

谢妍姗微怔，嘴唇动了动，没说出话来。她略带僵硬地低下头，破天荒地没有把梁萤赶走。

第十四章 奥数冠军

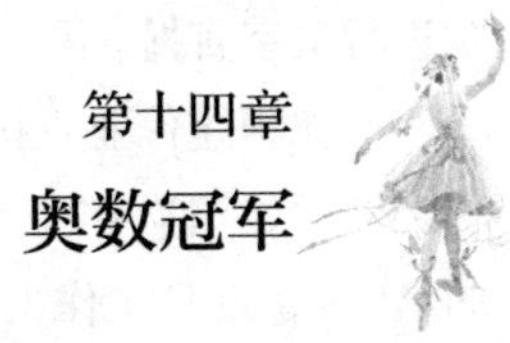

【1】

谢妍姗的代码作弊“公审日”安排在周五。

工程学院讲究诚信，做错事就得立正挨打，把作业借给别人抄与抄袭同罪，通常情况为两人一起判零分、记大过。

然而这次情况特殊，双方拒不承认，意味着至少有一人在撒谎。

因此调查后罪名落实，会罚得更重。

“公审”地点在阶梯教室，“101”的助教们悉数集合，甚至包括了已经退出的柯昱。

他最近声名大噪，所属的AI科研小组Aegis刚和行业巨头B公司签下了无人超市摄像头计算机视觉项目，是全院今年最高级别的深度合作项目。

据传在组里柯昱是绝对的核心，一个人搭建神经网络，其他人帮忙跑测试训练模型，实验室甚至特意安排了一个数十人的组专门为他做数据标注，可谓是贵宾待遇。

“双明星组合”导致前来凑热闹的群众远比想象中多，不仅教室爆满，外面也被围了里三层外三层。

其中一部分人是为了看“退学黄牌警告选手”谢妍姗被公开“处刑”，一部分人是借此机会围观大佬柯昱，剩下的人只是单纯地好奇，如何做到十行内写完常人需要写几百行的复杂计算过程。

学校论坛早就做了这件事的完整梳理，还有人为没机会到场的同学进行文字直播。

以往程序作业直接上传课程主页，谁先谁后肯定有记录。

然而，这次作业系统坏了，大家都是手动交的，有的发邮件，有的给U盘，助教工作失误，没有记录具体时间，于是事情便发展至如今需要公开判断谁抄谁的这一步。

上午十点整，所有人进场。

教授坐在第一排，身旁紧挨着负责收出事项目作业的两名助教。他们心中早有了判断，胖助教神色忧郁，瘦助教满脸不耐。

讲台后挂着四大块可滑动的白板，教授的开局测试，要求两人现场在白板上写小程序。

谢妍姗刚从助教手中接过马克笔，便听见台下人在窃窃私语。

“我跟你打赌，她肯定是来混学分的，看上去就一副不太聪明的样子。”

“估计待会儿她只能当众写小说。”

一群人被自己的话逗笑。

“天哪，我已经开始替她感到尴尬了……”

谢妍姗不动声色地拔下笔帽，再重重地扣上，走到白板前。

另一边，郭奇也已就位。他眼圈发红，依旧是那副委屈的受害人模样，一路走来，不断有人冲他喊加油。

实测开始。

小程序功能为运算输入值的平方根倒数。

思考片刻，两人同时开始行动。

十几分钟后。

郭奇写了满满一白板仍未写完，而谢妍姗早已停笔，安静地等在一侧。

所有人看向她那块白板。

她的代码只有寥寥数行。

更神奇的是，其中一行令人瞠目结舌。

```
i = 0x5f3759df - ( i >>1 );
```
[1]

台下炸开了锅。

“这是什么？”

“这数字怎么出来的？”

“她瞎写的吗？”

就在众人认定她是糊弄人时，胖助教将她的程序输入了电脑。

他满脸震惊地道：“这个算法得出的是个近似值，但比通常算法快了四倍！”

教室响起一片惊叹声。

她居然不是瞎写的？

瘦助教依旧一头雾水，抓着胖助教的袖子连连发问：“0x5f3759df到底是怎么来的？怎么来的啊？”

胖助教：“我哪儿知道啊！”

“平方根倒数速算法。”讲台上，谢妍姗淡淡地道，“不算我独创的，我以前看到过，觉得很有趣，就推算过一遍。”

她转身，开始在白板空余的地方写神奇参数0x5f3759df的推算过程，一行又一行，行云流水。

她停笔的那刻，全场鸦雀无声，过了好久，一阵沸腾。

有人在网上查到了详细的资料，立马告诉了周围的人，还有数学大佬掏出草稿本狂算，随后激动地猛拍大腿：“没错！是这样！她还跳过了好多步骤！”

“聚光灯”霎时间悉数打在谢妍姗身上，方才还被大家同情的“无辜好学生”郭奇沦为了“背景板”。

1　是实现计算机算法的一行代码。

在一片喧闹声中，教授终于开口，语气中带着难掩的欣赏："求平方根倒数在计算机图形领域很常见，游戏实现光照和反射效果时经常用到。这个算法在专业领域确实有议论度，但能理解并分析出其中原理的，在新生中实属罕见。"

同学们开始怀疑自己拿错了看戏的门票。

这种人怎么可能因为数学不及格次数太多而被下退学警告？学校是不是搞错了啊？！

到底是谁说她十以下的加减乘除都不会的啊？！

局势发生了转变。

这次代码抄袭事件最大的疑点，就是因为他们的程序的实时计算部分比班上大部分学生算得都快。

作为一个战棋类游戏，实时计算过程的速度相当重要。

如果算法效率低，点一下游戏画面，过好久才会给反应，用户体验肯定不佳。

不仅如此，游戏容易越跑越慢，玩久了系统还会崩溃。

"谢妍姗和郭奇，他们的程序之所以快，是因为根本没有进行计算。"

说话的人是柯昱，他主动申请主持"公审"的第二轮环节。

"没有计算"这四个字，引得众人议论纷纷。

柯昱站上讲台，如同开讲座一般解释道："他们有一张表格，记录着所有计算组合的结果，游戏运行的时候，略过实时计算，可以直接查表找到答案。"

教室里谈话声不绝，有人向不学编程的外院人介绍"查表法"："就好比卖东西，一份鸡腿18块8，两份37块6，三份56块4，你可以在结账的时候开始结算18.8乘以份数的值，也可以直接根据份数查表得到答案。"

台下有人提问："这是用空间换时间的做法，'101'班上的其他人也应该想得到吧？"

"确实也有其他人想到了，不过他们都是用函数生成表格，程序初始化时需要电脑进行计算，还是得花费一定的时间。”柯昱停顿片刻，按下投影开关，“谢妍姗和郭奇的代码里，有一张写满了数字的表格。”

大屏幕中，赫然出现一片密密麻麻的数字。

“他们的代码简单粗暴地把最终答案写出来了，所以，连程序初始化的计算都不需要。”

整个教室里懂编程的人瞠目结舌！

“虽说算得是快，但这办法属于偏门。”

果然，柯昱补充道。

“真实应用中非常忌讳这种写法。代码有大片固定的数值，不利于进行维护和修改，如果游戏的一些参数变了，这张表格无法自动更新，到时候需要全部重算一遍。”

他身侧，谢妍姗在内心撇撇嘴，柯昱就不会有什么好话。

总而言之，一个不常见的野路子，两个人同时做了，数值还一模一样。

接下来就是询问编程记录和演算过程的环节。

谢妍姗没料到郭奇早有准备，回答得十分顺溜，一时令台下的人开始怀疑两人真的思维相撞了。

教授接着问：“你们是将电脑计算生成的结果手动填到表格里了？是为了省下初始化的时间吗？”

郭奇愣了片刻，随后频频点头。

谢妍姗则快速否认：“我没有用电脑进行计算，都是自己手算的，算完直接填表，更方便。”

台下再次一片哗然。

她什么意思？

用人脑完成电脑计算出来的东西，还觉得这样比较快？

妹子，你就吹牛吧！

没想到教授居然笑了：“如果是你的话，确实做得到。”

众人脸上缓缓浮现出一个“问号”。

谢妍姗没接教授的话，走到投影屏前，指向一个数字，正色道：“这个值和我程序里写的值不一样。我在这一列进行了优化，和公式计算出来的有偏差。”

闻言，教授脸上笑意更深了：“没错，确实是我们故意改的。”

他看向郭奇：“原本的数字是什么，你能写一下吗？”

郭奇神情不再笃定，目光飘忽地写了三个答案，都是错的。

等他放弃尝试后，谢妍姗转身给出了正确答案。

这下真相昭然若揭，台下还有同学起立为她鼓掌。

教授忽然开口：“我破格录取谢妍姗选修‘101’的理由，你们很多人都想知道吧？”

谢妍姗当时因为前几个学期成绩太糟糕，向“101”提出申请后审核没有通过，结果被教授破格开了绿灯，这件事早已传得全校皆知。

全场倏地陷入寂静，所有人竖起耳朵，屏息凝神。

“谢妍姗，她曾经以满分成绩获得中国数学奥林匹克竞赛一等奖。

“她是今年全球计算机视觉竞赛冠军队伍导师的爱徒。”

话音未落，在场所有人惊得下巴都快掉到地上了。

一瞬间，差生变学霸！

不断有学生开始拍照，发网上，发朋友。

尤其是一开始对着谢妍姗冷嘲热讽的那群人，态度转变最大。

“奥数冠军啊！看上去就长得超聪明的！”

“不是学霸谁敢跨院挑战工程学院的‘魔鬼课程’呢！”

“我这趟没白来！”

教授身旁，瘦助教不甘心地发出质疑：“就算这程序是谢妍姗写的，那怎么证明不是她给郭奇抄的呢？给人抄和抄袭同罪吧！”

同学们收住了讨论的劲，被他的话绕了进去。

有道理啊。难道一开始就是个简单的抄作业，为了规避责任，两人否认到底？

谢妍姗愣在原地。

这让她怎么证明？

都到这步了，这哥们还铁了心想让她受罚，她和他有仇吗？

教授沉默着，“公审”再次变得结论不明。

“谢妍姗的代码是你传给郭奇的。”

柯昱出声打破了僵局。

他看向始终一言不发的胖助教：“郭奇先交过一个版本，但运算功能有漏洞。你把谢妍姗的程序代码传给他，也许是想供他参考，毕竟比对两边程序跑出来的结果更容易找错。没想到他直接拷贝了运算那部分的代码，甚至没有细看。”

胖助教愕然：“你……你在胡说什么呢……”

柯昱不紧不慢地开口：“你把记录清除了，但总有办法恢复出来。”

大屏幕投影中，数据表格切换到了胖助教的文档传输记录。

柯昱瞥了一眼谢妍姗，嘴角微弯，带了些笑意，又很快绷住，恢复成正经的模样：“至于你选择谢妍姗的程序，估计纯粹是因为她的程序跑得快，你也没注意作者是谁。”

谢妍姗的太阳穴跳了跳。

这个人什么意思啊？

知道作者是我，怎么就不能传给别人当正确答案了？！

柯昱面色渐冷，接着说：“出事后，你发现舆论一边倒，全站在郭奇这边，便索性替他隐瞒，想把事实掩盖过去。”

众人震惊了。

原来助教工作失误，声称没有先后提交的记录，是这种原因。

证据确凿，胖助教脸迅速涨成猪肝色，一副不知如何是好的模样。他忽然扭头怒斥郭奇：“你怎么看都不看就照搬了呢！”

被所有人的目光疯狂“扫射”，向来成绩优异的郭奇全身发抖，意识到即将面临的后果，眼泪哗哗地往下掉。

“我也不知道……我也不知道……我本以为就是不到十行的代

码，再怎么样相似全部的代码相似也不会太高……谁知道背后还有张全是数字的表啊，表格存在额外的文件里……我没注意……我没注意……”

话音未落，他后脑勺朝下，砰的一声径直栽倒在地。

整个教室乱成了一锅粥。

“天哪！他晕倒了！”

“快通知医务室！”

一场备受瞩目的“公审”就这样一波三折地落下帷幕。

散场后，谢妍姗摆脱了其他人问东问西的攀谈，径直走向柯昱，下巴微抬，对他使了个眼色。

过了几分钟，柯昱离开教室，进入一处鲜有人注意的走廊拐角，很有默契地找到了她。

谢妍姗斜倚着墙壁，听见他的脚步声后，慢慢抬眼，侧过头看他：“助教的事……你一开始就知道？”

柯昱漫不经心地耸肩：“这不特意给谢大小姐一个展现自我的机会嘛。”

谢妍姗胸口蓦地蹿上一股火。

那之前她经历的一切算什么！

她被各路人冷嘲热讽、疏远谩骂，在他眼里难道就是一出可以旁观的好戏？

谢妍姗嘴角动了动，控制住情绪。

算了，人家本来也没义务帮你。

她心头翻滚着苦涩，带着些委屈，道不出为什么。

她垂下眼帘：“谢谢。”

她说完便转身往外走。

柯昱手臂一横拦住她的去路：“我也是刚查到的，之前以为是顾岑做的。”

顾岑是对她态度始终很差的瘦助教。

柯昱话说得很快，尾音带着些微的急促：“当时学校论坛议论你被‘101’破格录取的事，他曾匿名发言，说如果能当你的助教，一定找机会取消你的资格，所以我一直在查他。”

他顿了顿，又说：“结果我搞错了方向。”

谢妍姗胸口那阵苦涩感终于退了下去，为自己刚才态度不佳感到愧疚，又不知道该怎么道歉，只好干巴巴地哦了声。

柯昱弯下腰，俯身凑近她：“你刚才眼珠子转来转去的，肯定在心里骂我。”

谢妍姗心虚地眨眼：“我哪有？”

“你不是一向这样吗？”柯昱轻轻地摇摇头，“我帮过你那么多，对你那么好，你哪次不给我脸色看？”

这人怎么倒打一耙呢！

还不都是因为你的态度太过分了！

谢妍姗愤然地道：“明明是我对你更好吧！”

柯昱挑眉道：“哦？怎么好了？”

红晕自耳根蔓延到脖颈，谢妍姗决定不理他。

出了教学楼，她在前面走，他在后面双手插兜，慢慢跟着。

一路上有人试图与谢妍姗搭话，她全程简短回应，态度礼貌而疏离。

等绿灯时，柯昱走到她身旁，两人并肩而立。

“你以前也不爱说话吗？”

以前？

谢妍姗直视着前方的车流，脑海中猝然跳出曾经的画面：

某次家长会后，父亲开车载着她，车速很快，往左拐时正好迎面遇上一辆大型卡车。

两车距离太近，谢妍姗忍不住提醒：“当心啊。”

父亲猛地踩下刹车，将车停在路口转弯处，扭头冲她怒喝：“当心什么？”

谢妍姗被吼得耳畔嗡嗡直响。

父亲拍着方向盘道："你不说具体内容就喊'当心'是什么意思？就是为了表现你很害怕吗？"

汽车停在马路上，后面不断有人按喇叭。

也许是因为她不断下降的成绩，或是自己工作上不顺心，父亲的神情因暴怒而扭曲，她甚至怀疑如果她说的话继续令他不满意，他会载着她撞上马路中央的卡车。

大型卡车被他们的车堵住路，父亲摇下车窗："你现在看这距离撞得上吗？"

谢妍姗嗫嚅道："撞不上……"

"既然撞不上，你为什么还要瞎叫？"

"对不起……"

"不要说对不起！告诉我你错在哪儿了？"

一股巨大的压力和屈辱令谢妍姗喘不过气，她的声音越来越小："我不该说没用的话，不该说错误的话。"

"给我闭嘴，你这个什么都做不好的废物！"

见她阴沉着脸不吭声，柯昱自言自语道："原来以前的我喜欢话少的女生。"

谢妍姗仍深陷在回忆里，喃喃道："你以前也没喜欢我。"

意识到自己失言，她迅速回过神，头皮发麻。

"对不起，"柯昱用肩膀轻撞了她一下，脑袋跟着靠近，在她耳边柔声说，"你别难过啊。"

我难过什么！

谢妍姗正欲反击，又听见男生说——

"没关系啊，我现在喜欢……"

他说什么？

我现在喜欢你？

男生的声音低沉好听，带着些蛊惑人心的力量，谢妍姗背脊一阵酥麻，怔怔地看向他的脸，心脏不争气地怦怦直跳。

柯昱表情认真地道：“我现在喜欢话少的女生。”

哗啦啦。

冷水倾盆泼下。

谢妍姗闭了闭眼，深吸口气，盯着他一字一顿地说：“为了你，我以后会尽量多说话的。”

脸颊仍在发烫，她走向旁边的自动贩卖机，买了罐冰汽水，咕噜咕噜拼命喝。

“你还是睡着的时候比较可爱。”柯昱阴魂不散地紧跟着她，气定神闲地道，“还问我敢不敢亲你。”

谢妍姗差点喷出一口饮料来，被呛得连连咳嗽。

“我当然敢。然后就是这个下场。”

柯昱面对她弯下腰，手指拉开衣领。

视线正对着他的领口，可见锁骨以及清晰的牙印，谢妍姗大脑瞬间一片空白。

她耳边回荡着昨晚看的电视剧里主角正义凛然的斥责声：

“你这是喜欢吗？

“你只是馋人家的身子！

“你下贱！”

等到意识回归时，谢妍姗发现自己身处距离刚才位置几百米远的地方。

刚才对峙时，她居然逃跑了！

落荒而逃！

她懊恼地抬手连拍自己的脑袋，想抓头发又怕脱发，只好转身使劲踹台阶。

太丢人了！

【2】

梦境中反复会出现那些画面，断断续续，如同记忆碎片萦绕在脑海里，间或插入断了信号般黑白闪烁的雪花屏幕，发出单调而枯燥的嗞嗞声。

柯昱再次看见了时常在梦中出现的那所高中。

大约是在放学期间，他站在学校大门口，四周是不断往外拥的少男少女。

目光扫到一名坐在花坛边的女生，柯昱瞬间就认出了她。

“哟，你怎么有空来我们学校？”

肩膀被人拍了拍，他回头，对上一张热情洋溢的脸。穿校服的男生面孔很熟悉，可惜他想不起来。

应该是他以前交情不错的朋友。

柯昱礼貌地同对方打了个招呼，将视线重新转向花坛处的女生。

她模样狼狈，发丝湿漉漉的，刘海还在往下滴水，脸颊白皙如雪，毫无生气，却仍带着生人勿近的孤傲。

好友顺着他的目光看去。

“谢妍姗，你见过的。她今天下午体育课的时候被人从楼上泼了一大桶洗拖把的水。”男生神情复杂，摇了摇头，“她也不回家换衣服，就这样忍着等风干。”

他们边上围着一群人，有几个人穿着颜色不同的校服，似乎也是外校的。

“你看见没？就是她。”有个本校的学生指向谢妍姗所在的方向，“她以前在S高做的事已经传开了，现在全校没人敢理她。”

这人底气十足，毫无顾忌：“就因为同班有个女孩子看不惯她，结果她仗着一大群男生喜欢她，硬是把别人逼到想不开，得亏对方被抢救回来了，不过人现在还住在医院里呢。”

他们又接着说了什么，外校生连连惊呼：“天哪，她年纪轻轻，手段那么狠！”

那个本校生愈加动情，声音骤然变大。不断有路过的人过来补充：“我朋友说她还去医院假惺惺地看人家，被对方妈妈直接赶出去了。”

“她以前数学竞赛随随便便就拿冠军，现在都没法入围，全是报应。”

“对，她爸还在比赛现场骂她废物，没出息，把领队老师都吓到了。”

见柯昱一动不动地盯着那群人，好友抬手挡住自己的半张脸，凑到他的耳边道：“不过好像，事情并不完全像他们所说的那样……”

柯昱偏过头，看着他一张一合的嘴，却突然听不见任何声音了。

柯昱视野中的画面开始剧烈地晃动，宛如失控的摄像机拍出的劣质作品。场馆里亮得刺眼的聚光灯、篝火旁女生的侧脸、播放音乐的手机、女生含着眼泪的微笑、空无一人的篮球场、女生蜷缩在角落里的身影……

画面再次静止，柯昱发现自己正同一群高中男生走在一起，似乎要去打球。

天刚蒙蒙亮，好几人困得哈欠不断。

“大清早真冷啊，我真是脑子坏了才决定跟你们出来。”

“珍惜现在吧，下周开始柯少就要准备街舞比赛了。”

一丝异样的感觉闪过脑海，柯昱警觉地回头，不远处果然出现了熟悉的身影。

长长的头发遮住了女孩子的大半张侧脸，她低头踩着自己的影子，独自走向一栋废弃的大楼。

柯昱将篮球扔进身边人的怀里，头也不回地开始小跑：“我有些事，你们先走。”

他一路跟着谢妍姗走到顶层，看见她踏上天台边缘。

全身的血液顷刻间全往他脑袋上涌。

“你快下来！危险！”

他冲她急速奔去，伸出双手，却只抱住了一阵风。

柯昱猛地睁开眼，从床上坐起身，大口喘气。

打开床头柜的抽屉，他找出那张谢妍姗高中时候的照片。

与照片放在一起的还有一份打印文件，上面印着“盐山爱吃糖”

的一条微博段子：

你还记得自己十几岁时喜欢的人吗？

你有试过偷偷地观察他吗？

我在无数个假装不经意的瞬间，看见他的眼睛、鼻梁、薄薄的嘴唇和挺拔的身子；发现他总是骑着拉风的山地车；发现他对人温柔的时候依旧别扭地冷着脸，偶尔暴露桀骜外表下幼稚的一面，十分可爱。

我想静静地看着他一个人跳舞，想把他的泪痣刻在心间，想坐上他车子的后座，一起去任何地方。

他是我苦涩生活中唯一能想到的甜。

柯昱垂眼看了很久。

无形之中，一些碎片陆续开始在脑内拼接，填补了空荡已久的地方。

【3】

“公审”结束后的第二天，谢妍姗收到通知，前去“101”教授的办公室。远远地通过门上的玻璃看见教授正在与一个男生说话，她本想在外面等着，门忽然开了，教授叫她进去。

进屋后，谢妍姗恭敬地转身关上门，回头迎面对上柯昱那双琥珀色的眼睛，准确地讲，她先看见了他的泪痣。

教授问：“我听说你现在加入了人工智能实验室，选择了计算机视觉领域。”

“对，”谢妍姗目光微动，不自然地垂下脑袋，“但我在做数据标注……”

她整天在图中圈猫，就像搬砖一样，纯体力劳动。

“这对你来说实在大材小用了，你以前的老师告诉我，你可是数学竞赛组的王牌。”教授冲柯昱的方向抬了抬下巴，“有没有兴趣转来我们工程学院，像他这样，进入核心科研组？”

提到柯昱，他满脸骄傲，宛如一位别人家小孩的爹：“计算机视觉是人工智能的眼睛，也是AI落地产业化最广泛的领域，你看，我们柯昱就和行业巨头签下了深度合作的合约。”

谢妍姗抬眼，柯昱正面向别处，视线乱瞟，不经意间瞥她一眼。

鉴于他曾当过“101”的助教，尽管已经退出，两人依旧默契地假装不熟。

谢妍姗做作地惊呼：“同学，你真厉害！”

柯昱嘴角上扬，缓缓露出礼貌温和的笑容，甚至弯起了眼睛：“谢谢。”

谢妍姗鸡皮疙瘩掉了一地。

教授没看出哪里不对，还嘱咐柯昱平日在实验室里多多照顾谢妍姗。

他列了几门需要补修的课程，主要是线性代数和概率论，建议她观看教学视频，自学后参与考核。

教授起身，将柯昱往谢妍姗那边用力推了一把，两人的肩膀差点撞到一起。

“你有不懂的就问他，他什么都会。”

谢妍姗心想，估计得加钱。

柯昱颔首，态度依旧彬彬有礼：“我尽力。”

出了办公室，见柯昱走向健身房，谢妍姗随口调侃了一句他和一般理工科的男生不太一样，他立刻原形毕露。

“我不锻炼身体的话，以后谢大小姐半夜有需求了，不能随传随到怎么办？”

谢妍姗被噎得面红耳赤。

不是，你至于把上门维修说成这样吗？

之后，谢妍姗的行程更忙碌了，不仅要完成“101”高强度的编程作业，还得自学落下的课程，不料很快又多加了项任务。

一群国内中学生来硅谷参加科技夏令营，活动由数所高科技企业以及学校联合举办，旨在加强学生对STEM学科的兴趣与能力。

其中有三周的培训，谢妍姗在“101”教授的推荐下，成了助教的一员。

开学没多久，班上有个女生很快吸引了她的注意力。

她的反应比其他学生慢一些，成绩也靠后，但态度非常认真，一到课间就找导师或助教问问题，每个问到的答案都详细做了笔记。

培训过半，有天晚上，谢妍姗去学生们住的酒店找人，发现女孩独自坐在一楼的楼梯口。她衣装单薄，没有穿鞋，两只眼睛红彤彤的。

谢妍姗上前询问，女孩怯怯地说：“我今天的小测验没考好，爸爸把我赶出来了……”

心脏像被什么东西骤然捏住，紧接着耳畔发出一阵轰鸣，谢妍姗的脑海中，无数回忆的画面涌了出来。

女孩的膝盖上还摆着教科书，封面已被泪水打湿：“我也不知道为什么我学不会。”

谢妍姗深吸一口气，抬脚往楼梯上走：“我去找你爸爸。”

女孩立刻拉住她：“不用了！这样他会更生气，怪我在外面丢人……”她的表情又沮丧又愧疚，“是我太笨了，我再多学一会儿就好。”

谢妍姗叹了口气，向酒店服务员要来一双拖鞋，陪她找了处暖和的地方坐着。

“助教姐姐，我压力好大，我好累。别人花五分钟就懂的东西，我得花一个小时才能明白，可就算这样我也在慢慢地啃，没有懈怠过。

“我今天肚子真的很疼，作业写不完，但爸爸不信我，说我为了偷懒找借口，那瞬间我特别委屈……”

她的头垂得很低很低，声音中带着隐忍的哭腔：“我也不想这样……我也想变成爸爸希望我变成的样子……”

谢妍姗胸口阵阵刺痛，连呼吸都有些费力。

女孩最终为自己下了定义：“是我没有用。”

谢妍姗伸手揉了揉她的脑袋，喉咙像被堵住了，发声都艰难，只能干涩地重复：“不是的，不是这样的。”

外面雷声滚滚，霎时间暴雨倾盆，雨水打湿窗户，沿着玻璃蜿蜒而下。

三周的培训飞快地结束了，科技夏令营的收尾活动为一场编程能力现场赛，要求学生们先笔试问答，然后上机操作，表现优秀者可得证书，证书含金量极高。

比赛当天，全场座无虚席，除了家长，P大还邀请了工程学院的学生们为孩子作结营演讲，分享自己在专业的心得。

赛事落幕，只有大约四分之一的学生荣获优秀结营证。哪怕没有得到好成绩，家长也会给予孩子鼓励，毕竟这场夏令营的教学意义远大于其他。

然而，出现了一个例外。

“我花那么多钱送你来，你就这种成绩？”

谢妍姗闻声看去，随后心里蓦地一沉。

是那个因为成绩不好被父亲赶出酒店房间的女孩。

面对怒火中烧的父亲，女孩去拉他的袖子，被用力甩开。

男人指着她的鼻子痛骂：“你什么都学不会！样样不如人家！我怎么生出你这么蠢的孩子！”

女孩紧咬下唇，缩着脖子，瑟瑟发抖。

大庭广众之下上演如此煞风景的剧情，引得旁人纷纷侧目。

男人毫无顾忌，嘴中咒骂不断，数落女儿有多无能，自己卖命工作换来好的资源给她，依旧看不到她有任何长进。

见他扬起手臂，谢妍姗飞奔而至，将女孩挡在身后。

“你凭什么这样否定她！

“你了解过她在想什么吗？

“她经历过什么，她内心的压抑和痛苦，你认真听过吗？”

谢妍姗瞪着男人，眼眶通红，狠狠地磨着牙。

“不！你根本不想听！

“你不过就是为了将自己的欲望强加到她的身上！

“没有亲自感受哪来的为你好！”

谢妍姗拿过女孩的笔记本，举到男人面前翻开，上面密密麻麻全是字迹。

“她已经很努力了啊！

“你为什么就看不见啊！”

她因嘶吼而破了音。

“你为什么只会一个劲地否定她？！为什么啊？！”

男人被她震慑住，呆立原地，说不出半个字。

谢妍姗嘴唇轻颤，接着肩膀开始抽动，到后来全身都在发抖，那种凛然气势在一瞬间崩塌，整个人像被冬雪打弯的树木枝干，脆弱得不堪一击。

她的眼泪落下来，滑过脸颊，掉到地上，停也停不下来，从无声地落泪，到情绪崩溃般地呜咽。

四周的人群议论纷纷。

“她怎么了？”

“虽然她说得也没错，但至于吗……又和她没关系……”

现场有许多谢妍姗的熟人，“101”班上的同学、高学姐、“爆炸头”、黑大个……

谢妍姗平日向来冷着一张脸，谁曾见过她这样失态的模样？

众人不断往她的方向靠近，试图看得更清晰一点。

“谢妍姗哭了！那可是谢妍姗！”

“她哭了，哭得好惨啊……”

就在谢妍姗被团团围住的当口，一个高大的身影疾步走过去，脱下外套将她罩住，搂着她的肩膀拨开人群，带她走出会场。

两人所行之处，一片沸腾。

“没事了。”

到了无人的地方，柯昱将谢妍姗拥在怀里，轻拍她的后背，任由她的眼泪打湿他的胸膛。

“我看得到，你有多努力。”

他眸色暗沉，尾音微微发颤，将她抱得更紧了些。

“妍姗，你特别厉害，我说真的。”

第十五章 双人舞

【1】

仿佛又回到了当初的天台。

十几岁的男生看起来桀骜不驯，不爱理人，可内心却是火热的。他给她买吃的，想尽办法逗她开心，在她手掌写下自己的电话号码，许下再次见面的约定。

那么多年过去了，他比原先成熟了许多，肩膀宽阔，高大可靠。

痛哭一顿后，谢妍姗终于平复下心情，轻轻推了推柯昱的胸口。

柯昱抱着她没有动，她又推了推，他依旧不动。她仰头看他的脸，他像在失神。

过了好久，柯昱触电般松开手，瞥向旁边的长椅。

一股轻飘飘的不真实的感觉在谢妍姗全身游走。

幻觉吗?

她抬手想摸他的泪痣，被他抓住手指。

温度自接触的那一小块皮肤传开，柯昱眼底的温柔在傍晚昏黄的余晖中蔓延，看得她心跳如擂鼓。

这次不是幻觉。

谢妍姗踮起脚凑近他，声音不自觉地软下来："你刚才叫我什么？"

“盐山。”柯昱放开她的手，耳根泛红，却面不改色地回道，“你网名的简称。”

谢妍姗瞪他，腮帮微鼓，忽然用力地掐了他的胳膊一下。

“你又来了。”柯昱挑眉道，“不在我身上弄点你的印子，你就浑身不舒服是不是？”

这话戳到谢妍姗的软肋，她只好悻悻作罢。

“你上次咬的印子还没消。”柯昱整了整并没乱的衣领，轻描淡写地道，“实验室的人都问我是不是女朋友的杰作。”

谢妍姗脸颊一热：“你……你怎么回答的？”

柯昱沉默片刻，看着她道：“你是吗？”

谢妍姗一阵心慌，却依旧嘴硬：“当然不是，你想得美。”

为了缓解愈加暧昧的气氛，她躲开他的视线，生硬地将话题转移到学业上。

柯昱在计算机视觉领域专攻的方向的成果是刑事侦查辅助的强力助手，最近与大公司合作的项目显示，安装有图像识别技术的智能摄像头，可以显著降低无人超市的偷窃率。

“你为什么要做这方面的研究？”

两人在长椅上坐下。

“为了世界和平。”柯昱的语调平淡得像在念课文，“保护所有人的安全。”

谢妍姗配合地鼓掌：“真是个崇高的理想。”

柯昱嘴角弯了弯：“你呢？最初说是为了和我打赌，现在呢，为什么要学编程？”

“我觉得很有趣。系统地学习一门知识，然后还可以直接实践出来，看到结果。”谢妍姗下巴微抬，那股并非强装而是发自内心的傲气再次笼罩她全身，“我觉得教授说得对，像我这么厉害的人，应该做些更难一些、更有挑战的事。”

本以为柯昱会嘲讽几句，不料他只是安静地注视着她。

“学习是一辈子的事。”

他的表情太过正经，谢妍姗眨眨眼，发出一声“啊”。

“以一生的时间来看，你所蹉跎的这几年，不过是短短的一道坎，什么时候站起来，都不算太晚。”

谢妍姗说不出话，嘴角慢慢收紧。

柯昱闭了闭眼，正色道：“我们刚认识的那会儿，对不起。”

他眸中闪过迷茫、懊悔，还有……心疼？

谢妍姗很不习惯。

柯昱：“我总觉得，如果是你的话，不应该是那个不学无术的样子，所以用了点激将法。”

谢妍姗摇头，如果没有再次遇见他，她也许仍在深渊里。

她小声说：“其实，我也得谢谢你。”

柯昱轻笑，抬手揉了揉她的头发：“看来谢大小姐又得多给我做顿饭了。”

谢妍姗全身酥麻，躲开他的手，怕被他看出自己的羞涩，随便扔下几句话便绷着脸溜了。

等到她彻底消失在自己的视野里，柯昱低头，盯着自己的掌心愣了好一会儿神。

【2】

“哥，我们订外卖，你想吃什么口味的比萨？”

中午时分，实验室里，柯昱敲击着键盘道：“我不用。”

陆禾早已习惯了吃闭门羹，回头看见门口有动静，步子一顿，心领神会地冲旁边的同伴挑了挑眉。

隔壁组的学姐为柯昱做了便当，专程送来。

工程学院女生稀少，学姐又是有名的“一枝花”，遂引起好多人围观。

男生们探着脑袋往里看，酸到牙疼。

面对佳人的主动示好，柯昱目不斜视地紧盯屏幕，神情冷峻地道：“谢谢，我不饿。”

谢妍姗就在这种微妙的时刻出现了。

她绕过学姐，在柯昱的书桌边铺上一层竹垫，拿出双层餐盒，翻开。餐盒里下层是饭，上层是菜，她又拿出汤盒和甜点，最后还为他摆上了餐具。

围观群众表情逐渐兴奋。

刺激，这是要当众决斗啊！

“公审”那天柯昱为谢妍姗出头的事传得沸沸扬扬，加上科技夏令营偶像剧情节般的浪漫解围，更令大家确信这两个话题人物关系不一般。

商学院的顾齐都搞不定的高难度冰美人，居然主动为柯昱做爱心便当。

刚才还在酸的男生们心思骤变，纷纷感慨，柯大佬还真是“工程学院之光”啊。

被谢妍姗这般挑衅，学姐的脸色很不好看。

尽管当事人并没有这个意思。

谢妍姗察觉到气氛不对，摆完餐后就打算离开。柯昱忽然起身，几步上前，拉住她的胳膊，把她往回拽。

谢妍姗就这样在众目睽睽之下一百八十度转了半个圈，差点撞进他的怀里。

她刚洗过头，长发在空中飞扬，十分飘逸。

配合着众人的起哄声，这场景的浪漫程度堪比时下流行的恋爱真人秀。

没想到柯昱居然真说出了恋爱真人秀里男主角的台词。

他握着谢妍姗的手腕，垂眼道：“等我这边结束了一起吃。”

众人集体上身后仰，倒吸一口冷气。

“不要。”可惜谢妍姗并不想当女主角，“太浪费时间了，我一会儿要去实验室看论文。”

浪费时间？

天哪，多少妹子从别的校区跑来只为见他一面，她说浪费时间？

学姐的脸都青了。

虽然很不厚道，但好几个男生开始憋笑，忍得太辛苦，面部都开始扭曲。

看来柯大佬的感情路并不如他们想象中那么顺利啊。

尤其是陆禾，看到柯昱吃瘪后他感觉简直是打开了新世界的大门，浑身每一个细胞都透着愉悦。

不过，他开心没多久又飞快地陷入纠结。

如果“冰美人”让柯昱高兴了，没准柯昱心情一好，也会顺便对自己稍微温柔一点。

至少以后不会没事就叫他搬走了。

“柯昱的温柔”的诱惑力实在太大，陆禾满怀期待地看向谢妍姗，祈祷她突然伸手圈住柯昱的脖颈，踮脚给他一记烈吻。

然而“冰美人”似乎完全没把他哥放在眼里，脸色冷漠。

柯昱面无表情地直视前方，忽然弯腰，在谢妍姗耳畔轻声说：“我现在有点热，想脱衣服，如果被他们问起那些牙印，我就说是你……”

谢妍姗条件反射地捂住他的嘴，用力将他往外推了一把：“我就等你五分钟，给我动作快点。”

柯昱眉梢暧昧地轻挑：“全听谢大小姐的。”

谢妍姗一阵悸动，却依旧摆出嫌弃他的姿态，白他一眼，道：“还不快滚。”

所有人吃惊到张着嘴，动作定格。

他们没听错吧?

她说的是“滚”。

柯神看上去好像很享受的样子。

大伙默契地交换了一下视线。

小两口闹情绪呢。

情趣，都是情趣。

“说，你到底有什么阴谋？”

“没什么，就想和你一起吃饭。”

柯昱将吃饭的地方选在一楼咖啡吧旁边的休息区，十分容易引人注目。

谢妍姗提出人太多想挪地，柯昱不怀好意地勾了勾嘴角道：“怎么，你想和我到没人的地方去？又要重新‘盖章’？”

谢妍姗一口气差点提不上来。

她往嘴里塞了几口饭，咽下，鼓起勇气，一下将叉子插进红烧肉里，肉汁飞溅。

“你能别总拿这个威胁我吗？”

柯昱好整以暇地回道：“哪个？是写关于我的有色段子，还是仗着生病搞袭击？”

谢妍姗打了个寒战，手因羞愧和气恼而不住地发抖。

“你要我做什么才能扯平？”

柯昱掀起眼皮，凉凉地扫向她：“怎么扯平，我也把你咬成这样？”

谢妍姗语塞。

为什么这个人可以面不改色地说出这种话？

柯昱眸色沉沉地盯着她，好似真的在思考这件事的可行性。

谢妍姗浑身不自在：“你看我干什么？”

她心里没底，语气却无比有气势：“再看我就走了！”

柯昱笑了笑，低头看手机。

他播放的依旧是那个喜欢摸猫的科技博主的视频。

视频中，博主盯着猫，猫也警惕地盯着他。猫眼对人眼，双方都没动，画面宛如定格，静止了将近30秒，博主突然扑过去将猫强行抱在怀里，低头狠狠地亲了一口……

柯昱不动声色地将目光移向身旁的谢妍姗。

奶油沾到嘴边，她正在用纸巾擦拭。

他的视线落到她的嘴角。

谢妍姗有所察觉，立刻戒备地检查着装，生怕有哪儿不妥被他笑话。

柯昱放下餐具，用手托着腮，表情充满玩味地注视她："你挺像只猫的。"

谢妍姗："什么？"

最近难道有什么用猫嘲讽人的流行语？

下午上完课，谢妍姗收到柯昱的短信，让她去实验室找他。

自从那会儿在教授办公室相见后，柯昱便要求谢妍姗每天向他汇报学习进度。

他强调，这是教授的意思。

经过中午那阵仗，柯昱实验室里的每个人看向谢妍姗的眼神都不太正常，一边毕恭毕敬，一边忍着笑，时刻找机会偷拍。

柯昱却毫不介意，叫陆禾搬了张椅子让她坐在自己边上。

"想学计算机视觉，经典的特征提取算法和分类器原理你都得了解一些。"

他翻开一份整理好的文件。

"分类又分监督分类和无监督分类，贝叶斯、向量机、随机场，你从这些开始看起。"

就这样过了半个小时，谢妍姗有哪儿答得不对，柯昱便用笔敲她的脑袋。女生怎肯白白挨打？她轻车熟路地掐他的胳膊，又想起先前的事，改用笔杆戳他的腰。

柯昱闷哼了一声，隔着袖口一把抓住她的手腕，语调拉长："严肃点，别整天就想着对我动手动脚。"

谢妍姗脸上红一阵白一阵，不愿被周围的人发现异常，抽回手，继续学习。

又过了半个小时，谢妍姗刚想提问，突然被打断。

"柯神，帮个忙。"一名中午缺席的男生道，"劳驾你辅导一下我学妹的实验报告，她明天就得交。"

柯昱头也不抬地道："我不教人。"

他说罢，在论文上画了个圈，推向谢妍姗，道："读的时候如果遇到不明白的地方，你可以看参考文献，然后搜标题，作者可能会在网上公布源代码。"

谢妍姗点点头。

柯昱："或者你坐在地上哭，没准我善心大发就来帮你了。"

谢妍姗："你滚蛋。"

刚吃了闭门羹的男生，迟疑地看向前方两颗快要抵在一起的脑袋。

不教人？那他现在在干什么？

陆禾一把将男生拽远："我哥他不教外人。"

闻言，谢妍姗脸颊发热，连做笔记都不自在起来。

倒是柯昱镇定自若，说话时微侧过头，离她更近了些。

温热潮湿的气息在她耳畔拂过，声音钻进她的耳朵，又麻又痒。

为了缓解紧张，她将碎发撩到耳后。

柯昱垂眼，直勾勾地看了一会儿才移开视线。

中场休息，柯昱陪谢妍姗去便利店买零食。

视野中是谢妍姗在货架前挑选东西的背影，柯昱鬼使神差地想起了刚看的视频。

视频中，那个喜欢摸猫的科技博主有了新招——

他在书桌前开上一罐猫罐头，猫便会飞奔而来，埋头苦吃，乖乖地任由主人抚摸。

柯昱越看谢妍姗越觉得她像一只猫。

他眸色渐暗，一步步走向她。

谢妍姗今天扎了马尾辫，脸颊边散落着柔软的碎发。他抬手伸向她，指尖即将触碰她的耳垂时，她突然回头。

他靠得太近，她着实被吓了一跳。

柯昱面不改色地将手臂举高，佯装想取她脑袋上方货架上的东西。

他的视线压下来："你喜欢吃什么口味的罐头？"

谢妍姗："什么？"

晚上柯昱有自己的事要忙，吩咐谢妍姗待在他旁边接着写作业。

他强调，这是替教授监督她。

谢妍姗执意要走，她实在受不了一屋子看真人恋爱秀般的八卦眼神。

更重要的是，待在他身边她心绪混乱，做事效率很低，时不时就会想起他刚才在便利店时忽然贴近的压迫感，那一刻她浑身战栗。

明明隔着点距离，她却能感受到他的体温，心跳声清晰无比。

谢妍姗感到一股燥热，举起桌上的水杯，将杯中的水一饮而尽。

趁着柯昱同组员开会，她收拾东西，溜了。

离开教学楼的路上，谢妍姗遇上了高学姐。

走近后，她发现高学姐又在给人看柯昱的街舞视频。

"这是他高中时候带领团队得齐舞冠军的那场比赛。"

舞台上出现少年们的黑色剪影，背景是闪耀的鲜明色块。

音乐节奏愈加强劲，舞者由暗处到明处。

谢妍姗盯着中心位的柯昱，视线再也无法挪动。

耳边惊叫连连，她还记得当年全场观众为他疯狂的情景。

"太帅了！"

"简直要命！"

"这个舞特别消耗体能。"一名男生说，"柯昱看起来很瘦，如果把宽松的衣服脱了，那肌肉吓死你。"

谢妍姗脑海中冷不防地浮现出柯昱曾经在自己家中只穿背心的模样。

她咽了咽口水，那股燥热的感觉又来了。

"这次华人留学生七校联合晚会，大家都特别希望柯昱能表演，我请了他，还是被拒绝了。”

在这件事上，高学姐始终心有不甘。

“他为什么不重回舞台？学业太忙？”

“他说他已经不会跳舞了。”

“跳得这么好，怎么可能说完就忘？”

听着大伙儿七嘴八舌的讨论，谢妍姗的心一点一点地沉下去。

“让柯昱复出，我倒是有个办法。”

谢妍姗的肩膀被人拍了拍。

“妍姗，你会跳舞吗？”高学姐露出个狡黠的笑，“我是指，双人舞。”

【3】

第二天，谢妍姗准时去找柯昱汇报学习进度，随口提到自己准备去华人留学生七校联合晚会表演节目，节目海选截止期在月底，最近需要空出些时间排练。

柯昱听后漫不经心地笑了笑：“没想到谢大小姐还挺多才多艺。”

谢妍姗拉了把椅子坐在他旁边，拿出教科书和课件：“总不能整天待在电脑前吧，劳逸结合，防掉发。”

柯昱往里拢了拢桌上自己的东西，为她腾出空地。他眼睛依旧盯着电脑，宽大的显示屏不断浮现出新的窗口和代码：“你表演什么？”

谢妍姗翻开书，在草稿纸上演算例题：“双人舞。”

柯昱停住敲击键盘的动作，目光斜向她：“舞伴是男的还是女的？”

“男的。”

“谁？”

谢妍姗满不在乎地答：“顾齐吧。”

柯昱的脸色蓦地阴沉下来，语调也跟着变冷：“原来你们的关系那么好。”

“表演而已。”谢妍姗放下笔，支着脑袋，傲慢地斜睨他，“我也不是没考虑过找你。”

柯昱扭头，对上她的视线。

谢妍姗耸了耸肩道：“可是你说过的，你不会跳舞。”

柯昱没吭声。

两人又开始各做各的事，谢妍姗边看书边频频瞄他，男生专注地写着代码，神情冷峻，似乎已将刚才的对话抛诸脑后。

失落感似海潮般拍击着谢妍姗的心。

她想起昨天无意间听见的陆禾与其同伴说的话——

“我哥对‘冰美人’绝对是真爱，她做的便当我哥吃得一粒米都不剩。”

“这不是很正常吗？那便当看着就很香啊。”

“她的厨艺没话说，但她做的都不是我哥喜欢吃的菜。”陆禾口吻笃定，“我为柯大帅哥做饭做了小半年，他这人平时只吃固定的东西，很挑剔的。”

谢妍姗眸色变暗。

她做的都是记忆中柯昱最爱吃的菜，他曾经亲口告诉她的。

但是，他以前喜欢的，现在都不喜欢了。

谢妍姗闭上眼，竭力将脑海中的念头清空。

人总会变的，是她自己执着于他的过去，她太任性了。

高学姐的计划，真的可以成功吗？

一直到晚上分开，柯昱始终没再提起双人舞的事。

柯昱专攻的领域是计算机视觉细分下的人脸识别，谢妍姗也跟着从这个方向入门。先前在人工智能实验室做圈猫之类的数据标注，让她对图形识别有了些了解。

“柯神，你家妹子等你好久了。”

柯昱上了一下午的课，回实验室拿东西时，刚到门口便对上了组员们挤眉弄眼的脸。

“人家三点多就来了，还没吃饭呢。”

柯昱往里看，谢妍姗坐在他的专属位子边，带来的橙色便当盒摆在一旁。

现在正值晚间休息时间，四周的男生们三三两两地围一起聊天，只有她所在的那块地方像是被隔离出的独立区域，无人敢靠近。

她整个人让人感觉遥不可及，又近在咫尺，就像一只安静地等他回家的猫。

柯昱走近，手臂搭上她的椅背：“怎么来了都不告诉我？”

谢妍姗正在电脑上写东西，听见他的声音后迅速把屏幕切换至桌面，摆出一副高傲模样：“你在不在又无所谓。”

柯昱从鼻腔里发出一声玩味的笑。

待他落座后，谢妍姗将椅子挪近，扯了扯他的衣角：“反正你人都来了，我顺便问你几个问题。”

柯昱懒洋洋地扫向她的屏幕，蓦地怔住，她整理了长长的问题列表，有二三十项。

还真是够顺便的。

柯昱靠上椅背：“我太饿了，脑子转不动。”

谢妍姗麻利地端来便当，在他面前摆开，随后双手交叠放在膝上，一脸期待地看着他。

她是一块只有他可以登陆的“孤岛”。

柯昱嘴角抑制不住地上扬，伸手想揉她的脑袋，察觉到周围人的炙热视线，又将手收了回来。

就这样，谢妍姗在学校教学网站上报名了几门相关网课，平时本专业的课修完后，便去柯昱的实验室自习。她占了他一小半桌子，看视频上课，线上交作业，参加小测验，不懂就问旁边的全能柯大佬。

为了回报他，她时不时会带上自己做的饭菜去找他，就像以前对季筱晴那样。

通常情况下实验室并不欢迎外人，但谢妍姗安安静静的，有问题也是等柯昱忙完后再问，从不打扰他工作，加上又能为全是男生的实验室增添一抹亮色，大家都很乐意看见她。

周五晚上，一天的学习进度汇报完毕，谢妍姗没有像以往那样继续待在柯昱旁边写作业，而是收拾东西往外走，准备练习即将参与海选的双人舞。

不料柯昱一路跟到了走廊。

谢妍姗回头，看见他手上拿了个杯子，看起来像是要去休息室接水。

“你在哪儿排练？”

“干吗？”

柯昱单手插兜，气定神闲地道：“我想去看看你一个动作教十遍都学不会，然后被导师骂到痛哭流涕的样子。”

谢妍姗太阳穴一跳。

“估计得令你失望了，”她撩了撩长发，发梢差点扫过他的脸，“像我这样做任何事都很优秀的人，导师说随便练练就可以出道。”

柯昱哼笑一声：“那你赶紧换个导师。”

“为什么？”

“他瞎。”

谢妍姗抬手捶他的胸口，柯昱低笑着没躲。

接下来几天谢妍姗连续早退，柯昱的脸色也越来越难看。

他回到寝室时，陆禾正在客厅里看视频，餐桌上，三菜一汤冒着热气。

陆禾将手机屏幕移动到他面前：“哥，你看，‘冰美人’要表演的双人舞。”

柯昱淡淡地瞥了一眼，拉开椅子坐下，往白米饭里加辣酱。

陆禾待在他旁边，边看视频边嚷嚷：

“听说她的舞伴是顾齐啊？

“两人要贴那么近啊！

“还搂腰。

“最后居然要接吻！”

柯昱放下筷子：“我吃饱了。”

陆禾一怔，转头看向柯昱几乎没动几口的米饭，脸上的笑容逐渐消失：“哥，你现在是不是只等着吃她做的饭了？我做的饭都难以下咽了吗？”

柯昱挑眉。

陆禾起身抽了张纸巾掩住嘴，眼眶泛出泪花，声音颤抖：“是我，是我先……明明都是我先来的……做饭也好，辅导功课也好，陪伴在你身边也好，都是我先来的……”

柯昱夹起一块猪蹄，塞进他嘴里。

“再多说一个字恶心我，你今晚立刻搬走。”

谢妍姗选顾齐做舞伴，当然是不可能的。

自从顾齐拿季筱晴药物依赖的事情威胁过谢妍姗后，谢妍姗对这个人原先就不高的好感度彻底降为了零。之后她和季筱晴闹得不愉快，至今都没有恢复联系，连带着顾齐一起被她屏蔽了。

不过，谢妍姗没完全对柯昱说谎，她是真的去练舞了。

高学姐推荐了一家舞蹈练习室，有个零基础速成班，编舞练习涵盖了身体控制、律动协调、力量爆发等基本功。

她完全没有经验，又没什么表情，学的时候总被导师说动作要放开。

导师是个男生，但动作比女生还妖娆。

“自信一点，散发魅力！”

“诱惑！再多点诱惑的感觉！”

谢妍姗跟着导师在内心默念：“我很美！”

在她不知道的某个角落，柯昱独自看着她即将表演的教学展示视频，播放到男女舞者的亲密举动时，他的嘴角微微抽了一下。

转折出现在某个周五。

谢妍姗在休息室接完水，转身冷不防地撞上柯昱的胸口。

头顶传来他趾高气扬的声音："我以前是不是答应过你，下次见面的时候教你跳双人舞？"

谢妍姗眸色一亮，迅速控制住扬起的嘴角，淡淡地道："你想起来了？"

"这不重要。"柯昱盯着她看了几秒，"把顾齐踢了，我来当你的舞伴。"

明明是句祈使句，他却用陈述句的语调说了出来。

踢什么踢？本来就是假的。

谢妍姗心里窃喜，表面却故作为难："好吧，我问问他。"

她从手机中找出顾齐的联系方式，佯装打电话，手指即将按下又停住，语调颇不情愿："不行，你不是不会跳嘛，人家顾齐可是有底子的。"

后面半句话，她刻意拉长了语调。

柯昱："学一下就会了。"

谢妍姗皱眉："你拖我后腿怎么办？"

柯昱冷笑道："不可能。"

"我不相信你。"谢妍姗上下打量了他一番，嫌弃地眯起眼，"我可不想到时候当众丢人。"

她话未说完，柯昱突然伸手捏住她的下巴，整个人跟着压过来。

休息室门外人来人往，她被困在他的身体和墙壁之间隔出的狭小空间里，动弹不得。

柯昱食指指腹轻揉着她丰盈的嘴唇，她涂了粉色唇蜜，又香又滑。他得寸进尺地将指尖伸进她的嘴里，碰到了她的舌头，谢妍姗下意识地咬住，慌张间抬眼，撞进他幽暗的眼中。

她彻底慌了神，松口也不是，咬紧也不是。

他周身又散发出那股强大的气场，呼出的气息热得灼人。谢妍姗挺直背脊，手往后摸着冰冷的墙壁，竭力控制住自己想要退缩的冲动。

在她决定推开他的那刻，他先一步收回手。

“你今天怎么话这么多？”

他声音低哑，看着她，舔了舔方才侵入她唇齿间的手指。

谢妍姗脑子一片空白，脸更是烧得滚烫。

思绪恢复后，她想给他一记“膝袭”，腿却被他迅速按住。

柯昱做了个噤声的动作。

有其他人进了休息室。

谢妍姗最终还是答应了柯昱的要求，毕竟这就是高学姐最初的计划。

谢妍姗是故意告诉柯昱她要表演双人舞，舞伴是顾齐的。

高学姐自信地冲谢妍姗保证：“他百分百会要求换人，自己当你的舞伴。”

出于私心，谢妍姗同意配合她。

一开始她也没底，不料柯昱真的上钩了。

去练舞房的路上，谢妍姗停下脚步，眼睛斜向柯昱：“喂，你待会儿不会给我丢人吧？”

柯昱垂眼，冷冷地看着她：“这话应该是我对你说。”

谢妍姗不甘示弱地回瞪。

空气里视线擦出火花，噼里啪啦。

导师的声音忽然在他们背后响起：“哎呀，不要在排练室门口含情脉脉地对视啦。”

谢妍姗一阵语塞。

结果柯昱也着实没给她丢人，恰恰相反，看他表演的时候，导师目瞪口呆，整个人像被震慑在原地。

双人舞的男生部分，柯昱看了一遍视频就学会了，还反过来指出导师动作不到位。

“这也太帅了吧！”

练舞房的其他舞者不约而同地停住动作观赏柯昱跳舞，一曲终了，掌声雷动。

轮到谢妍姗的女生部分，柯昱去旁边休息，其他舞者围了上来。

“同学，你不加入专业舞团，简直有负上天的恩赐！”

柯昱喝了口水，道：“我没兴趣。”

“没兴趣你怎么……”

柯昱抬头，下巴冲前方努力练习扩胸扭胯的谢妍姗抬了抬：“我陪她。”

谢妍姗开始了同柯昱一起抽空排练双人舞的日子。

高学姐为他们选的这支舞基本没什么独舞部分，男女舞者全程互动，对默契度要求很高。

默契，需要磨合。

“你手别乱碰。”

“抱歉，没注意。”

动作出错，两人停了下来。

柯昱垂眼道：“刚才碰哪儿了？”

谢妍姗脸颊发烫。

双人舞的背景乐再次响起，他们重新开始。

柯昱的手覆上谢妍姗的腰背，随着音乐缓缓往上抚摸。

谢妍姗全身阵阵酥麻，腿都软了。

许多双人舞会避免肢体接触，亲密动作都是隔着一段距离做的。

谢妍姗向柯昱提出过这项建议，被他直接拒绝。

他神情严肃地道：“动作有所保留，效果不会太好看。”

谢妍姗手指跟着节拍在柯昱胸口轻敲。她挑起杏眼瞪他，用口型无声发问：“你是不是想占便宜？”

柯昱嗤笑一声，唇几乎贴上她的耳朵，低声道：“谢大小姐，这叫专业。”

谢妍姗想还嘴，他忽然掐住她的腰将她翻了个身。她毫无准备，发出了一声很不纯洁的低哼。

柯昱从后面搂住谢妍姗，两人随着音乐一起舞动，心跳就此同步。

靠墙边坐了一圈人围观排练，有的是AI实验室的学员，有的是同年级的学生，有的纯粹是看热闹的路人，大伙时不时地欢呼鼓掌，雀跃地吹口哨。

“天哪，他们怎么那么好看！”

“神仙组合！”

高学姐扶了扶眼镜，点评道：“一股情欲的感觉。”

排练结束后，柯昱会留下来和练舞房的男生们斗舞，谢妍姗抱着他的外套，在边上和其他人一起当观众。

从最初柯昱因起哄而被迫参与，到后面主宰全场，谢妍姗发现，什么东西悄无声息地改变了。

自两人重逢起，柯昱总以一身黑衣的形象出现，像冰冷的金属，全身笼罩在一股说不出的阴郁中。虽然他以前气质也冷，但衣着偏亮色，依旧可以感觉到内里年轻的活力。

谢妍姗看向“赛场”，柯昱一个前空翻后利落起身，舔唇笑了笑，冲斗舞的对手勾勾手指。

他好像很开心。

她的心底忽然变得很软很软。

“喜欢吗？”

高学姐的声音幽幽地在她耳边响起。

谢妍姗打了个冷战。

高学姐将手机摄像头对准柯昱：“我就说他跳舞很帅吧。”

谢妍姗迅速调整好表情，淡淡地道：“还行。”

“他这种性格冷漠又特别别扭的男生，应该就是妍姗你的菜吧？”

“学姐，我看起来像受虐狂吗？”

两人就这样“你喜欢”“不，我没有”地来回拉扯了好几轮。高学姐求证心切，声音骤然拔高：“我的直觉不会出错，你肯定喜欢柯昱！”

谢妍姗被问得烦躁，也跟着提高音量：“那都是以前的事了！”

话音未落，全场倏地一片寂静，所有人齐刷刷地将目光扫向她。

人群中心位，柯昱刚斗舞结束。他微喘着气，一边用毛巾擦汗，一边看着她。

谢妍姗的表情瞬间僵住。

他全听见了……

第二天谢妍姗去实验室找柯昱进行例行汇报，刚到门口便听见了里面传来的声音。

“柯神，她以前喜欢你，难道你拒绝了吗？”

谢妍姗绝望地闭上眼。

她完全没法进去啊！

最后还是柯昱替她解的围，勒令所有人闭嘴。

“如果他们再问，你就说过去是你甩的我。”

谢妍姗嘀咕道：“别讲得好像我们过去有什么似的。”

不为人知的暗恋，哪来的谁甩谁？

柯昱若有所思地凝视着她，没回话。

月底，谢妍姗和柯昱的双人舞表演顺利通过了海选。

七校联合晚会是每年加州华人留学社区规模最大的演出之一，地点安排在一间可容纳几千人的大礼堂，面向全社会售票。

谢妍姗本以为一切都能顺风顺水，没想到在正式场馆排练时，出现了意外。

柯昱居然害怕舞台。

在后台等待上场的时候，他的脸色就很差，手抓着胸口，连喘气都困难。

登台后更严重了，他好似头疼欲裂，整个人都在抗拒、在发抖。

台下有人发现异常："怎么了？他是怯场吗？"

谢妍姗拉过柯昱的胳膊，搭在自己的肩膀上，另一只手臂扶住他的腰："不好意思，他生病了。"

她拖着他一路走到休息室，那里挤满了候场的表演者，她好不容易才找到个空座。

将柯昱安置下来，谢妍姗低头，发现他眼眶通红，像是陷入了深深的悲伤中。

周围还有他们认识的同学，谢妍姗抱住他的脑袋，不让旁人发现。

"没事的。

"你以前登上过比这人还要多的舞台。

"我还记得第一次见你的时候，舞台上的你，真的在发光。"

不久之前也发生过类似的场景，如今他们角色互换了，还真是有缘。

谢妍姗安抚般轻拍着柯昱的后背，过了许久，他才平静下来。

她松手，在他面前蹲下："有我陪着你，你还怕吗？"

"怕啊。"柯昱缓慢地做了几次深呼吸，小声道，"如果你接着抱我的话，我就不怕了。"

谢妍姗屈起食指敲了他脑门一下。

柯昱抬眼，静静地看着她："你不问我为什么？"

"你会说吗？"

柯昱用手指缠着她的一缕秀发，勾起嘴角道："等我们更亲近一点，我再告诉你。"

谢妍姗别过脸："那估计是听不到了。"

他不说，她就不会问，谁都有不为人知的秘密。

"柯昱，你希望找回过去吗？我的意思是……不要勉强自己。"谢妍姗垂下眼帘，无意识地抓着衣服下摆，"实在不行，我们就退出吧。"

柯昱沉默片刻，问："你不想见到以前的'泪痣先生'？"

谢妍姗心一颤，许多画面接连浮现在眼前。

他打破窗户赶走入侵她家的流浪汉，他让她的太阳能小车重新跑起来，他定下令她振作的赌约，他教她算法和编程的思路，他递来为她特意改造的录音笔，他在她发烧时照顾了她一整晚，他在她情绪崩溃时拥抱她……

谢妍姗垂下眼帘，柔声道：“他一直……一直就在我身边啊。”

她找了许多蹩脚的理由，其实只要一条短信，他便会按时出现在她面前。

她的人生因他的再次出现而变得不一样了。

柯昱目光微动，嘴角上扬，露出略带嘲讽的笑：“那怎么不更新你的恩爱段子了？我也想看看你有多爱他。”

谢妍姗方才泛起的温情僵在脸上，几秒后，她瞪他：“没爱了。”

柯昱抬手揉了揉她的脑袋：“等会儿再试试看吧。”

谢妍姗愣住。

柯昱笑着说：“不知道为什么，和你在一起，惧怕舞台的状况就没以前那么糟糕了。”

在柯昱的要求下，谢妍姗陪着他频繁地练习登台，情况逐渐有了好转。

尽管如此，她依然察觉得到，他在强忍着什么。

每次走下舞台后，他总会有很长一段时间面色极差，像被抽空了所有的力气。

他到底经历过什么？

很快便到了正式演出的那天。

谢妍姗始终忐忑不安。

他会失常吗？

倒不是怕自己丢脸，只是担心柯昱自尊心那么强，无法接受当众失态。

他那天对她说的话，她每次想起，心脏便怦怦怦跳个不停。

“我缺失了一些东西，原本觉得就算这样也无所谓，可现在才知道，那里面有你，所以我一定要找回来。”

由于过度紧张，演出那天的具体情形谢妍姗都不记得了，回过神时，她已经和柯昱一起站在了舞台上。

音乐声起。

一切正常。

柯昱一身黑色修身西装，高大挺拔。谢妍姗身着红色吊带包臀裙，尽显优美曲线。

两个人的表情都很冷漠，身体却贴得极近。

随着音乐，谢妍姗伸手往后勾住柯昱的脖子。

她今天化的猫眼妆，眼尾上挑，清纯美艳。

柯昱搂住她的腰，俯身作势亲吻她，她忽然用力推他的胸口，柯昱双臂张开，无奈后退。

两人再次靠近，谢妍姗缓缓垂下眼帘，再次抬眼，红唇微动，露出些微洁白的牙齿。

柯昱握住她的手腕，沿着手臂一路往上轻嗅，到肩膀时突然凑近，在她唇前停下。

这动作远比排练时靠得近，谢妍姗一时惊慌，下意识地缩了下脖子。

场下观众疯狂尖叫。

刚才那一幕，看上去像是真的被突然索吻，女生的害羞反应太自然了。

谢妍姗双瞳中荡起一阵水花，转身离开，柯昱抓住她的手腕将她往回一拽。她转了个圈，飞舞的长发扫过他的脸，他扶住她的腰，两人一起随着节拍摆动。

柯昱捉到了谢妍姗的手，与她十指相扣。

台下再次尖叫连连。

谢妍姗瞪他一眼，这又是个临时加的动作。

一曲即终。

结尾动作为借位接吻。

原本他们的计划是手掌盖在嘴上，利用转头的角度达到接吻的视觉效果，谁知柯昱先一步捏住了谢妍姗的手腕，在观众看不到的死角，径直吻住她的唇。

刹那间，世界天旋地转。

第十六章
他和他的猫

【1】

谢妍姗从未经历过如此疯狂的一幕。

在舞台聚光灯的笼罩下，当着几千人的面，她喜欢了很多年的男生毫无预兆地吻了她。

那一刻她思绪混乱，什么声音都听不见，什么画面都看不见。

全身的知觉仿佛聚集在与他相触的那两片柔软的嘴唇上，把她烧得心脏狂跳。

表演结束后，他们去休息室换服装。路上，两人全程沉默，甚至没有视线交流。

即将抵达目的地，柯昱转身走到她面前，挡住前路。

他垂眼看她，脸上表情意味不明："你不说点什么吗？"

谢妍姗挺直背脊，微仰起脸，神色平静。

然而，她的内心却翻江倒海——

我能说什么啊！

你这家伙什么意思？

你该不会是要整我吧？

你忘记最后要借位了？

是不是因为我太美所以你把持不住？

如果她是个编译器，现在就会疯狂报错；如果她是台主机，现在就会烧到冒烟；如果是平时的她，现在就会给他一脚回旋踢。

最终，谢妍姗听见自己冷静地说：“没关系，反正我没感觉。”

话音未落，她差点反手抽自己一巴掌。

谁知，柯昱居然笑了。

他一字一顿地重复：“没感觉？”

谢妍姗正欲开口补救，柯昱突然将她拽入旁边的休息室，转身用脚踹上门。

然后，她听见了落锁的声音。

谢妍姗背脊一凉，果然，下一秒，她被他抵在墙上，所有的关节都被他压制住，两人的身体严丝合缝地贴在一起。

柯昱垂眼看她，目光深沉又危险：“没感觉？”

事到如今，谢妍姗也不想服软，底气十足地说：“对，不就是嘴巴碰了一下吗？”

柯昱挑眉。

她想咬他，逼他松手，他却先一步掐住她的下颌。她被迫张开嘴，他的舌尖趁势滑了进来，侵略性地在她口中肆意翻搅。

谢妍姗喉间逸出一声呜咽，双腿发软，眼角隐隐泛起水光。

分开后，两个人都呼吸不稳。

柯昱一把脱了西装外套，扔到旁边，眸色沉沉地看着谢妍姗，抬手解开衬衫领口的纽扣。

他将她半抱半推到沙发上，俯身压住她，一手手掌扣着她脖颈，另一只手将她上身托起来一些，吻得愈加凶狠。

像是被她说的话激怒，他缠着她的舌头不放，吮得她连舌根都疼。

谢妍姗拼命捶他，可柯昱力气实在太大，她无法挣脱。

他哑着嗓子问：“还没感觉吗？”

谢妍姗胸口剧烈起伏着，嘴唇被咬得通红，却依旧不肯服软：“没有！”

剩下的话又被他堵于唇齿间。

柯昱索性将她的双手按在头顶，她侧过头表示抗议，不让他碰到自己的嘴唇，却无法阻止他顺着她的脸颊一路吻到耳后，沿着她的脖颈吮吸。

谢妍姗脸颊烧得通红，全身又酥又麻，战栗不止。

到最后，两人都有些喘不过气。

柯昱咬她的耳朵："还是没感觉？"

谢妍姗眼眸中泛着水雾，被激起了求胜欲："我都说了没有！"

柯昱低笑："可是我跟你跳舞的时候就有感觉了。"

谢妍姗这才察觉到他的异常，顿时不敢乱动："你为什么这样要流氓！"

柯昱笑容愈加玩味："我要流氓的样子你还没见过。"

就在她以为他又要乱来时，他直起身，将她抱到了他的腿上。

他捧着她的脸，敛住方才散发出的侵略性十足的压迫气场。

谢妍姗被迫对上他的视线。

柯昱用指腹摩挲她细腻的皮肤，用琥珀色的眼眸看着她。

他声音喑哑："妍姗，我没在开玩笑。

"我不是为了要你，也不是为了舞台效果。

"你明白我的意思吗？"

谢妍姗的心渐渐化了。

她看着他眼角下的那颗泪痣，感觉有什么东西在空气中散开。

过了好久，她终于卸下防备，软软地任由他抱住自己。

柯昱身上的味道实在太好闻，谢妍姗将脑袋靠在他的肩上，沿着他的脖颈慢慢移动到他的胸膛，鼻尖贴在他发烫的肌肤上，用力地嗅他身上的味道，那股让人感到舒适安心的味道。

她侧过脸，像猫一般地蹭了蹭他的衬衫。

柯昱宽大的手掌在她背后轻抚，从头顶到发梢，从脖颈到细腰。

谢妍姗又羞又恼："你果然还是很讨厌！"

她想从他的腿上跳下去，被柯昱拦腰抱住。他吻她，吻得又温柔又专注，手掌往上盖住她的后脑勺，慢慢轻揉她的头发。

她要推开他的手在空中停住了，沿着他的背缓缓上移抓住了他的肩膀，手指在他的衬衫上划出了一排皱起的纹路。

柯昱笑着问：“现在呢？”

谢妍姗面色绯红地推他的胸口，小声道：“更讨厌了。”

洗手间里，谢妍姗看着镜子中的自己，始终有种不真实的感觉。

她头发散乱，嘴唇又红又肿，白皙的脖颈上全是他留下的痕迹，深深浅浅一路蔓延到上衣领口。

谢妍姗听见自己的心跳声，怦怦怦，越回想跳得越快。

真是乱来。

哪有人这样的……

晚上庆功宴后已是深夜，谢妍姗不想开车，柯昱就当司机送她回家，一路上她不时看向他操作方向盘时的冷峻侧脸，思绪乱飞。

之前他们每次见面总是针锋相对，互相冷嘲热讽，现在突然就发生“激烈口角”的关系了。

她还是觉得奇怪，很不真实。

谢妍姗伸手捏了捏柯昱的脸颊，又一路往下摸到他的下巴。

柯昱面无表情地腾出一只手抓住她，一边驾驶，一边侧头亲她的掌心。

谢妍姗脸一下红了：“你专心开车！”

好吧，这下可太真实了……

到家后，柯昱理所当然地跟着谢妍姗进了屋，轻车熟路地在她客厅的沙发上坐下。

他漫不经心地说：“你上微博看看。”

谢妍姗这才想起被她冷落了许久的微博号“盐山爱吃糖”。

她的微博号已经被海潮般的私信和评论淹没。

其他人骂她她并不在乎，只是怕无法给多年的粉丝一个交代。

“‘盐山’，你为什么还不澄清？”

“‘泪痣先生’是你自导自编的吗？”

“你真的一直在骗粉丝吗？”

这个账号里洋洋洒洒几千条微博，记录了她在谷底时的岁月。

她走了太多的弯路，早晚都要面对。

谢妍姗硬着头皮登录微博，然后慢慢瞪圆了眼。

“盐山爱吃糖”居然在她不知情的状况下更新了一条微博，上传了一张照片。

照片上，女孩子的脸埋在男生胸口，紧搂着对方的腰，男生穿着T恤，抱着她的那条手臂肌肉线条流畅，手掌宽大，五指修长。粉丝们虽看不见脸，但也能想象出是个极品帅哥。

配文只有四个字：

她睡着了。

谢妍姗微眯起眼，感觉这两人无比眼熟。

她蓦地想起来，是她发烧生病，把柯昱叫过来解决停电的问题，结果他照顾了她整晚的那天……

不会吧！

谢妍姗一个激灵，唰地扭头看向柯昱，对方若无其事地低头玩着手机，还为自己倒了杯水，一口一口地喝。

她将头转回来，战战兢兢地点开评论区，发现舆论风向骤变。

“‘泪痣先生’本人出来了，这操作我服！”

“‘盐山’说过只有抱着他才睡得香。好帅的大型抱枕哦！”

各大营销号和八卦帖也跟着转发，#“盐山”回应账号扒皮#和#“泪痣先生”高能现身#等话题在微博热搜霸了很久的榜。

简单的微博更新证明了一件事——“泪痣先生”是真的。粉丝们看到这条微博后便趁势反驳“黑粉”。

“这条毛毯在‘盐山’之前的照片里出现过，是个小众牌子，每款产品都独一无二，肯定就是她的照片。”

“虽然看不见脸，但男生的外形感觉和‘盐山’平时描述的几乎一模一样啊！”

“‘盐山’之前就说过，他们只是想低调罢了，随意透露她隐私的人适可而止吧！”

谢妍姗万万没有想到，在她处理代码抄袭事件期间，这件看似无解的事居然顺风顺水地被平息了下来。

她心头五味杂陈，在柯昱身边坐了下来，过了很久才开口：“你怎么都不和我说一声？”

“我感觉你挺重视这个号，生病了还念个不停，就顺手帮你个忙。”柯昱不咸不淡地说，“我又没骗人。”

她不知道的是，那天晚上柯昱的手机搜索记录是这样的：

如何使用自拍杆？

如何低调自然地秀恩爱？

如何秀恩爱的时候保证不露脸？

他大概查了也就一个小时吧，真的很“顺手”。

柯昱拿着水杯抵在唇边，侧头观察谢妍姗的表情，见她脸上始终阴晴不定，便将水杯放回茶几上，补充道：“事出意外，我以后不会这样做了。”

谢妍姗抿唇，目光闪烁：“可是，我想同大家解释清楚，‘泪痣先生’的段子都是我编的。”

柯昱耸肩：“也不算骗人，我本来就是。”

谢妍姗嘴角抽了抽。

得了吧，你本人跟我写的宠妻狂魔“泪痣先生”可差了十万八千里。

她委婉提示：“但内容……”

“以后成真就行了。”

“嗯？”

柯昱抬手揉她的脖子，用指腹轻触他自己种下的草莓印：“谢大小姐这方面的理论知识那么足，实践起来肯定很顺利。”

谢妍姗神情警惕：“你要干什么？”

柯昱暧昧地压低嗓音，咬字格外清晰：“我什么都能干。”

几分钟后，被关在大门外的柯昱看着窗户里透出的暖黄灯光，低头笑了笑。

【2】

“盐山爱吃糖”最终还是发布了一篇长文，解释一切的来龙去脉。

出乎谢妍姗意料的是，“我暗恋并幻想的男生真的成了我的男朋友”，戏剧效果远胜于过去。

大批网友留言，希望谢妍姗可以继续更新和“泪痣先生”的日常生活，以及讲述自己从谷底重新爬起来的经历。

尽管如此，谢妍姗依旧决定关闭微博，将重心完全转移到现实中来。

另一方面，谢妍姗和柯昱的双人舞表演被晚会主办方上传至视频网站，反响热烈。在学校里更是随处能听见关于他们的八卦，不少同学边感慨边露出“姨母笑”[1]。

“啊，柯昱这个太平洋肩。”

“啊，谢妍姗这个直角肩。”

“真正的俊男美女！”

中午，北校工程学院的图书馆，一楼开放式咖啡厅里挤满了华人留学生，话题依旧绕不开这两位风云人物。

“听说谢妍姗还是个奥数冠军，她的经历简直就像落难公主，现在成绩又回来了，跨院修了工程学院的编程课‘101’，名列前茅，还整天往柯昱的实验室跑呢。”

1　网络流行词。常形容女生看到喜欢的人或事物时露出来的一种慈爱、宠溺与疼爱的微笑。

"柯昱那个组可是目前学校人工智能实验室里最有前途、实力最强的科研小组啊，多少人挤破头都想进。谢妍姗若是能加入，那真是个大新闻。"

"对，而且还是唯一的女生。"

他们聊到兴起，忽然集体噤声，当事人谢妍姗正从旁边走过，气质清冷，面无表情。

联想到她在舞台上那副"我就是全场最美"的气势，好几个男生情不自禁地脸红了。

走到无人的地方，谢妍姗紧绷的表情一下子垮掉，用论文挡住脸，抖着肩膀笑个不停。

她刚从"101"教授的办公室里出来，教授建议她下学期转入工程学院，正式成为柯昱实验小组的一员。

"人工智能需要的是复合型人才，现在市面上有许多现成的模型，很多人并不理解其中的数学原理，只知道一味地调参数，花大量时间提高一点点准确率。"

教授轻叹了口气，眸色又随着后面说的话渐渐亮了起来。

"柯昱不仅会构建算法、训练模型，还能将技术落地，写成应用程序，上线发布。他这样的人，才是现在最需要的人才。"

谢妍姗明白了，敢情前面都是在铺垫。

教授郑重地对她说："你跟着他，一定能学到不少东西。"

谢妍姗点点头。

"他现在项目越做越大，同样也需要强劲的队友。"

谢妍姗继续点头。

教授告诉她，柯昱的数学、编程和英语实力都是顶尖的。

"一般人我看不上。"

谢妍姗脑海中瞬间浮现出了他说这话时的语气，以前听了会想翻白眼，现在听了感觉帅气值满满。恋爱真令人变化大。

"你最初申请上'101'，学院那边没通过，就是他特别提醒的我。"教授面带微笑，慢条斯理地说，"柯昱很看好你。"

谢妍姗的脸颊不争气地烧了起来，只能低头，装作若无其事地喝水。

教授竖起四根手指，逐一往下按：“论文、项目、比赛、实习，这就是你接下来的大学生涯。”他问，“你会觉得太难吗？”

谢妍姗摇头，嘴角上扬：“不会，我觉得非常有趣。”

还有什么比拥有明确的目标更令人兴奋呢？

她在黑暗的泥潭中深陷已久，视野可及之处是苍凉的荒野，如今迷雾消散，终于看清了前路生机盎然的风景。

正因为曾经蹉跎过太多光阴，她才希望能更用力地抓紧当下，拼尽气力，洒尽汗水。

谢妍姗知道，柯昱小组重点研究的是如何透过易容和变装识别人的真实身份，这是最近人脸识别领域算法的新挑战。

他执着于做安防产品，说是“为了世界和平”。

他最早和公司合作研发“一键卸妆”功能，其实是为后续开发反易容人脸识别积累经验。

谢妍姗在他的书桌上看见过整理成砖头厚的相关论文，以及林林总总的刑事案件的追踪报道，猜想他也许是个刑侦片的粉丝。

谢妍姗走进实验室时，组员们正围在一起聊天。

“最近停车场经常有车子被砸，还有人快递被偷。”

“没有摄像头，嫌犯很难抓。”

“我看过一则新闻，大广场里孩子被人抱走，警方用人脸识别技术，很快就锁定了嫌疑人，把孩子给找回来了。”

大伙七嘴八舌地补充人脸识别技术在各方面的应用，谢妍姗跟着加入话题：“如果计算机视觉技术被规范使用，单身女子回家走夜路，也能更安全。”

这是她初次主动同柯昱的组员们说话，所有人一愣，很快便接上她的话茬，探讨类似“机器识别暴力行为后发出警报”等行为技术上的可行性。

柯昱忽然打断他们，前方发来反馈，与他们合作的公司选了一家无人超市作为试点，安装了载有小组最新成果的摄像头，发现可以明显降低偷窃率。

这一消息无比振奋人心，众人起身，互相欢呼着击掌。

谢妍姗被感染，恨不得立刻跟上所有的进度，为这AI模型注入一份自己的血液。

一名男生忽然想起一件曾轰动全球的旧案："你们知道当年L城音乐节那事吧？死了好多人。"

那是一场汇聚全球顶尖音乐人和舞者的表演秀，在气氛最浓时人们遭遇枪手无差别扫射，死伤的大多是年轻的学生，令人叹息不已。

一直到现在，仍有人去事发的现场，送上悼念的鲜花和卡片。

"当年恐怖袭击的主犯并没有被捉到，依旧在逃，监控录像有拍到一个远景，但他进行了易容，那时候技术不行，无法识别。"

"对，咱们组主攻的就是反易容人脸识别，要是那事发生在现在，早就把这家伙给逮了！"陆禾转身，挥舞手臂，冲着墙边的盆栽高声喝道，"往哪儿跑！化成灰老子都认得你！"

大伙儿纷纷应声。

始终冷着脸敲击键盘的柯昱终于开口："没错，我们要让过去没抓到、至今还逍遥法外的逃犯受到制裁。"

他抬眼，视线扫过房间里的每个人："纸上谈兵没有用，得做到真正用技术造福人类。"

"那是必须的，我们是工程师啊！"

组员们集体回到座位，卷起袖子继续干活。

谢妍姗听得热血沸腾，接下来的几个小时，她耳畔自动播放着激扬的背景音乐，解题的笔都轻快了起来。

就这样过去了快两个小时，谢妍姗写完了一篇大章节，偏过头发现柯昱依旧在忙碌。

从她进实验室到现在，他没有与她互动，甚至连眼神也没给一个。

谢妍姗偷瞄他的侧脸。她眼珠转来转去，心里有点空，也有点痒，突然又觉得没有真实感了。

她从手提袋中拿出昨晚在家做的蛋挞，走到房间中央。

“大家分着吃吧。”

由于当“冰山”多年，不习惯主动向人示好，她语调中有些罕见的羞怯。

所有男生同时抬头，然后，面面相觑。

没人出声，没人敢动。

毕竟，在谢妍姗身后，柯大佬的目光无比犀利啊！

谢妍姗这才像想起了什么，回到自己的座位边，又拿出一份，摆在柯昱面前：“给你的。”

柯昱抬手，掌心覆盖在她的脑后，手指插入她的长发中，顺着脸颊一路向前梳到发梢，动作亲昵暧昧：“我单独一盒？”

谢妍姗脸一下子热了：“嗯。”

柯昱这才舒展眉头，冲众人抬了下下巴。

大伙儿一窝蜂地将蛋挞抢了个精光。

柯昱慢条斯理地从椅子上站起来，查岗般在每个组员身边转了一圈，最后回到谢妍姗身边，冲她勾了勾手指。

谢妍姗将脑袋歪向他。

柯昱语调颇为不爽：“为什么你给我的和给他们的一模一样？”

谢妍姗淡淡地道：“不一样。”

柯昱捏着蛋挞，在面前转了转：“哪里不一样？”

“你的料少。”谢妍姗咬了口之前从“公共盒”里拿的蛋挞，下巴微抬，故意将语调拖长，“做第二批的时候材料不够了，我寻思着，总不能把做得差的给别人吧。”

柯昱动作定格。

谢妍姗抿唇憋笑。

谁知，柯昱将蛋挞放回盒中，伸手扣住她的下巴，俯身靠近，用只有两个人才能听见的音量说："那我要吃你嘴里的这块。"

谢妍姗顿时面红耳赤。

四周炙热的目光瞬间扫射而来……

感觉到他挺拔的鼻梁即将贴上自己的脸颊，她用胳膊肘推他："不可能！走开啦！"

不要突然这么有真实感啊！

他们的旁边，陆禾惊恐地瞪大眼睛，喊出了"观众席"的心声："哥！外面传的都是真的？你们真的交往了？"

柯昱嘴角噙着笑，正游刃有余地逗着谢妍姗。闻言，他敛了表情，牵住谢妍姗的手，十指相扣，又往前一拉，让她离自己更近一些。

谢妍姗脑袋撞进他的怀里，心跳得快要蹦出胸口。

柯昱侧头，掀起眼皮淡淡地扫了陆禾一眼："不然呢？"

整屋子的男生不约而同地哆嗦了一下，发出一声长长的"噫——"。没想到这柯大佬谈起恋爱来居然是这种风格，丝毫不理会旁人的目光啊……

组员们回想起被柯昱冷着脸痛斥的悲惨过去，回想起他反感旁人的触碰，回想起漂亮的妹子们组队来看他，他却不为所动，两三句话就把人直接说哭……能驾驭柯昱这种男人，谢妍姗果然了不得。

可惜他们没机会目睹柯昱从"冰美人"口中夺食的香艳画面，柯昱借口出去走一圈整理思路，带着蛋挞，将谢妍姗按在无人的角落，心满意足地吃了个饱。

也不知他干了什么，后来谢妍姗一见到蛋挞就脸红。

【3】

这学期进入尾声，谢妍姗各项成绩全线质变，一扫过去的萎靡，工程"101"课程如愿以偿地拿了A，赢下和柯昱的赌约。

看着她的成绩单，柯昱叹了口气："真遗憾。"

谢妍姗不爽地挑眉。

柯昱垂眼对上她的视线，笑着说："你不能跟我姓了。"

他目光灼人，谢妍姗用冷哼掩饰羞涩，耳根却很诚实地泛红。

成绩出来后，她转院到工程学院的申请也已被批准，她与柯昱一起确定了新课表。

柯昱在一堆可供选择的课程中画了几个圈。

"你需要接着掌握各类编程语言、机器学习算法、计算机架构以及图形学。"

谢妍姗看着课程介绍，有些内容她在学习柯昱的项目时已有涉及，自学了不少。

到了暑假，留学生们大多趁着长假回国，柯昱去外地实习，谢妍姗独自留在学校里，补之前落下的基础知识，预习接下来会学的新内容。

柯昱每周都会回来看她，再开六七个小时的车回去，有时候走得晚了，他就在公司附近的麦当劳里睡一会儿，然后直接去上班。

看到他风尘仆仆的模样，谢妍姗心疼不已，反复往返终究折腾，他眼底都有了血丝。

她轻声道："反正我们开学就能见面，要不这几个星期你就别回来了。"

"我想看到你，"柯昱将书包扔到沙发上，脱下外套，"忍不了那么久。"

谢妍姗抿唇，心头变得很软很软。

这回答就像之前排练双人舞时，柯昱因恐惧舞台而身体极度不适，却忍着头晕、干呕、呼吸不顺，执着地陪她完成了表演。

当时她问："你明明很难受，为什么不取消演出呢？"

他说："我想让你开心。"

谢妍姗正沉浸在温情的感动中，忽然看见柯昱坐在沙发上，将手提电脑放在她家的茶几上，脸上露出了嘲讽的笑容。

"我怕你没了我的监督就偷懒。"他拍拍自己身侧的位子，"过来，我检查作业。”

谢妍姗皱了皱鼻子，瞪他：“我才没有偷懒。”

柯昱手一捞，将她抱到自己腿上，抚摸她的长发。

谢妍姗早已化成了一摊水，却不忘矜持地挺着背，趴在他胸口小声说：“下周我去找你吧？”

“我那儿住的条件不行。”柯昱将脸埋进她的脖颈，深吸了口气，“我底子好，路上浪费点时间没事，你嘛……就给我乖乖地待这儿补功课，免得新学期跟不上，丢我的人。”

谢妍姗额角跳了跳。

“我才不会跟不上！我才不会丢人！再给我两个月我就能超过你！”她像只奓毛的猫般张牙舞爪，“你快松开我！”

柯昱抱得更用力了，语调里的笑意满得快要溢出来。

“不行，你身体好软，抱着舒服。”

排得满满的课表、充满前途的科研课题，每天干着喜欢做的事，最爱的人就在身边，谢妍姗的生活即将步入正轨，可怎料寒冬却毫无预兆地来袭。

新学期开始没多久，谢妍姗去超市购物，结账时，发现自己的中国信用卡被冻结了。

她查询银行账户，并未有新的学费和生活费打到账上。

谢妍姗的父亲虽对她极为严苛，但在金钱方面却向来阔绰，在她最颓废最挥霍的时候，他都没有切断过对她的经济支持。

谢妍姗心底泛起一股极为不好的预感：她许久不与家里联系，难道他们要在这个时间点与她清算旧账？

她打电话到家里，无人接听，又没有任何亲戚的联系方式，辗转多次，她终于发现最近常有国内的号码来电，因是陌生号码，全被她屏蔽了。

电话很快就被接通了，来自父亲的一位旧识。

听完对方的话，她瞬间僵住，被震得面色煞白。

谢妍姗的父亲投资失败，亏得血本无归，资金链断裂，公司破产，抵押了所有不动产来还债，如今仍在四处筹钱还款。

继母早已与他离婚，撇清关系，而她的父亲则拒绝和她联系。

“他不让我们告诉你，我也不知道为什么。”

谢妍姗嘴唇颤了颤，耳畔响起了继母曾经的痛斥——

“你怎么回事！你爸听说你要被学校退学，气得把你房间里的东西全部扔出来了！”

“他说他没有你这种女儿！”

对方在电话那头语气凝重：“产业变化太快，你爸的公司前几年状况就很不好了，一度连员工的工资都差点发不出。他精神压力大，开始酗酒，每天不是出差就是住在公司，几乎不回家。我们都劝他别那么拼，他不肯，说你在国外开销大，得攒钱供你上学，谁知道他居然铤而走险……”

谢妍姗说不出话。她觉得口渴，想喝水，伸手拿茶几上的水杯，手却止不住地颤抖。

砰的一声，杯子被她打翻，水流了一地。

她眼前无法控制地浮现出父亲那张因愤怒而扭曲的脸，那冰冷的语调曾凝结成最尖锐的刺，在无数个纠缠不清的噩梦中，扎得她满目疮痍。

“不要跟我说你很努力了，这种话只能感动你自己，我只看结果，结果是什么？

“你做的事没一件不令我失望！

“你就是个废物！

“废物！”

斥责谩骂逐渐轻了下来，到最后化为枯燥的嗡嗡声，久久难以消散。

她又看见了年少的自己，在黑暗的角落里抱着膝盖，蜷缩成小小的一团。

为什么要这样？

事到如今，让她听见这种话，就可以抹杀曾经他给她带来的伤害吗？

胸口很闷，喘不过气，谢妍姗红着眼眶，淡淡地说："我知道了。"

挂了电话，她在原地站了很久很久，摊开手，再握紧，掌心里什么都没有。

原来人在遇到巨大的变故后，会产生事情极度不真实的感觉。

大脑像进入了待机模式，无法思考，谢妍姗漠然地拿出吸尘器，清理起房间的每个角落。

一些曾经不在乎，也不想去发现的细节，就在这种时候被无限放大。

她高中时厌学情绪达到了极致，高考毫无悬念地落榜，成绩极为难看。父亲对她失望透顶，自打送她出国留学后，便对她不管不顾。

现在想来，P大毕竟是名校，哪怕文理学院入学门槛比其他学院低很多，以她当时的成绩，能被录取依旧是不可思议。

文理学院富家子弟云集，若申请者的硬实力薄弱，那父亲定是要付出很大的代价。

吸尘器扫过客厅的每一个角落，谢妍姗沿着楼梯，走进地下室。

在那段荒唐的岁月里，她像着了魔一般挥霍无度，下一批批的订单，写测评发微博，在虚拟的世界里收获虚假的快乐。

入口不远处，一箱她买来后便闲置的衣服映入她的眼帘，它们安静地躺在那里，甚至都没有被拆封。

来得太过容易的东西，便不会被珍惜。

谢妍姗空荡荡的心像被巨石压着，一点一点，堵得她呼吸不顺。

她几乎快要忘了，自己并非生来富贵。

她幼年丧母，父亲白手起家，为了打拼事业，将她寄放在外公外婆家，定期汇入抚养费。

外公告诉过她，父亲小时候想要什么都买不了，曾攒钱偷偷地买了双鞋，被爷爷用皮带抽得皮开肉绽，自那以后，他便下定决心，自己的孩子一定不会受这样的委屈。

父亲从不向她提起自己的父母，她和爷爷奶奶也从未有过接触。她偶然在别人那儿得知，父亲出身清寒，父母没有文化，一不顺心就对他拳打脚踢。

没有心理辅导，父母纯粹通过暴力来强迫孩子服从，最终把人变得麻木，制造所谓的乖巧——她的父亲就是这么长大的。

直到最近，谢妍姗才隐约有些明白，父亲离开家后出人头地，却无法控制自己对女儿进行语言攻击，是将肉体暴力变为了精神折磨。

他觉得孩子经受不住苦难，没办法从挫折中站起来是因为意志力薄弱，而意志力需要锤炼。

谢妍姗成绩最差那会儿，他将她关进房间里做题，自己就待在旁边看着她。

她越做越错，越错越怕，越怕越崩溃。

父亲暴怒，发火，抢过她的答卷想要撕掉，动作却突然停了下来。

他看着她，眼中满是疲惫。

“等哪天我赚不动钱了，就你这副模样，一个人怎么活得下去？”

那个时候谢妍姗听不明白。她见过父亲陪客户喝酒喝到胃出血，知道他经常出差，也撞见过他一个接一个地打电话，在书房通宵达旦，紧锁着眉头抽烟，但她并不知道这些都意味着什么。

后来，她在参加志愿者活动时听见季筱晴的演讲，季筱晴说：“同学们，在这个时代，不跟着拼命向前跑，你就会被淘汰！”

上学期成绩单出来后，谢妍姗曾打电话回家，她下定决心想告诉父亲，他之前说的都是错的，她很强，能把项目做得很好，并非他口中的一无是处。

电话却没人接，她以为他工作忙碌，便没放在心里。

怎料在她看不见的地方，一切早已偏离了原先的轨道。

第二天一大早，谢妍姗将房子里所有的东西都整理出来。她之前就退掉了不少奢侈品，现在打算将剩下的全卖了，转钱回去帮父亲还债。

这些钱本来就不是她的。

几天后，谢妍姗被学校通知，她并没有付全学费。

如果她无法在截止日前付清学费，就不可以继续上课，签证到期必须离开学校。

谢妍姗突然失去了一切经济来源，没有其他的选择余地。

她必须离开好不容易转入的顶尖工程学院。

她必须离开精英会聚的人工智能实验室。

她必须离开柯昱。

想起柯昱，谢妍姗心头一阵酸楚。

他们能再见面吗？

他至少还有几年才毕业，也许还要继续读研、读博……

那个时候她在做什么？

大学肄业，边打工边参加成人高考？

还是就找一份普通的工作，浑浑噩噩地过下半辈子？

她无法想象。

谢妍姗沿着墙壁慢慢滑落，跌坐在地板上，抱住自己的膝盖，将整张脸都埋在臂弯里。

她想起那天她病得厉害，所有的坏事累积在一起，将她打得措手不及，她脑袋疼，心里更疼，最难受的时候落入了他温暖的怀抱，她嗅着他身上好闻的味道，睡得无比香甜。

就像很久以前，同样的怀抱将她从深渊的边缘拉回。

只要他出现在身边，她就觉得安心。

谢妍姗拿出手机，翻到柯昱的名字。

她不喜欢不告而别。

柯昱在阶梯教室给新生作演讲，谢妍姗在门外等了会儿，看着往来的人群，心情愈加沉重。

她离开教学楼，沿着校园慢慢地走，试图将眼前的景色全部印在脑海里：三三两两的学生说笑着经过她身边，她听见他们提及的术语，是刚上“101”的新人；钟楼附近的草坪上零星散布着野餐的桌布，餐盆边还放着一份份论文，被风吹得翻了页；图书馆边的树荫下，学生们边吃汉堡边敲电脑，不时偏过头看别人的屏幕。

谢妍姗走进图书馆一楼的咖啡厅，兼职的学生正在擦桌子，抬头笑着问她今天想喝什么，她笑了笑，想起个位数的账户余额，什么都没点。

她走到公告板前，仰头看着上面贴着的每张海报，有各项奖学金的申请方式，还有附近餐厅招聘服务生的启事。

这个世界上，很多人都靠着自己的努力，辛苦却充实地活着。

谢妍姗忽然想起了许多事，想起季筱晴看到她疯狂购物的账单时那种震惊又难过的眼神，想起季筱晴流着眼泪对自己说：“我和你不一样，我没有任何时间可以浪费！”

她想起两人重逢初期，柯昱面对她的那群“战利品”，情绪抑制不住地爆发。

“你父母供你来U国留学，一门课学费多少美金？换算过来是多少人民币？你这个月用掉的生活费有多少美金？换算过来又是多少人民币？”

那个时候她的回答，到底是多么地伤人心。

她说：“别以为所有人都要像你们一样，每时每刻算着用了多少钱，我买东西从来不看标价，因为我想买就买，根本不在乎！”

谢妍姗心绪不宁，越想越懊悔，恨不得穿越时空，将那个时候的自己抹除掉。

手机就在这个时候响了，是柯昱，他问她在哪儿。

他带谢妍姗去了自己的宿舍，陆禾不在，房间里只有两个人。

听完了事情的来龙去脉，柯昱的神色十分平静，仿佛对他来说，这并非什么新鲜事。

他淡淡地道："你总得把书先读完，不然你回去也找不到待遇高的工作，别提帮你爸爸，你连自己都照顾不了。"

谢妍姗眼前蒙了层薄雾。她低着头，不愿被他发现："回国后，其他事总会有办法解决的。"

"你就这样辍学？"柯昱皱眉，"和我分开？"

谢妍姗紧咬下唇，竭力控制着即将夺眶而出的眼泪。

她硬撑了数日，所有的坚强在见到他的那刻悉数崩塌。

"我其实一直很讨厌我爸爸，我不想看到他，不想联系他，甚至一度自暴自弃地想报复他，让他看看他口中的废物真的成了个废物。"

她声音越来越不稳："可我现在发现，我其实一直都在他给的树荫下活着。"

树倒了，前面的路她忽然就看不清了。

她也希望能像其他人那样自力更生，但最后的考核近在眼前，怕是来不及做什么了。

谢妍姗嗫嚅道："我也想申请奖学金，可那要看过去的成绩……"

她垂下头，眼眶发红："为什么我人一那会儿不好好读书呢……为什么要那样浪费时间浪费钱呢……"

她很后悔，真的非常后悔。

"没事的，"柯昱轻揉她的长发，"我们总要花更大的力气去弥补以前犯的错。但是，每个人都会犯错。"

他问："你学费还差多少？"

尽管谢妍姗上学期多付了些，目前还是差一大半。

柯昱从书包里翻出支票本，撕下一张，写了金额递给她，全程没有丝毫停顿。

五位数的美金，对学生来说绝对是巨款。

谢妍姗面露诧异，连连摆手，不敢收。

柯昱一直那么缺钱，两人刚重逢的时候，他几乎是马不停蹄地在外面打工，甚至不惜假扮梁萤的男朋友，听组里的人说，他的生活费都是自己挣的。

似乎是意识到了她在想什么，柯昱轻描淡写地解释：“之前合作的公司刚给我结了账，我喜欢攒钱，手头没那么紧。”

谢妍姗还是不接。

“就当应急。”柯昱进一步劝说，“你这么聪明，又努力，以后肯定可以申请到奖学金。”

谢妍姗始终不肯收，柯昱便将支票强硬地塞进她的手里。

“怎么？只许你搞坏自家水管给我塞钱，不许我作为男朋友帮你个忙？”

他蓦地停住，语气愈加郑重：“不对，其实是帮我自己的忙。”

谢妍姗目光微动，沉默不语，伸手触碰他的泪痣，被柯昱一把反握住。

“你在确认我是不是幻觉？”

谢妍姗被戳穿心事，局促地移开视线，不看他。

柯昱将她的脸转回来，用双手捧住：“我不会再失约了，只要你需要我，我就会出现在你面前。”

过了许久，他听见她低声说：“那就借一会儿。”

“好。”

谢妍姗又重复了一次，眼神坚定：“我一定会还你的！”

柯昱笑着点头。

谢妍姗收起支票，目不转睛地看了柯昱许久，忽然靠上他的胸口，往他怀里钻了钻。见他没有将手搂上来的趋势，她抬眼对上他的视线，红着脸不自然地小声说：“给你抱。”

柯昱微怔，随后勾起嘴角，笑得很痞。

“想报答我？”他动了下肩膀，使她的脑袋轻轻一颠。

谢妍姗抓着他的上衣，红晕一路从耳根蔓延到脖颈。

柯昱宽大的手掌终于覆上了她的腰，隔着一层单薄的布料，缓缓上移，碰到了她的内衣扣。

在只有两人的房间里，他低头贴上她的耳郭，声音沙哑地道："光给我抱怎么够？"

这句话震得谢妍姗乱了心神，全身僵硬。

柯昱抬起手，向前撩开她的额发，嘴唇温柔地覆了上去。

"得亲一下。"

柯昱替谢妍姗补上了学费的缺口，谢妍姗终于成功注册了新学期的课程。

学费的事情解决后，柯昱陪谢妍姗回了国。

谢父已还清了债务，但已一贫如洗。他卖掉房子后搬进了条件简陋的廉租房，找了份薪水不高的工作。

谢妍姗在他新住处的楼下站了很久，目不转睛地盯着掉漆的外墙，始终没往前踏一步。

后来她还是被柯昱拖了上去。

"你怎么回来了？"

对于她的突然到访，谢父并未如谢妍姗想象的那般直接给她吃个闭门羹，他态度友善得谢妍姗都不习惯。他忙不迭地将杂乱的桌子清出一块空地，焦急又笨拙地给他们找喝水的杯子。

"学校那边，不让你读书了吗？"谢父在地上的篮子里选苹果，好不容易找到个没有烂的，用衣袖擦了擦，"我再想想办法……"

谢妍姗心头五味杂陈。

他是觉得自己总能借到钱帮她付学费，才让所有人都不告诉她真相。

他没有被温柔地对待过，也不知道怎样表达对孩子的感情，只会用给钱这种最直接的方式。

最近几个星期，她整理了思绪，好似一夜长大。

"我再想办法筹一点钱。"谢父喃喃道，"你不能不去上学啊……”

谢妍姗张了张嘴：“我……”

柯昱拉住她的手，礼貌而恭敬地对谢父说：“妍姗成绩很好，刚转入我们学校最强的工程学院，教授也很欣赏她。她申请了奖学金，学费不是问题。”

谢父浑身一震，难以置信地睁大眼睛，随后，脸上缓慢地浮现出十分罕见的笑容，眼角甚至泛起了泪花：“那就好，那就好。”

还没有高兴多久，他又慌张地问：“你们还在这儿干什么？回国太久，学校的功课会落下吧？”

谢妍姗摇头道：“我跟学校请了假，回国陪你。”

谢父蓦地沉下脸，用力摆摆手。

“我不需要你陪我！你快回去把书读完！”

谢妍姗扫了一圈凌乱的房间，不吭声。

谢父暴喝：“你留在这里干什么？我一个人过完全没问题！你不好好读书，以后连学位都没有，我还要花钱养你！”

见谢妍姗戳在原地，谢父音调骤然提高：“快走！我不需要你陪我！你只会给我添麻烦！”

谢妍姗依旧不动。

“走啊！听到没！”

谢父作势要扔东西，被柯昱拦下。

谢妍姗知道父亲的脾气，轻叹口气，沉默地拉住柯昱的袖口，转身离开了。

接下来的几天，她雷打不动地出现在父亲的周围。

远远地，她看着他出门，看着他回家，看着他到边上的小店吃面条，看着他去超市买菜，看着他与邻里寒暄。

像在看一场默剧，那个不远处的身影既熟悉又陌生，她突然觉得有很多话想说，可一句也说不出。

柯昱一直陪在她的身边，牵着她的手，从天亮到天黑。

两周的假期到了尾声。

登上回程的飞机后，谢妍姗在书包里发现了一个不知何时被放进来的信封。

信封里面装着厚厚一沓皱巴巴的钱，两三张破旧的百元大钞，剩下的全是五块、十块的小面额纸币，甚至还有一把硬币。

谢妍姗的手像猛地被烫了一下，差点令信封掉到地上。

她的眼前映出了与父亲道别时的情景：男人背对着她站在小巷门口，曾经乌黑的两鬓早已发白，肩膀微微颤抖。

她越走越远。

夕阳将他的影子拖得很长很长，他一次也没有回头。

第十七章

扑朔迷离

【1】

回到学校后，谢妍姗无法继续承担独栋别墅昂贵的房租，到月底就得挪去别的住处。

AI科研小组那边落下了一堆工作没完成，她在实验室忙了整个上午，趁休息的间隙上网查找租房信息。便宜的公寓大多位置偏远，治安也不好，价格适中的，需要找人合租。

感觉到脑袋上方有股温热的鼻息，谢妍姗回头，发现柯昱手扶在她的椅背上，正弯着腰看她的屏幕。

她的视野里是他的侧脸，他鼻梁挺拔，下颌线如雕塑般分明。他收起了往日那股压迫感十足的冰冷气场，神态瞧着倒挺温柔。

柯昱眼眸斜向她，漫不经心地说："你可以住我家。"

谢妍姗微怔，握着饮料罐的手一抖，洒了些饮料在键盘上，她忙不迭地抽出纸巾去擦。

柯昱轻嗤："别激动，陆禾正好搬走了，我们一人一间房。"

谢妍姗瞪他："我没激动！"

柯昱捏了捏她的耳垂："那你脸红什么？"

谢妍姗掐他的胳膊："当然是因为你这家伙污蔑我！"

柯昱是个行动派，第二天晚上就去谢妍姗家门口帮她搬家，两人提着大包小包抵达他的宿舍。柯昱低头找钥匙，门却啪的一声开了。

“哥！你不要赶我走！”

陆禾突然冲出来扒着门框鬼哭狼嚎，把两人都吓了一跳。

“哥！你不能没有良心！

“哥！你……”

目光扫到柯昱身边站着的谢妍姗，陆禾眨眨眼，泪眼婆娑的可怜模样立刻消失，脸上的表情颇为生动，如同滚动的弹幕，“原来如此”“我就说嘛”“嘿嘿嘿”……

门啪地合上了，谢妍姗和柯昱同时一震。

不到五分钟，陆禾再次出现在门口，这回手里推着两个行李箱。

他凝视着柯昱，表情难舍中带着丝欣慰：“哥，我真走了。”

柯昱冲他点了下头。

陆禾一步三回头地离开了。

“你这样不好吧？”谢妍姗拉了拉柯昱的衣服下摆，小声说，“这叫他正好搬走？”

柯昱淡淡地道：“他本来就是暂住在我家。他租了公寓，房东要装修，让他出去避几天，结果这家伙一待我这儿就不肯挪了。”

谢妍姗感慨道：“看来他真的很喜欢和你住。”

柯昱低笑一声，垂眼看着她：“那没办法，我想和我女朋友住。”

谢妍姗脸颊发烫，正欲说什么，陆禾忽然折返，拍了拍柯昱的肩膀，语重心长地道：“哥，注意安全，别出人命。”

谢妍姗蓦地面色通红，柯昱抬腿踹了陆禾一脚。

进了公寓后，谢妍姗发现里面收拾得一尘不染，刚洗好的衣服根据颜色和质地放在不同的洗衣筐里，像是才整理过的，再往里看，陆禾的家具都留着没搬，拎包即可入住。

谢妍姗摸了把厨房光洁的大理石台面：“你打扫的卫生？”

柯昱下巴冲门外抬了下：“他。”

谢妍姗啧啧称奇，一位如此贤惠的室友住在这儿就不想走了，柯昱定是有什么过人之处。

脑内闪过一道灵光，她瞪圆眼，将脸转向柯昱：“难不成他对你……”

柯昱冷冷地道：“他喜欢季筱晴。”

谢妍姗怔住，完全无法将两人联系到一起。

季筱晴从没提过她有什么追求者。

想起她先前也没告诉自己她与顾齐有私交，谢妍姗感觉鼻间有些发酸。

那次闹得不愉快之后，谢妍姗再也没有与季筱晴有过联系。季筱晴的话杀伤力太强，撕开了她曾经的伤疤，她越是对关系珍重便越想逃避，不敢面对。

但这几天她的心境有些不同。

无论是爱人还是朋友，分开后往往能够想明白一些事，看清原来未曾在彼此身上发现的地方。理解了对方的感受，便更容易释怀。

也许是因为如今有柯昱在身边，陪她一起面对，她才会有这样的改变。

谢妍姗想，等忙过这阵，有机会找季筱晴敞开心扉谈一谈，大家都在人工智能实验室，将来没准还可以合作。

柯昱将谢妍姗的行李箱摆到合适的位置，打开鞋柜，将自己的鞋子收起来好几双，为她腾出空间：“陆禾每次听季筱晴的项目汇报，都会给季筱晴写一堆批注，下课后堵住季筱晴提问给意见，结果被季筱晴当成找碴的，没给他好脸色。”

脑海内浮现出对应的画面，谢妍姗轻笑出声，长睫毛如蝶翼般颤动：“下次见到筱晴，我得给她点暗示。”

柯昱停住手里的动作，对着她的笑颜愣了好一会儿神。

谢妍姗总被说气质冷，但她的长相并不清淡，五官美得像个精致的漂亮娃娃，只要她想，举手投足间都是令人心颤的媚。

在她注意到时，柯昱移开视线，耳根隐隐发红。

谢妍姗指了指里面的一扇门：“今晚我睡陆禾的房间吗？”

柯昱瞥她一眼："你睡我的房间。"

谢妍姗身体僵了一下，眸中闪过一丝震惊和慌乱。

柯昱淡淡地道："我去他的房间。"

同样的招居然中了两次，谢妍姗差点吐血，所幸没将"我还没准备好"说出口，不然可真是在他面前抬不起头了。

她点点头，装出波澜不惊的模样，慢慢走进柯昱的房间。

屋子里东西很多，但也不算凌乱，每件陈设都带着股不近人情的冷感，颜色非灰即黑。

柯昱为谢妍姗空出了大半个衣柜，将书桌的抽屉全部清空，只留了一小部分自己的东西，用储物盒封装了起来。

谢妍姗摆放自己的物件时，发现了好几个透明的塑料箱子，里面满载着被拆掉零件的旧电器。她想起柯昱为自己改装的录音笔，方便好用，全世界独一无二，心里顿时美滋滋。

谢妍姗将带来的所有东西都安置妥当后，整个房间的风格都变得不太一样了，各色玩偶坐在柜子上眉开眼笑，俏皮的福袋点缀着衣橱，她还在床头柜上摆了香薰灯。

眼看快到睡觉的时间了，谢妍姗打算去洗个澡。

卫生间在卧室对面，她沐浴后吹干头发，换了居家服，走到客厅里，发现柯昱正在餐桌上用手提电脑编程。他全神贯注，目不斜视。

谢妍姗状似无意地在他面前晃了一圈，回到卧室，关上门。

柯昱抬头，瞥了一眼她紧闭的房门，合上电脑，起身走进洗手间。

他看到洗手台上多了女生用的粉色电动牙刷和漱口杯，放在了水池的另一端。

柯昱把它们和自己的摆到一起，杯子紧挨着杯子。

他静静地注视了一会儿，再摆回原样。

淋浴房尚存着热气，玻璃门上有根长头发，柯昱用手指捏住头发末端，慢慢地拉了下来。他侧头，看见一个玫瑰色的瓶子，是谢妍姗用的身体乳。

卧室里，谢妍姗躺在柯昱的床上，感觉周遭有股令人安心的味道，不是香水，也不是洗衣粉的香味，而是一股他身上特有的味道。

她明白了为什么柯昱不让她住陆禾的房间。

一想到这里是柯昱每天住的地方，她就止不住地心跳加快。

谢妍姗手指动了动，身旁几厘米远的地方有个枕头，是柯昱落下的。

她盯着天花板，天花板仿佛也在颇为无辜地回盯，“大眼瞪小眼”了将近五分钟，她一个鲤鱼打挺，抱住柯昱的枕头在床上滚来滚去。

柯昱突然推门而入。

两人的动作同时定格，对视数秒。

柯昱一边面无表情地看着她，一边伸手从门口的柜子里慢动作般抽出一本书：“我拿个东西。”

谢妍姗猛地将枕头扔到旁边，用脚踹得更远了些。

她差点咬到舌头：“你……你怎么不敲门？”

“敲了。”柯昱抿唇，抑制住嘴角上扬的冲动，正色道，“大概你太投入，没听见。”

谢妍姗拿回枕头扔向他。

柯昱单手接住，走上前，侧身坐到床边：“怎么，在酝酿写新的羞耻段子？”

谢妍姗额角跳了跳。

跟他动怒就输了！

她动用深厚内力，迅速消化完窘迫的情绪，面不改色地说：“我睡觉喜欢抱枕头。”

柯昱低笑，目光清亮：“这可不是个好习惯，我得帮你治治。”

他说罢便脱了鞋躺上床，伸手将她揽入怀中。

浑身的血液顷刻间全往脑袋上涌，谢妍姗声音都变了调：“你干……干什么？”

柯昱将她搂得更紧，像煞有介事地回道：“你抱着我，就不需要枕头了。”

谢妍姗脸颊发烫，呼吸都因紧张而变得有些急促，可又不愿在他面前落入下风，便打算说点话来吓他。她仰起脸，双手护胸，摆出羞怯的样子：“你该不会是要拿学费要挟我吧？”

柯昱低头：“怎么，怕我让你以身相许？”

谢妍姗被他的直白噎得说不出话来。

柯昱视线下移，移到她的领口处，抬眼道：“如果你愿意，我不介意。”

话音未落，他差点被谢妍姗踢下床。

好在“冰美人”容易奓毛也容易哄，他顺了两下毛她便乖乖地找了个舒服的角度让他抱。

柯昱房间里堆了许多装满了书籍和文件夹的纸箱子，还有好几台手提电脑，多余的空间不大，只摆得了一张单人床。

床很窄，两人并排躺十分艰难，柯昱便将谢妍姗抱在身上，她的侧脸靠着他的胸口，柔软的长发如丝绸般披散着。

空气变得甜甜的。

柯昱轻抚谢妍姗后背线条优美的蝴蝶骨，引起她阵阵触电般的酥麻感。

他暗哑的声音在她耳边响起：“我买了个大尺寸的双人床，下周送来。”

谢妍姗蓦地抬头，离他远了些，秀眉轻扬，道：“你想干吗？”

柯昱表情坦荡：“让你睡得舒服点。”

谢妍姗还欲说什么，嘴唇忽然被他堵住。

虽然之前他们已经接过很多次吻了，可这次地点特殊，她心跳得格外快，全身止不住地战栗。

柯昱的舌尖很快闯了进来，他不断变换着角度，与她纠缠亲热，温情又湿热。

谢妍姗被吻得意识涣散，喉咙中逸出轻柔的喘息声。她印象中情侣接吻的画面，蜻蜓点水，清新又美好，怎么到他这儿就如此不纯洁呢……

她脚背绷直，脚指头微微蜷起，怎么做都感觉很痒。

他怎么能这样……

感觉到柯昱的手覆上自己的腰，谢妍姗的心顿时提到了嗓子口。

柯昱的动作倏地停下。

他双手捧住谢妍姗的脸颊，垂下眼帘注视她，琥珀色的眼眸里有什么在缓缓涌动，浓得化不开。过了很久，他闭上眼，亲了亲她的额头。

“你先睡吧，我还有事要做。”

谢妍姗心还在狂跳，抓过枕头遮住自己大半张红得快滴血的脸，声音软得不行：“晚安。”

直到柯昱彻底离开房间，她才稍微回过神。

整个晚上谢妍姗都睡得不安稳，脑子里有许多事连轴转。

她想起父亲，想起季筱晴，想起这学期要修的新课，想起新项目的进度，想起和柯昱曾经带着苦涩的回忆，想起如今那些令人心尖融化的片段，感觉像是做了场漫长又起伏不断的梦。

谢妍姗再次醒来，是被热醒的。

视野中朦胧的画面逐渐变得清晰，浮现出男生近在咫尺的睡颜。柯昱神态沉静，呼吸平稳，长长的睫毛低垂。

谢妍姗的大脑轰的一下空白。

她嘴唇轻颤，在“尖叫”和“将他踢下床”的选项中来回摇摆，还没来得及做出决定，柯昱忽然睁开眼。

谢妍姗吓得倒吸口冷气。

柯昱同她一样惊讶，微歪过脑袋看了她好久，像为了验证自己不是在做梦，他伸手捏了捏她的脸蛋。

谢妍姗差点咬人。

“不好意思，我习惯了。”柯昱意识逐渐清晰，好整以暇地解释道，“昨晚睡得太晚，就摸黑进来躺下了。”

他想了想，又问：“你怎么不锁门？”

谢妍姗抿着嘴唇不说话，脸越憋越红，偏偏柯昱目光灼灼地紧盯着她。她终于忍不住，扭头看向旁边，羞愤地说：“家里只有我和你，我干吗要锁门？”

柯昱愣了一会儿，挑眉道：“你这是在暗示我吗？”

谢妍姗抬手抽他的脑袋：“我觉得你是个正人君子！”

【2】

谢妍姗刚迈入实验室的大门，组员们集体起立，向她九十度鞠躬，声音洪亮：“嫂子好！”

谢妍姗往后缩了下脖子，面无表情的脸倏地变了色。

她哪见过这种阵仗？

她顿时又羞涩又窘迫，不知应该回一个微笑，还是假装没听见，或者佯装生气地禁止他们这么称呼。

对他们笑就是默许了，但她并不想在以后的工作时间里被人嬉皮笑脸地叫嫂子，可要是没反应呢，又显得太过冷漠无情，直接恼怒，那就是开不起玩笑。

她怎么选都很艰难。

最终展现在所有人面前的是：她冲众人微微颔首，表情从容，背脊直挺，走路却同手同脚。

实验室为谢妍姗配了单独的座位和电脑，在柯昱的旁边，她刚开机，陆禾便跑了过来。

“嫂子，在我们家住得可还舒适？”

“挺好的。”谢妍姗双手敲击着键盘，笑着瞥他一眼，“下次筱晴来找我的时候，我让柯昱通知你。”

陆禾眼中的促狭瞬间消失，一下子面红耳赤：“别别别……”

谢妍姗调动起往日里用“盐山爱吃糖”的身份在网上当情感顾问回私信时的积极性，语重心长地道：“我觉得你人不错，柯昱平时受你照顾了，有什么需要帮忙的地方就告诉我。筱晴对这方面很迟钝，你得表现得再明显一点……”

她话未说完，陆禾就夹着尾巴逃了。

谢妍姗笑了下，打开微信给季筱晴发了一条信息，一直到天黑了都没收到回复。

谢妍姗习惯了季筱晴时不时地人间蒸发，默认她忙于课业，准备周末去她的宿舍找她，将两人的心结解开。

经济方面，柯昱替谢妍姗付清了到这个学期为止的学费，但生活费她打算自己赚。

谢妍姗联系了几份兼职，计划周一到周五在学校宿舍的自助餐餐厅打工，晚上刷两个小时的盘子，除了有时薪还可以包一顿晚饭；另外她还有接单做机场接送，跑一次S城机场，不堵车的情况下来回两三个小时，可以赚几十美元；周末她计划去市中心的西餐厅当服务员，这份兼职收益稍微高些，但得花费整个周末，不得请假，她咬牙接下，盘算着压缩自己睡觉的时间。

结果谢妍姗还没工作几天，就被柯昱劝退了："你现在应该争分夺秒地补进度，别把时间花在这种地方。"

谢妍姗耷拉着脑袋，胸口闷闷的，不吭声。

柯昱语调放缓："几个小时的时间，比起刷盘子和机场接机，我更希望你学习与计算机视觉相关的算法，研究神经网络，设计全新的损失函数，帮助我们的模型寻找优化方向。"

谢妍姗抬眼偷瞄他一眼，说："可是你以前不也打短工……"

他还去她家做零工，随传随到，做的事可比当服务员没意义多了，毕竟她家里的东西都是她故意弄坏的……

柯昱将她搂进怀里，手指轻抚着她洁白无瑕的脸："我那时候接的软件外包项目还没做完，没有收入，所以需要打工并当场结算薪资，不然就没伙食费。"

提起艰难的过往，他语气平静，仿佛在讲述别人的经历："你现在不一样，生活上的不用担心，喂饱你我还是能做到的。"

这话将谢妍姗融成了一汪清泉，她愧疚地扯了扯柯昱的衣角，小声道："对不起呀，以前总让你来我家浪费时间……"

柯昱刮了下她的鼻尖："你每次都给我比市场价高很多的工资，也算是帮了我的忙。"

谢妍姗仰起脸，威胁般冲他眯了眯眼："如果富婆花钱让你去她家，你也会去吗？"

柯昱挑眉道："当然得看人。"

谢妍姗踮起脚凑近，扯他衣服的手更加用力："可你那时候看起来很讨厌我。"

柯昱垂眼，笑容玩味："嗯，这大概就是，'我虽然看不惯你，但我馋你的身子'。"

谢妍姗掐他胳膊："流氓！"

之后，谢妍姗辞掉了一般的打工项目，申请到了数学课的Grader（评分者）工作，帮助教批改作业，一小时十美金；下学期开始做助教，学费减免。

其间她去了几次季筱晴租住的公寓，每次都没人应门，得知已经换了租客，她只能去找与季筱晴私交不错的高学姐。

对于谢妍姗向自己打探季筱晴行踪一事，高学姐十分不解："你和她怎么了？"

谢妍姗目光微动，佯装镇定地整理着手中的文件夹："我们都很忙，很久没联系了。"

高学姐轻叹口气："她退学了。"

谢妍姗难以置信地抬头："为什么？"

高学姐面色凝重："说是身体不好，学校让她回去休养，不知道为什么，后来就办了退学的手续。"

她这是第几次了呢？

有些话她不敢当面说，有些事她不敢当面做，于是无限期地往后拖延，总以为等哪天有了勇气，对方仍然等在原来的地方。

谢妍姗翻看着与季筱晴的对话框，最后一条信息停留在上学期的期中考试前。

最后那次见面两人不欢而散，她至今都不明白季筱晴情绪转变的缘由。

临睡前，谢妍姗呈“大”字形躺在柯昱的床上，回忆如电影般在脑海中播放，她想寻找先前遗漏的细节。

起点追溯到她被顾齐告知季筱晴产生了药物依赖的事，她记得，之后自己便频繁地被顾齐要挟与他成双成对地出入学校，耽误了不少搞学业的时间，所幸最后机智的自己把问题拆解，找到了解决方法，与顾齐摊牌，接下来那家伙就再也没来烦她。

等一下。

谢妍姗对着脑海里的电影播放器按下暂停键。

那家伙没来烦她之前发生了什么？

她想起一段对话，发生在学校举办人工智能实验室科研项目阶段性展示的那天。

顾齐来找她说明季筱晴的病情，再三嘱咐她紧盯好友，不能再让季筱晴接触药物。

“还有一件事，我希望你劝劝晴姐，”顾齐停顿许久，淡淡地道，“让她别再喜欢我了。”

谢妍姗疑惑地皱眉：“你之前还说她的感受你无所谓，甚至用她对你的感情来要挟我，现在怎么变得那么快？”

顾齐沉默地看着她。

他这反应令谢妍姗更为恼火，语调不受控地拔高：“顾齐，你又在打什么主意？”

她声音骤然停住，发现不远处，季筱晴的背影一闪而过。

当时她以为是错觉，现在回想起来，难道她听见了这句话？

霎时间，谢妍姗感觉背脊有针在密密麻麻地扎。

她之后留意过，顾齐确实在替季筱晴保守秘密，“爆炸头”那边也被他搞定了。她本以为警报已解除，季筱晴只要安心养病就行，后面自己这边发生了一堆麻烦事，等她终于空闲下来，居然听到了季筱晴退学的消息。

谢妍姗心情低落了很久，对柯昱刻意的逗弄都不反击了。她窝在他怀里，任由他用手指当梳子，帮她“顺毛”。

柯昱用手揉平她皱起的眉间：“以后回国，你们总有机会再见面的。”

【3】

柯昱前一晚忙到半夜，清早又要开会，他睡眼惺忪地打开卧室门，蓦地清醒了。

客厅里收拾得一尘不染，厨房里谢妍姗站在灶台前，电磁炉上的小锅里发出咕噜咕噜的响声，餐桌上摆着火腿煎蛋卷、冒着热气的黑米粥、切开的猕猴桃。

柯昱在原地站了好一会儿。

先前谢妍姗必须利用学习的时间打工赚生活费，每次他起床，她已经不在家了。

柯昱常看的那个喜欢摸猫的科技博主，靠罐头得到了摸猫的机会，可最近当他靠近了想和猫亲近时，猫就会用肉垫啪啪啪地打他的脑袋。

自从他觉得谢妍姗像猫后，便越看越像：她闷闷不乐的时候静悄悄地缩成一个团，心情好了，还会主动过来用脸蹭人，叫声又软又嗲，乖得一塌糊涂。

柯昱悄悄走上前，从背后搂住谢妍姗，侧头寻她的唇：“辛苦了，我的‘田螺猫咪’。”

谢妍姗歪着脑袋躲开，舀了勺甜汤喂进他的嘴里：“所以说我是你的主子？”

柯昱咽下食物，把她的脸扭过来，在她嘴上啄了一下，笑道：“你给我亲就是我的主子。”

谢妍姗抬手打他的脑袋，他却笑得更开心了。

柯昱将她按在厨房的大理石台面边缘亲了好久，气喘吁吁地分开后，他用手指揉着她的耳垂，脸颊贴上她的额头。

“我要去外州开个学术峰会，两个星期后才回来。”

谢妍姗哦了一声，敛住脸上难舍的表情，嘴角刚略微往下撇，就被柯昱扣住下巴，往上弯成微笑。

那个时候她还没料到，一个被柯昱尘封于内心深处不为人知的秘密，即将缓缓揭开帷幕。

俗话说“小别胜新婚”，柯昱离开后的第二天，谢妍姗便着手为他的归来做准备。

柯昱现在的喜好和她记忆中学生时代的他的喜好完全不同，她想了解他更多一些，想知道他当年忽然消失的原因，想填补他们分别三年多的空白，甚至想去看看他曾经住过的街道、他读过的学校。

她知道他原先家境富裕，是个养尊处优的小少爷；他喜欢跳舞，被称为天生的表演者。

然而，他如今缄口不提自己的父母，所有的经济支出都靠自己的双手挣，独立到无所不能；他恐惧舞台，用一身黑为自己罩上冷硬的外壳，所有的热情都放在了反易容人脸识别科研项目上。

同为经历过家庭变故的人，比起以前单方面地想施与援手，如今她对他更是多了一份理解。

谢妍姗知道，柯昱心中藏着一些情绪不愿与人分享。她想，如果由于一些原因，他打算彻底改头换面，与曾经的他断绝联系，她便不会纠结过往，欣然地接受如今的他。

为了做出柯昱现在喜欢吃的菜，谢妍姗在实验室的组员那儿打听到了他常去的餐厅，有一家离学校特别远。

能够让行程爆满的柯昱为了吃顿饭而长途跋涉，这家店一定有过人之处。

周三下午，谢妍姗的课结束得早，她向高学姐借了车，开了将近一个半小时才抵达目的地——一家巴西烤肉店。

红色的洋房建筑外，整齐地摆放着露天餐桌，不时有服务生经过，从铁杆上的大块烤肉上切下几片，放到客人的餐盘里。

谢妍姗拿出小本子记下：柯昱现在喜欢吃烤肉。

笔尖顿住，她的眉头慢慢皱在一起。

有点难办，她不会。

谢妍姗若有所思地在店的四周闲逛，盘算着要不要拿份菜单看看，可又怕被问是否点餐，她可不想在外面花钱吃饭。

正在纠结时，她被人迎面拦住去路。

谢妍姗警戒地停下脚步。

“不好意思。”拦路者收回横在她面前的手，“请问你是董晟的同学吗？”

谢妍姗抬眼，看到对方是个男生，戴着顶红色的帽子，对上她的视线时，他腼腆地红了脸。

大概是她自带的冰冷气场震慑了对方，男生目光飘忽，语速愈加局促：“董晟的东西掉我这儿了，能麻烦你帮我带给他吗？”

谢妍姗礼貌地拒绝：“抱歉，我不认识你说的人。”

“小红帽”愣住，疑惑地挠挠头：“不会啊，我之前去他念书的学校找他，看到过你们在一起，好几次了。”

怕她不信，他打开手机，调出一张照片，递到谢妍姗面前。

谢妍姗垂眼查看，照片中的人果然和柯昱长得一模一样。

头皮倏地炸开，她动作缓慢地转向男生的脸：“你再说一遍，他叫什么名字？”

“董晟啊。”“小红帽”口吻笃定，将照片放大，屏幕里，男生眼下的泪痣清晰可见。

他补充道：“我们私下都喊他阿晟。”

谢妍姗以为自己产生了幻听，她反复回忆男生刚说出口的那两个字，确定自己没有听错。

柯昱，董晟。

如出一辙的相貌和标志性的泪痣……

难道柯昱还有个双胞胎兄弟？

谢妍姗脑子里乱糟糟的，柯昱并没有向她提过这个名字，对方一定是有什么地方搞错了。

哪怕心存疑惑，她对柯昱的信任也不会动摇。

谢妍姗重申自己不认识董晟，开车返回学校。

晚上在实验室工作，她总有些无法集中精力，董晟这个名字，她越念越觉得耳熟，像根不知什么时候扎过她的刺。

谢妍姗停下手里的活，在纸上写着这个名字的拼音。

董晟。

阿晟。

回顾与柯昱重逢到现在的点点滴滴，她身体倏地僵住，往昔那些细节像是碎落的拼图碎片，被她一片片重新捡起。随着最后一片碎片的出现，她拼凑出了完整的画面。

最初，她发现向来“生人勿近”、一开口就气死人不偿命的柯昱居然态度温和地跟一个人打电话，电话那头传来清甜的女声，令她印象深刻。

后来，她好几次撞见一个女生给他发消息，对方总爱带上萌萌的“比心”表情包。

直觉告诉她，打电话的人和发消息的人应该是同一个人。

谢妍姗闭了闭眼，柯昱手机里弹出“比心萌妹”信息的画面在她脑海内陆续浮现。

“礼物收到啦！好漂亮！”

那个女孩子的下一句是——

“我最喜欢阿晟了！”

谢妍姗低下头，喃喃重复：“董晟。”

临睡前，谢妍姗心里很难受，想发消息给柯昱，但又怕文字无法很好地传达情绪，影响他开会的状态。

反正再过一个多星期他就回来了，有什么疑问她就在那时候问清吧。

她用忙碌的工作麻痹自己不去乱想，可谁知，在几十千米外的烤肉店遇上的男生，居然出现在了柯昱租住的公寓大楼下。

他依旧戴着那顶小红帽，又像上次那样将她拦住：“你和董晟住在一起？”

谢妍姗心头陡然生出一股火：“我说了，我不认识董晟。”

男生看着她，欲言又止。

“有些话我想了很久，还是应该告诉你。”他抿唇，垂在身侧的手紧握成拳，像在下极大的决心，“董晟有女朋友的。”

脑袋像被钝器重重地敲了一下，谢妍姗保持着凛然的表情：“我不懂你在说什么。”

“小红帽”沉声道：“你和董晟的情况……我已经猜到了，但我一直没告诉小暖，我也不信阿晟是会做出这种事的人。”

他眼眶泛红，声音中带着浓浓的苦涩：“小暖是个特别单纯的女孩子，我希望你们不要伤害她。”

谢妍姗胸口起伏，一字一顿地重复：“我不认识董晟，更不认识小暖。”

察觉她不像在撒谎，“小红帽”面露诧色，声音都隐隐发抖：“难道……难道阿晟还骗了你吗？”

他的情绪感染力太强，谢妍姗彻底蒙了。

“小红帽”侧头连续做了几次深呼吸，压下眼底泛上的怒意，将一张写着地址的纸条用力塞进谢妍姗的手里。

“董晟每个月都会去看小暖，你不信的话，可以月底去这里找他。”

晚上，谢妍姗辗转难眠，“小红帽”说的话在她耳边萦绕不散。

柯昱和董晟会不会真的是双胞胎？

不对，双胞胎的话，“小红帽”怎么会知道柯昱住这儿？

更何况，那个女孩子也确实在电话中叫他阿晟。

躺在床上便不断胡思乱想，谢妍姗索性起身，到客厅借本柯昱的编程书看。

她拿起一本摆在茶几旁边的书。这本她之前看过很多次，里面都是比较基础的东西，但柯昱总爱放在身旁，好似奥数大神随身带着中学教辅，非常不正常。

脑海里忽然闪过一个念头，谢妍姗翻到扉页，看到上面写着两个字：“董晟。”

霎时间，她震惊，错愕，心脏狂跳，颤抖着伸手拿过另一本书查看。

这本不仅有董晟的名字，书上还有女孩子画画的笔迹：

by小暖。

谢妍姗双目瞪大，手一松，书往下掉，将旁边的一个小盒子打翻在地。

她慌张地弯腰捡起来，动作一顿，看到里面有张合影：几年前的柯昱，旁边站着个女生，对着镜头笑得很甜……

谢妍姗立刻闭上眼，摸黑将东西放回原处，全身冰凉。

理智告诉她，这是柯昱的隐私，她无权察看。

她不断摇头，不愿往最坏的方向想。

等待柯昱回来的日子变得愈加难熬，雪上加霜的是，陆续有新的迹象将她推向悬崖边。

第二周的周三，谢妍姗在公寓门口的信箱里，看见了几封印着“董晟收”的账单。

除账单外，还有一封信，上面印着另一个陌生人的名字。

顾暖。

谢妍姗心头震了震。

小暖。

她没有拆开，想起柯昱曾经在电话里对那头女生说的话：“钱还够用吗？”

“别担心，你只管好好念书，剩下的都由我来解决。”

直觉令谢妍姗有了新的猜想：柯昱一直在打钱给这个叫顾暖的女孩子，或者说，在替她付账单？

这可太奇怪了。

她拿起手机想给柯昱打电话，可往昔那些甜蜜的回忆宛如令人猝不及防的偷袭。想起他捧着她的脸时那将她视若珍宝的眼神，她的心绪逐渐平复下来。

晚上，谢妍姗躺在床上，抱着枕头，脑子里很乱。

到底是怎么回事？

难道柯昱来U国后暂时换过名字吗？

顾暖是他藕断丝连的前女友？

柯昱不是这种人。

虽然没有在嘴上直白地说出口，可他对她的感情，她能够深深地感受到。

谢妍姗本就想象力丰富，脑海中不断浮现出电视剧里的情节：身为孤儿的前女友得了重病，只能靠他救助……

柯昱这人虽然嘴坏，但内心温暖善良，肯定不会置之不理吧？

谢妍姗将枕头抓得有些变形。

她不想怀疑柯昱，但如果他真的旧情未了呢？她是不是还得分出搞学业的精力来防备这一切？

谢妍姗连连摇头。

不行，我怎么能有这种想法？没了信心感情就变质了。

这一旦成了自己的男人，真是怎么看都是宝，她生怕别人觊觎。

她想，等他回来再问就是了。

柯昱回学校的那天正好是月底。

他给谢妍姗发了条信息：“我要先去办点事，大概晚上到家，我们一起吃饭。”

谢妍姗从高学姐那儿得知，前去开会的一行人坐的是同一个航班，回程的飞机中午就会到。

明明中午就到，他却要晚上才来。

想起“小红帽”的那句话，谢妍姗感觉心里有什么东西重重地沉了下去。

“董晟每个月都会去看小暖。”

与其提心吊胆地乱想，她不如主动出击。

下课后，谢妍姗开车去了“小红帽”纸条上写的地方，离先前的巴西烤肉店不远。

她找了隐蔽的地方停车，很快就发现了柯昱挺拔修长的身影。

他斜倚着栏杆，在等人。

不好的预感徒然生起，谢妍姗胸口像被戳了个窟窿，冷风呼呼地往里吹，又酸又胀。

五分钟后，她看见了一个女生。

谢妍姗眼里的光一点一点暗下来，先前所有侥幸的设想被悉数打碎。

柯昱在等的人，就是照片上的女孩子。

她宛如从照片和手机屏幕里走了出来，站在不远处，令谢妍姗产生一股做梦般的不真实感。

她蹦跳着跑向柯昱，眼睛笑得弯弯的：“阿晟！”

柯昱直起身子，淡淡地应了声。

谢妍姗嘴唇颤了颤，瞳孔不断放大。

她叫他阿晟。

第十八章
董晟

【1】

柯昱和那位叫作顾暖的女孩站在原地聊了很久的天。

准确地说，是顾暖手舞足蹈、滔滔不绝地说，柯昱在一旁安静地听。

他们站在光线明亮的街边，隔着不算太远的距离。女孩子清甜的笑声穿过车窗的细缝，无比清晰地传到了谢妍姗的耳边。

仿佛老式留声机的指针突然出现了问题，女孩原本好听的声音没有预兆地变为了差点刺穿她耳膜的尖叫，令人背脊发凉。

谢妍姗盯着他们的身影，缓缓捂住嘴，全身止不住地颤抖。

她始终不愿相信的消息、一次次被自己否认的结论，如今被她的亲眼所见证实。飒飒北风迎面将她的脸如鞭子抽陀螺般啪啪啪地抽成红烧猪脸。

谢妍姗垂眼看向柯昱给自己发的消息：“我要先去办点事，大概晚上到家，我们一起吃饭。”

小别胜新婚，他不该是归心似箭吗？他居然跑这么远，来找一个从未向自己提起过的女生。

苦涩层层叠叠地席卷而至，谢妍姗的眼前迅速蒙上雾气。她用力地咬住下唇，试图将涌出的泪水憋回去。

“小红帽”先前说的话再次在她脑海里响起，掷地有声——

“我们私下都喊他阿晟。”

“董晟有女朋友的。”

“董晟每个月都会去看小暖，你不信的话，可以月底去这里找他。”

伤心的情绪迅速被震怒替代，谢妍姗试图冲方向盘捶几拳发泄，又想起车是借来的，拳头一个急刹车改变方向，对着大腿猛击，疼得她倒吸冷气，恨不得踢开车门，直接上前和人对峙。

然而，她对柯昱极深的信任还是将她从失控边缘拉了回来。

冷静下来后，谢妍姗察觉到，柯昱和顾暖之间弥漫着一股奇怪的气氛。

不同于男女之间简单的暧昧，这两人的互动有些别扭。

那是一种她无法描述的感觉，柯昱对顾暖的态度很温柔，可这股温柔，又与他面对自己时不一样。

高学姐、陆禾以及所有与柯昱有所接触的人，都看得出柯昱对谢妍姗的态度是特殊的。

他与谢妍姗说话时，身体会下意识地倾向她，眼瞳里泛着光。

而现在，他站得笔直，脸上的表情很不自然，像是贴着一张做工不算太精湛的人皮面具。

他在笑，可笑意未抵达眼底。他眼底真正的情绪，是仿佛被封存在深海的难过。

对，难过。

尽管离得有些距离，谢妍姗还是感受到了这种信息，她不禁怀疑自己对柯昱的信任是不是已经到了失去理智的程度，或者说，她其实只是在自欺欺人。

谢妍姗动了动手指，别过头，用力地握住方向盘，深呼吸。

若他真的有心隐瞒，应该不会给她机会发现收件人为“董晟”的信。

那些书也是，他堂而皇之地放在客厅，没有藏起来。

他在危难中帮过她那么多次，她至少得给他机会亲口解释。

柯昱回来得比想象中晚。

谢妍姗做了一桌的菜，全凉了。

她趴在餐桌边做题，怎么算都是错，烦躁地抓着头发，踢了一脚椅子，气到想哭。

门铃响起时，谢妍姗迅速恢复成淡定的模样，将习题册连着草稿纸一股脑塞进茶几下层，自己双脚一蹬跳进沙发里，摆出半躺的姿势看手机。

她没帮柯昱开门，柯昱只好拖着行李自己进屋，转身看见谢妍姗慢条斯理地从沙发上坐起来，将他视为空气。

柯昱脱下外套，从鞋柜里取出拖鞋换上："对不起，你等很久了吧？"

谢妍姗不理他。

柯昱目光扫到餐桌，脚步一顿，随后匆匆进卫生间洗了下手，重回客厅后直奔沙发："准备得这么丰盛，我得好好想办法犒劳一下我的'田螺猫咪'。"

见他靠近，谢妍姗站起身背对他，准备冷漠发问，可一开口，声音里就带着些委屈的哑："你是不是在外面吃过了？"

"没有。"柯昱从后面抱住她，习惯性地侧头寻她的唇，"这不是都跟谢大小姐约好了嘛，我哪敢违约？"

谢妍姗别开脸，气鼓鼓地说："我已经不是大小姐了。"

柯昱低笑着追过去："你在我这儿永远是。"

谢妍姗耳根发热，郁闷的心情终于消退了些，脑海中飘过顾暖的身影，又迅速响起警铃。

稳住！她不要被甜言蜜语迷惑！

谢妍姗用手肘将柯昱往外推："松开。"

"再抱一会儿。"柯昱用鼻尖缓缓滑过她的脸颊，继续往下，将头埋在她的脖颈间，用力地吸了一口她身上的气息，哑声道："妍姗，我每天都在想你。”

谢妍姗睫毛轻颤，呼吸变得又缓又重，嘴上却不想饶过他：“说明你开会不专心。”

“你说得对。”柯昱低笑，将头埋得更深了，“怎么办？我离不开你了。”

谢妍姗全身好似过了道电流，心口酥酥麻麻，很痒，又挠不着。

这家伙为什么现在讲话越来越肉麻了？

柯昱将她抱得很紧，谢妍姗硬邦邦的语调在这攻势下逐渐软下来，她想起什么，推了推他：“菜都凉了，我去热一热。”

柯昱仿佛没听见，一动不动地抱了她好一阵，在她再次提醒下，才依依不舍地将脑袋从她脖颈处移开。他把脸颊贴上她的脸，亲昵地蹭了蹭后才松开她。

谢妍姗耳根发烫，在心中默念：稳住！不要被迷惑！

柯昱在餐桌边坐下，闭上眼，抬手揉着太阳穴。

谢妍姗将加热完的菜肴重新放回桌上，似是无意地问：“你下午去办什么事了？”

“我有个朋友，遇上了些麻烦。”柯昱皱眉，表情疲惫，“不太好处理。”

谢妍姗心脏跳得很快，竭力抑制住语调中不自然的急促：“什么麻烦？”

“就是……”柯昱顿住，像在思考要怎样描述才合适，正欲继续开口，电话突然响了。他接起电话，听着对方在那头焦急地汇报情况，神色愈加凝重。

“项目有些问题，我先去趟实验室。”

挂了电话后，柯昱起身从抽屉里拿出一个餐盒，三下五除二地将谢妍姗做的菜都打包了。

他单手提起地毯上的书包，将餐盒轻放进去：“我可能会很晚回，你自己先睡。”

谢妍姗心里咯噔一声。

又是“晚回”。

她不愿继续在原地等他回应，拉住他整理东西的手臂：“你刚才的话还没说完呢。”

柯昱侧眸对上她的视线，喉结滚动，过了将近半分钟，才哑声道：“明天再说吧。”

方才被压下的负面情绪再次浮现，多日来累积的郁闷和不爽终于到达了临界点。

谢妍姗一言不发地走进自己的卧室，将门重重关上。

柯昱在她房门口敲了一阵，她咬着下唇，满脑子都是他和顾暖面对面聊天的画面，先前被自己克制住的念头似冲开闸门般疯狂地往外冒。

敲门声停住。

“妍姗，今天都是我不对，你账上先记着，以后想怎么折腾我，就怎么折腾。”

谢妍姗从来没听过柯昱用这种口气说话，满满的讨好和诱哄，不同于简单的温柔，他姿态放得很低，与他往常的气质极度违和。

静了半晌，谢妍姗听见外面传来大门打开后又关上的声音。

她蹲在地上，心里堵得慌。

柯昱一晚上没回家，第二天清早，谢妍姗去实验室，看见他戴着连帽衫的帽子，手臂环胸躺在椅子里，一双长腿交叠着搭在桌子上。他睡得很沉。

他旁边的电脑显示屏上，好几个终端还在飞快地跑着程序。

谢妍姗有点心疼，随后提醒自己，他还没跟自己解释清楚！

她在自己的座位上坐了不到一分钟就开始心神不宁，无法控制地担心他着凉。

谢妍姗偷偷环视四周，确定没人后才起身，找了块组里的备用毯子，蹑手蹑脚地靠近他，飞快地帮他盖上，再溜回原位。

“不是我做的。”她自言自语。

柯昱醒了后，第一时间看向谢妍姗的座位，察觉他的视线，谢妍姗挪了下位置，给他一个冰雕般的背影。

他们没来得及有所交流，科研小组就开始马不停蹄地开会、提问题、拟方案、讨论，然后推翻、再拟方案、再讨论……

中场休息，大伙围在走廊里聊天，谢妍姗从柯昱旁边走过去，肩膀擦过他的手臂。

柯昱停住自己说了一半的话题，转头，目光一路追随着她。

所有人面面相觑，暗叹柯大佬这是着魔了。

没想到谢妍姗很快又走了回来。她仍旧不主动搭理他，但从鼻腔里发出了一声存在感十足的哼声。

柯昱一愣，唇线慢慢弯起，低头轻笑。

等谢妍姗走远后，陆禾捂住胸口："哥，你刚才那副钟情少年的模样，我看着都心动了。"

柯昱瞬间冷下脸："滚。"

晚上，他们终于想出了相对可行的解决方案，组员们兴高采烈地相约吃夜宵，柯昱推掉了其他人的邀请，径直走到谢妍姗面前。

"妍姗，南校那边新开了一家甜品店，要不要去尝尝？"

陆禾在他身后疑惑地发问："哥，你不是说吃甜食会降低智商吗？"

柯昱抬手飞快地抽了陆禾后脑勺一巴掌，柔声对谢妍姗说："现在去吗？"

组员们被他这语气惊得鸡皮疙瘩掉一地。

柯昱今天气压始终很低，开会的时候发了好几次火，此刻他忽然柔情似水，简直吓死人。

在众人的注视下，谢妍姗摇摇头，表情毫无波动，还透着一丝嫌弃。

陆禾暗中鼓掌，果然是嫂子，内力深厚。

柯昱侧头，冲陆禾使了个眼色，陆禾迅速领会，招呼组员们出门吃夜宵。

实验室里很快便只剩下了谢妍姗和柯昱。

“你干吗一直不理我？”柯昱变戏法般从书包里拿出个小猫挂件，在谢妍姗面前晃了晃，“我去D州开会的时候，在那边的商店看到的，和你微博头像上的那只猫长得好像。”

谢妍姗本想继续晾着他，可瞥了一眼挂件后便立刻怒了，忍不住反驳：“哪里像了？我的猫头像比它好看多了。”

柯昱看着她笑，琥珀色的眼瞳中闪着光：“嗯，你最好看。”

谢妍姗骄傲地一抬下巴，以示自己不吃他这套。

柯昱伸手去捧她的脸，被她躲过，他也不恼：“等我忙完了，我就在家不出去，好好陪你，行吗？”

谢妍姗皱了皱鼻子：“别说得我好像很宅似的。”

柯昱勾起嘴角，俯身凑近：“那我晚上去你房间陪你？”

谢妍姗条件反射般掐他的腰：“你做梦！”

柯昱覆住她的手，抓到了就不放。

两人打打闹闹，直至气氛变得旖旎谢妍姗才后知后觉地意识到，他们居然就这么胡乱地和好了。

【2】

翌日，谢妍姗下定决心要将事情问个水落石出。

实验室附近的休息室里，柯昱正在接水，谢妍姗排在他后面，将这些日子发生的事串联起来，打成腹稿。

她情绪酝酿完毕，鼓起勇气开口：“你认识一个叫董晟的人吗？”

柯昱动作一顿。

“我在信箱里看到了他的信，不知道是不是你以前的室友。”谢妍姗走到与他并肩的位置，试探地问，“他搬走了吗？”

见柯昱没反应，谢妍姗上身前倾，转过头看他的脸。

柯昱注视着自己的杯子，脸上什么表情都没有。

一滴眼泪忽然自他的眼眶掉落。

眼前这幕发生得毫无预兆，谢妍姗整个人倏地蒙了，被吓得说不出话来。

柯昱立刻别过头，胸口微微起伏着。

“是我太唐突了。”谢妍姗从没见过他这副模样，她用手在空中比画，慌乱地解释，“我遇到了一个人，他对我说，你叫董晟，还有个叫顾暖的女朋友。”

柯昱不可思议地看向她，下颌线条一瞬间绷紧。

谢妍姗更紧张了，处变不惊的“冰美人”顷刻间切换为“胆怯小猫”：“很可笑是吧？我也觉得很荒唐，他肯定是搞错人了。董晟是不是你的双胞胎兄弟？你们怎么不是一个姓呢？”

柯昱垂下眼帘：“对不起，我现在不想讨论这个话题。”

谢妍姗停住毫无章法的碎碎念，轻声问：“发生过什么事吗？”

柯昱陷入沉默。

“如果有什么困难，我们可以一起解决。”谢妍姗小心翼翼地扯了扯他的衣角，“我总是单方面接受你的照顾，我也希望你可以依赖我。”

“等时机合适，我会把所有的事都告诉你。”柯昱抬眼，揉了揉她的脑袋，“妍姗，你要相信，我对你——”

他话没说完，突然被打断，陆禾用五十米冲刺的速度飞奔而来，尘土飞扬。

“哥！AI模型还是有问题！明天又是阶段性汇报，没你搞不定啊！”

察觉气氛不对，陆禾急忙停下脚步，视线在谢妍姗和柯昱之间来回移动：“你们在吵架吗？”

没有人回答他。

陆禾咽了口口水，战战兢兢地问：“哥，嫂子，要不先把这吵架进度存个档，等我们组过了这坎再继续？”

柯昱淡淡地瞥了陆禾一眼，点了下头。

陆禾松了口气，谁知柯昱伸手覆住谢妍姗的后颈，将她用力地按向自己，在她反应过来前，低头重重地吻了下去。

谢妍姗挣扎着捶他，被他抓住双手手腕，反剪在背后。他吻得越发凶狠。

陆禾五官逐渐扭曲，震惊到变形，过了好一会儿才想起捂住自己的脸，哀号着说要长针眼。

柯昱很少像这样丝毫不顾忌别人的目光，无论谢妍姗如何抵抗都不松手，死死地抱着她。

谢妍姗被亲得快要缺氧，唇上的动静终于平息下来。柯昱拉开了些与她之间距离，边喘息边在她耳边低语："不要乱想，等我跟你解释。"

她想开口，又被他堵住嘴唇。

可怜的陆禾只能面壁，一边捂着耳朵一边在心中哀叹"你们到底啥时候结束"，不敢出声提醒……

柯昱许下这个承诺，便回前线"救灾"，谢妍姗也没闲着，跟着加班加点，一直忙到周五。两人每天深夜回到公寓倒头就睡，都没什么机会好好沟通。

谢妍姗看着镜子里自己红肿的唇和被咬破的皮，越发郁闷。

答应了要解释，结果柯昱这家伙什么也不说，只是逮到机会就亲她。

实验室里只有两个人的时候，他将她按在椅子上一通狠狠地亲，有人进来了也不肯停，将她拉到桌子下，半跪着继续亲。

隔着桌子，那头在热火朝天地议论模型准确率和调整的参数，不时因观念不合发生口角，而他们躲在别人看不见的地方，进行着另一种唇舌之战。

柯昱手掌扣在谢妍姗脑后，紧紧地盯着她，呼吸急促，滚烫的气息灼得她脸通红。

谢妍姗不知道他到底压抑着怎样的情绪，所有的触碰动作都带着令她感到陌生的欲望，像是在她身上拼命汲取氧气，又像是在用强势的占有反复强调自己的感情。

细密的吻落在她的脸颊和脖颈上，她全身发软，抓着他的衣服，在迷离的边缘保持清醒，克制着不出声。热浪一拨一拨袭来，似要将她融化。

太磨人了。

【3】

谢妍姗没有料到，顾暖居然会主动出现在自己的学校，同上次“小红帽”的突袭如出一辙，令她猝不及防。

顾暖站在工程学院图书馆大门前，穿着朴素的浅粉色卫衣和牛仔裤，好奇地四处张望，像个刚进大学的学生。

谢妍姗顿住脚步，耳畔警铃大响。

她在等柯昱吗？

仿佛有心电感应，顾暖忽地朝谢妍姗的方向看来。

霎时间，谢妍姗全身紧绷，挺胸收腹，调整表情，进入最佳备战状态。

果然，顾暖开始向她一路小跑。

谢妍姗摆出招牌“冰山冷漠脸”。

她要镇定，从气势上压制对方。

“你是阿晟的朋友吗？”顾暖在谢妍姗面前站定，笑容友善，“我昨天来找他，看到你们在一个教室里。”

谢妍姗不知道该怎么回答。

她不认识董晟，可照顾暖的说法，柯昱就是董晟，那她应该就是董晟的……

顾暖声音悦耳、口齿清晰地说：“阿晟告诉我，你不是他的女朋友。”

谢妍姗难以置信地瞪大眼。

柯昱这是什么意思？

在别的女孩面前装单身吗？

顾暖似乎和她同样不满，撇了撇嘴，腮帮微鼓地道：“阿晟现在的手机桌面上是个女生的照片，可他不肯给我看，我昨天猜是你，但他又说不是。”

谢妍姗被她绕晕了。

“我总觉得你很眼熟。”顾暖仔细地打量着谢妍姗的五官，眸色明亮，清澈见底。

她像是灵感一闪，欣喜地拍了拍手，眉飞色舞地说：“我想起来了！我在柯昱那儿见过你的照片，还是初高中时候的！”

见谢妍姗面色迷茫，顾暖咽了下口水，小心翼翼地问：“柯昱，你还记得他吗？”

谢妍姗微怔，缓慢地点了点头。

顾暖松了口气，压低声音，将脸凑近谢妍姗：“我偷偷告诉你，柯昱暗恋你好多年啦。”

谢妍姗皱眉，十分困惑。

顾暖以为她不信，表情有些着急：“是真的，他以前在数学竞赛的时候输给过你，书包里存着你得奖的新闻报道。他还有好多你的照片，阿晟有次多看了几眼，说你长得好看，柯昱就生气了呢，把照片收起来不许他再看。”

谢妍姗盯着她一张一合的嘴，感觉她在说另一个和她男朋友同名同姓的人。

“后来我们那儿发生地震，柯昱藏着的那些关于你的东西都没了。大冬天的，他一个人在废墟里找了好久好久，我们劝都劝不住。

“晚上他不见了，我和阿晟急疯了，四处找他，谁知他居然跑到一栋废弃大楼的天台，坐在地上，望着天空一言不发。阿晟对我说，他看见柯昱眼睛都红了。”

谢妍姗心脏骤然收紧。

天台……

那是柯昱当初救她的地方。

顾暖叫现在的柯昱为“董晟”，那她嘴里的柯昱又是谁？

谢妍姗提出心中的疑惑：“你说的柯昱是……”

“阿晟的朋友。”顾暖倏地顿住，叹了口气，“可惜你现在没机会见到他了。”

谢妍姗不解：“为什么？”

顾暖抿唇，目光闪烁：“柯昱很早就已经回国了。”

谢妍姗感觉自己像在玩烧脑游戏，完全绕不过弯：“柯昱和……阿晟，他们是同一个人吗？”

“当然不是，他们差很多呀。”顾暖像是听到了什么天大的笑话，连连摇头，“阿晟那么温柔亲切，柯昱又跩又别扭，怎么会是同一个人？”

听完她的解释，谢妍姗心头再次疑云密布。

更混乱了。

顾暖口中的“柯昱”，听起来就是她回忆里的“泪痣先生”、她念念不忘的初恋，而如今与她同居一室、在异国他乡与她坠入爱河的，是顾暖口中的“董晟”。

到底谁是谁……这世上怎么会有一模一样的脸……

顾暖同谢妍姗没说几句话，就被柯昱的一条微信打断。

柯昱在她手机里的备注是“阿晟”，顾暖毫不顾忌地在谢妍姗面前查看微信，“阿晟”今天课业很忙，无暇与她见面，和她约了别的时间。

“阿晟说，到时候他还要带一个人来。”顾暖将脑袋转向谢妍姗，“他会带他女朋友来吗？我真的好好奇啊！”

谢妍姗摇头，柯昱从未向她提起过顾暖，更别说带她去见面了。

他还有多少事情瞒着自己？

谢妍姗回到实验室。

柯昱下午都有课，座位空着。谢妍姗打开电脑开始干活，无意识地在草稿纸上写下董晟的名字，纸张落到地上，被陆禾捡起。

陆禾随意地看了一眼：“你认识董晟？”

谢妍姗警觉地抬头：“你听过这个名字？”

“好像是哥原先在L城的朋友。”陆禾摸着下巴想了想，“可能是室友吧，他们关系很好，我看到过哥的邮箱里有董晟的账单。”

谢妍姗手指轻敲着桌面：“柯昱是转学生，他之前在L城上学？”

陆禾眨眨眼：“对啊。”

谢妍姗接着问：“柯昱对你说过，还有另一个人叫董晟？”

陆禾再眨眨眼：“对啊。”

谢妍姗扫向一旁装着项目资料库中与人脸识别技术相关的刑侦案件的文件夹。

她听柯昱提起过，随着人脸识别技术的精准度提升，警方通过旧监控录像辅助，捉到了不少逍遥法外多年的逃犯，有的甚至时间跨度长达三十年。

柯昱对这类新闻极其关注，特意写了个程序将案件信息记录在案。

他和实验室里的其他人因兴趣而加入这个项目，之后他初步选中一个大范围，在学习的过程中找到自己科研的方向。他的课题定位十分精准：计算机视觉，人脸识别，刑侦应用安防方向，反伪装反易容。

是什么让他有那么强的目的性？

谢妍姗鬼使神差地想起先前组员们的对话。

“你们知道当年L城音乐节那事吧？死了好多人。”

“当年恐怖袭击的主犯并没有被捉到，依旧在逃，监控录像有拍到一个远景，但他进行了易容，那时候技术不行，无法识别。”

“对，咱们组主攻的就是反易容人脸识别，要是那事发生在现在，早就把这家伙给逮了！”

谢妍姗一个激灵。那晚她打翻柯昱放在茶几旁边的盒子时，里面除了他与顾暖的那张合影，还有一沓关于这个案件的新闻报道。

第六感让她将这两者联系在了一起。

两年前的L城音乐节。

恐怖袭击、无差别扫射、许多表演者遇难、好几名是学生……

谢妍姗瞳孔逐渐放大，深吸一口气，飞快地敲击键盘，在网上搜索那次活动的节目单，很快便有了结果。

她一行一行地往下扫，英文名自动在脑海中翻译成中文。看到一半时，她在街舞项目中发现了一个名字，感觉自己的体温仿佛骤然下降。

独舞：Danger

表演者：柯昱。

【4】

谢妍姗是个想象力十足的人，“盐山爱吃糖”就是她的代表作。

在人生最难熬的灰暗时期，靠着与柯昱有关的回忆，她看到了“泪痣先生”的幻象，幻象陪伴她、安慰她，而她将虚拟的一切记录成文字。

她本以为自己有网上和现实的两重身份，且反差巨大，已是“戏精”的典范，但谁能料到，有人比她更厉害。

两人重逢时，留学生聚会上初遇柯昱，谢妍姗以为他是梁萤的男朋友。

两人第二次相见，谢妍姗家水管漏水，急得焦头烂额，而柯昱居然上门服务，穿着水管工的制服，她当他在上演阔少兼职为女朋友梁萤买礼物的戏码，边吃醋边嫌弃他眼光太差。

两人第三次见面，在中国城水饺店，谢妍姗迎面撞到梁萤同好友聚餐，这头梁萤向“塑料姐妹花”显耀钻戒，那头柯昱做服务生疯狂拆台，谢妍姗因此得知，柯昱并非梁萤的男朋友，只是拿钱假扮。

至此，三个回合后，柯昱同她摊牌，自己不是什么富家子弟，他的主业是修水管，兼职帮人打杂。

谢妍姗猜测出他的遭遇：家道中落、高中辍学。

她心生一计，故意将家里的东西弄坏，然后打电话安排他上门来修，再付他高于市场价几倍的报酬。

你我本无缘，相遇全靠钱。

然而，反转来得太快，就像龙卷风快速刮过地面。

谢妍姗因赌气选了工程学院的编程课“101”，怎料柯昱竟摇身一变成为助教，站她桌边居高临下地俯视她，对着她的代码冷笑。

她去人工智能实验室做数据标注，他就是那里的指导员。

他是“101”史上最年轻的助教，答疑课现场堪比粉丝见面会；他是人工智能实验室里的王牌、人脸识别科研组的扛把子，教授提起他就两眼放光，做个项目一堆人辅助他。

兜兜转转两人总算在一起了，突然横空杀出一个路人甲，告诉谢妍姗，柯昱不叫柯昱，他叫董晟。

就在谢妍姗猜测柯昱有个叫作“董晟”的曾用名之际，天降“小萌妹”顾暖，对着他一口一个“阿晟”，听上去感觉真正的柯昱另有其人。

柯昱的学生证上写着的名字就是“柯昱”，身份难道还能造假？

谢妍姗瞪着干涩的眼，盯着自己整理思绪用的草稿纸，上面已被涂成一堆乱码。

脑海中浮现出那张L城音乐节的节目单，她的心脏蓦地紧缩了一下。

有一种很可怕的猜想逐渐浮现，她在念头冒出时迅速掐灭。

谢妍姗摇了摇头，喃喃道：“不可能的。”

过了几天，谢妍姗在学校里再次看到了顾暖。

下课后她跟着人流往教学楼外走，在工程学院的广场上发现了柯昱，然后又发现了顾暖。

“小萌妹”还是那副精力旺盛的模样，远远地望见柯昱的身影，她雀跃地向他跑去：“阿晟！”

柯昱停住脚步，似乎对她的出现颇为意外。他停顿几秒，朝边上指了指，示意顾暖去人少的走廊。

眼瞧着他们离自己越来越近，谢妍姗一个转身，下意识地躲在墙后。

不远处很快便传来两人交谈的声音。

顾暖兴奋地摆动着手臂："阿晟，我昨天见到了你们组里的漂亮姐姐，你猜我发现了什么？她就是柯昱以前暗恋的那个女孩子！"

柯昱笑了笑："你怎么知道的？"

从谢妍姗的角度看去，柯昱表情中带着的温和，与平时的他判若两人，那股不自然的感觉从他身体的每一处渗了出来。

她该怎么形容呢？

谢妍姗想到了被迫营业的偶像。

顾暖得意扬扬地说："柯昱以前藏了很多她的照片呀，那个女孩全程没有看向镜头，肯定是偷拍的。"

谢妍姗的太阳穴跳了跳。

她想起顾暖先前确实提到过，在柯昱那儿看见了自己高中时的照片，当时她被顾暖的话搞得一头雾水，竟没注意这个可疑的点。

现在想来——

柯昱居然还干偷拍这种事？

我怎么从来没有察觉到！

他是什么时候拍的？在哪儿拍的？拍的什么角度？

谢妍姗的脑袋像被塞进了甩干模式的洗衣机里，被搅得天昏地暗，她恨不得冲出去抓住柯昱的衣领使劲晃，问他："你是柯昱吗？你真的是吗？有人和你同名同姓对不对？"

被人当着面调侃，柯昱的脸上却没什么尴尬的痕迹，甚至做出了惊讶的反应："隔了这么多年，你居然还认得出来？"

顾暖双手叉腰，下巴微抬："柯昱整天装酷，对女生冷淡得要命，私下却时不时地看着照片中的女孩发呆，我当然要好好打探一番啦！"

谢妍姗纷乱的思绪倏地停住，因顾暖的这句话，心脏悸动了一下，呼吸都放缓了。

"她可真好看，我扫了一眼就忘不了。"顾暖双手五指张开，做出轻抚小动物的样子，"她就像只安静的白猫，让人不敢过去抱着摸的那种，你懂我的意思吗？"

柯昱闭了闭眼，模样好似个老实人。他严肃地说：“能不能别用这种比喻方式……”

顾暖踮脚审视他：“阿晟，她真的不是你的女朋友吗？”

柯昱沉吟片刻，轻轻地摇摇头：“不是。”

谢妍姗全身一震。

顾暖接着问：“那你喜欢她吗？”

谢妍姗还未缓过神，心又一下子提到嗓子口。

就在这紧要关头，广场上忽然响起连续不断的、沉闷的钟声，盖过了男生的回答。

等到钟声停止，谢妍姗听见顾暖松了口气：“那就好，你不能横刀夺爱，柯昱会生气的！”

霎时间，万籁俱寂。

谢妍姗没有再听他们的对话，先一步离开。

等到意识重新清晰时，她发现自己已经走到了实验室附近。通过玻璃窗户，她看见柯昱告别顾暖，往实验室所在的方向走来。

她看着他的身影穿过人群，像是一部无声电影里的场景，光影将他的身体分割成两半，一半亮，一半暗，她甚至可以想象出光线是如何缓缓地划过他眼角的泪痣的。

过了几分钟，谢妍姗背后传来熟悉的脚步声。

柯昱从后面揽住她的腰，恶作剧地捏了一下，谢妍姗差点惊叫出声。

耳畔传来他的低笑，带着浓到即将满溢而出的亲昵：“好啊，抓到你在这儿偷懒。”

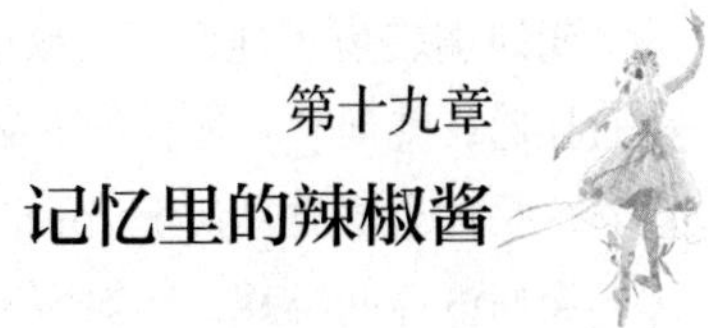

第十九章
记忆里的辣椒酱

【1】

谢妍姗转头看他："柯昱，你喜欢我吗？"

"你怎么了，突然问这种问题？"柯昱捏了捏她的耳垂，"谢大小姐在跟我撒娇吗？"

谢妍姗挣脱他的怀抱，站到他对面的位置，仰起脸，眉头轻蹙："我认真问你呢。"

柯昱学她的表情："那我认真想想啊。"

又是往常那种不正经的戏谑语调，同方才与顾暖说话时的那个他判若两人。

谢妍姗眉头皱得更紧了。柯昱忽然拉住她的手，探进自己的外套里。她的手隔着T恤单薄的布料，覆上他结实而紧绷的身体，从小腹的位置开始暧昧地缓缓移动……

谢妍姗面红耳赤，差点咬到舌头："你……你干什么？"

这里可是学校！学校啊！

两人的手在柯昱的胸口处停下，柯昱抬眼看她："你感觉得到我的心跳吗？"

谢妍姗的心情宛如坐了一趟过山车，从失落难受到又羞又怒，她恨不得挥起爪子冲他抽去："这样怎么感觉得到？"

“那你听听。”

不等谢妍姗反驳，柯昱将她的脑袋按在自己的胸口。

谢妍姗轻捶了他几下，倏地安静下来。她听见他剧烈的心跳声，扑通扑通，急促、有力，一下又一下，直击耳膜。

这是比言语更真切十倍的告白。

谢妍姗鼻间泛酸，不知为何，有些流泪的冲动。

头顶上方传来柯昱低沉的声音：“我觉得不能用‘喜欢’来形容，远远不够。”

胸口涌上暖流，谢妍姗睫毛轻颤，脸一阵阵发烫。

可那些积攒的疑惑，依旧无法完全从她的脑海中消失。

那你刚才对她说的是什么？

你为什么要跟顾暖说我不是你的女朋友？

谢妍姗正准备发问，柯昱倏地捏住她的下巴，缓缓往上抬。

“你感动得要哭了吗？”他低头靠近，眉梢微挑，“是不是一想起我，就心跳加快？”

谢妍姗嘴角以极小的幅度抽动了一下。

她挑起杏眼看他，面无表情地说：“是的，一想起你，我就想骂你，气得心跳加快。”

柯昱依旧没有解答谢妍姗心中的疑惑，大概是还没到他所说的“时机合适”的时候。

他们实验室Aegis小组的反易容人脸识别算法在无人超市的项目上表现卓越，偷窃率显著降低，还协助警方抓到了不少惯犯小偷，被国内龙头企业看中。这家企业同学校商谈合作，打算将技术推行到国内的大型活动和会展的安防系统中，由于涉及人身安全和财产安全，项目的难度和规模远超前一个。

柯昱从外州开会回来后的这段时间，全组人都在忙着准备这件事。

谢妍姗知道，这个项目对柯昱很重要，能够参与安防工作，是他一直以来的心愿。

所以哪怕心里乱糟糟的，疯狂的猜想连绵不绝地往外蹦，她也没有穷追不舍地要求他给出对顾暖和董晟一事的解释。

更重要的是，每当听到“董晟”这两个字，柯昱的脸色总会差得吓人，嘴唇都变得苍白。

谢妍姗的脑海中抑制不住地冒出了她最不愿意接受的猜想。

有没有一种可能——

真正的柯昱在三年前的L城音乐节中不幸遇难，而现在她看见的柯昱，其实是董晟。

两个人长着一模一样的脸，甚至连泪痣的位置也一样？

柯昱回实验室继续工作后，谢妍姗下了楼，在工程学院教学楼的广场上漫无目的地走着，整理思绪。

她喜欢曾经的柯昱吗？

喜欢。

她喜欢重逢后的柯昱吗？

喜欢。

她喜欢上一个叫“柯昱”的人两次。

哪怕他的爱好变化很大，习惯也不一样，性格却好似从未改过。

他桀骜、冷漠的外表下有颗炙热、温柔的心。

她暗恋他很多年，以为他忘记了他们的约定，是因为他对她并不上心，路过时救了个曾有几面之缘的人，仅此而已。

然而，她从旁人口中得知，柯昱居然藏有她高中时的照片，难道从那个时候开始，他就喜欢她了吗？

她觉得不可思议。

谢妍姗坐在花坛边，抬头看向几乎没有云的湛蓝天空，恍惚间又想起了高中时六校合宿的那个晚上，暖风徐徐，光影迷蒙，柯昱站在她跟前，问她要不要一起跳个舞。

倘若当时她向他伸出手，他是否会单膝跪在她的身前，低头吻上她的手背。

一片树叶飘落，在空中打了个转，掉在地上。

谢妍姗垂下眼帘。

她是不是再也没有与柯昱共舞一次的机会了？

谢妍姗被自己这个念头惊得猛地一哆嗦，连连摇头。

她的想法越来越离谱了！

不久前七校联合晚会的舞台上，聚光灯下，当着几千观众的面，听着全场山呼海啸般的尖叫声，柯昱俯身吻住她的唇。

那瞬间天旋地转，心脏即将蹦出胸口的感觉她一辈子都忘不掉。

他害怕舞台，却硬撑着陪她完成了表演。

他对她说：“我缺失了一些东西，原本觉得就算这样也无所谓，可现在才知道，那里面有你，所以我一定要找回来。”

谢妍姗抬头，看向实验室的窗户。

不会错的，这个世界上能让她这般心悸的，从来就只有他一个人。

晚上，柯昱以补偿她为由，带谢妍姗去中餐厅吃火锅，结果在火锅店，谢妍姗意外地见到了顾暖。

“小萌妹”十分自来熟，亲昵地过来拉住她的手。

“阿晟之前说要带我见一个人，原来就是你呀！”她眨眨眼，忽地面色一白，转身忧虑地对柯昱说：“你还说不是你的女朋友，你以后回国怎么跟他交代呀……”

闻言，柯昱露出了营业状态的微笑，整个人仿佛被“暖男”附体，开口便如春风拂面般和煦：“她是柯昱的女朋友。”

谢妍姗被他说话的语气吓得鸡皮疙瘩掉一地，再仔细琢磨，这句话没什么错，可从他嘴里说出来，感觉好怪。

他之前不是在顾暖面前否认了吗？

他为什么要强调是“柯昱”的女朋友？

顾暖松了口气，语调再次轻快起来：“真的吗？他也来这边玩了吗？”

谢妍姗困惑地环视四周。

难道会从某个角落跑出来另一个“柯昱”？

柯昱低声同顾暖说了几句话，谢妍姗没有听清，看“小萌妹”的表情，似乎对答案挺满意的。

“对啦，我还没自我介绍。”顾暖站到柯昱身边，面对谢妍姗，“虽然我和阿晟不是一个姓，但我们是亲兄妹哦！他跟爸爸姓，姓董；我跟妈妈姓，姓顾。”

她指了指柯昱，又指了指自己：“我们长得也很像吧？嘿嘿。”

谢妍姗的视线在两人之间来回移动，顾暖这句话信息量太大，她竟一时反应不过来。

顾暖是董晟的亲妹妹？

等等，你们哪里长得像了？

“我一直很好奇你的名字呢。”

三人入座后，顾暖上身前倾，靠近谢妍姗，一双稚气未脱的眼睛里闪烁着星星：“你和柯昱之间肯定发生过特别浪漫的事吧？”

被人这么直接地询问，谢妍姗略带尴尬地瞥向旁边，看见柯昱默不作声地喝了口茶。

顾暖的语气完全像在调侃一位不在场的朋友：“柯昱跟我们生活过一段时间，这家伙简直把跟你相关的回忆当成宝贝，藏着掖着不肯同别人分享。”她转头看向柯昱：“阿晟，你说是不是？”

也许是谢妍姗的错觉，柯昱脸上那别扭的假笑变得更扭曲了。

他小幅度转动手中的杯子，事不关己地柔声道：“也没那么严重，你太夸张了。”

这话激起了顾暖的斗志，“小萌妹”孜孜不倦地向谢妍姗举例：“有次朋友在我们家聊天，柯昱待在角落做自己的事，全程没有参与，后来大伙提到自己喜欢的对象，他看着窗外，忽然低头笑了。”

扑通，谢妍姗心脏剧烈地跳动了一下，无意识地咽了口口水。

“阿晟当时就说，柯昱肯定是想到心上人了！”顾暖满脸期待地看向柯昱，继续问：“阿晟，你还记得吗？”

柯昱低头翻看菜单，慢条斯理地开口："我现在回想起来，他可能是在对我们这无聊的话题发出冷笑。"

顾暖急得跺脚："才不是冷笑！他含情脉脉的好吗！"

夹在两人中间，谢妍姗简直被绕晕了。

眼前的人真的是董晟？

那我以前认识的"柯昱"现在在哪里？

为什么"董晟"要冒用"柯昱"的名字？

柯昱在平板电脑上下完单，几分钟后，服务生端上冒着热气的鸳鸯锅，红的那端，顾暖选了"变态辣"，她说这是兄妹俩的喜好。

"你本名叫董晟？"趁顾暖忙着往锅里加食材的空当，谢妍姗在桌子底下戳了戳柯昱的腰，压低声音问，"你不是柯昱？"

柯昱眸子斜向她，缓缓挑起一侧眉毛，轻嗤道："你觉得呢？"

谢妍姗一个激灵。

那股熟悉的、令人不爽的感觉又回来了。

她正欲接着开口，那头顾暖叫了柯昱一声，他将脸转向"小萌妹"时，瞬间弯起眼睛，嘴角上扬，切换为"暖男模式"。

谢妍姗被他这巨大的表情变化弄得目瞪口呆，火锅汤滚了都忘了夹菜。

顾暖疑惑地盯着柯昱的碗碟："阿晟，你不是从来不吃牛肉的吗？"

谢妍姗记得，牛肉是柯昱学生时代最喜欢的食物，重逢后他一度说自己不喜欢，可最近又开始吃了。

自从他们俩捅破窗户纸在一起生活后，柯昱逐渐变回了最初她所熟悉的样子。

柯昱停住动作，表情僵硬了片刻："偶尔尝一尝。"

顾暖歪头道："你不加辣？"

柯昱再次顿住，开始往碗里倒辣油。

谢妍姗心头泛起古怪的感觉。

学生时代的柯昱完全吃不得辣，重逢后却无辣不欢，但最近，他又不碰辣了。

“总感觉你今天好奇怪。”顾暖眯起眼，上下打量柯昱，“你还穿白衬衫。”

谢妍姗眸色微动，往嘴里送了块豆腐皮：“白衬衫怎么了？”

“阿晟啊，从小就喜欢穿一身黑，总被奶奶责备缺乏年轻人的朝气呢。”顾暖边摆手边忍不住咧嘴笑出声，言行就像个同朋友分享昔日趣事的小女孩，“他感觉那样打扮像个酷哥，有压迫感，能镇住人。可他性格完全和‘酷’沾不上边，和柯昱站一起，气场弱多了。”

看着顾暖给柯昱夹了一筷子蘸满辣油的红白菜，谢妍姗不禁喉咙发麻。

察觉到了什么，顾暖惊奇地问：“对了，阿晟，你耳环也不戴啦？”

柯昱微怔，道：“我忘了。”

脑海中像是亮起了灯泡，谢妍姗眼中的迷雾隐隐散去。

她想起上学期太阳能小车比赛后，她留柯昱在自己家吃火锅，为了避免继续被他奚落，她骗他说“盐山爱吃糖”的微博段子并非杜撰，写的是她的前男友。

当时的画面映入眼帘——

柯昱瞥她：“你前男友喜欢跳街舞？”

谢妍姗：“是啊，你会吗？”

柯昱将羊肉片放进火锅里：“不会。”

谢妍姗：“他怕辣。”

柯昱开始往锅里倒辣油。

谢妍姗：“他从来不吃白菜。”

柯昱又往自己碗里夹了好多白菜。

“他讨厌男生戴耳环。”谢妍姗指向他的耳垂，“你看看你。”

她将思绪拉回现在。

重逢后柯昱的许多喜好，都是顾暖印象里“董晟”的喜好。

这一结论令谢妍姗心跳加速，她握紧筷子，故作随意地问："顾暖，你是来U国念高中的吗？"

顾暖摇头，手里涮着羊肉片道："没有哦，我和阿晟不到十岁的时候就来U国了。"

谢妍姗深吸口气，试探地指了指柯昱，斟酌着问道："阿晟会跳舞吗？"

话音未落，顾暖笑得身子乱颤："完全不会！他这个人根本四肢不协调！我以前拖着他陪我去跳健身操，他一直同手同脚，超好笑的！"

谢妍姗顿住动作，迟疑地看向柯昱。

柯昱缓慢地冲她摇摇头。

谢妍姗会意，没再追问。

思绪彻底清晰起来，缠在胸口令她呼吸不顺的藤蔓随之被切断，那股指不出哪里不对可就是不对的感觉终于找到了通风口，一散而空。

三人继续用餐，聊着无关痛痒的话题，只不过，接下来不论顾暖说出有多令谢妍姗困惑的言语，谢妍姗都不再觉得奇怪了，反倒觉得愈加证实了内心的猜想。

送别顾暖，回到宿舍后，谢妍姗将手提包放在沙发上，转身面对柯昱。

他既然会安排这场聚餐，那就代表他做好了坦承一切的准备。

谢妍姗下定决心，问出了隐忍许久的话："顾暖叫你阿晟，但你其实并不是董晟？"

柯昱垂眼沉默。

时间仿佛凝固了，谢妍姗紧张得蜷起手指，握成拳，脖颈都开始冒汗。

过了好一会儿，柯昱有了动作。他走到茶几边，俯身拾起那本随身携带的基础编程书，从下面的盒子里拿出那张先前被谢妍姗撞见过的照片，轻手轻脚地摆在桌面上。

谢妍姗这才发现，她最初只是匆匆扫了一眼，没有看到全景。

这张照片并非柯昱和顾暖的双人合影，旁边还站着一位个子高大的男生，他穿着漆黑的卫衣长裤，戴着银色耳环，虽然打扮得很酷，表情却很温柔，像个成熟稳重的大哥哥。

他拥有与柯昱截然不同的气质和长相。

“他是董晟。”

【2】

柯昱盯着照片，许久没动。

他的眼眶逐渐泛红，暗淡的眼神在寂静中如同微小的火柱，孤单摇曳。

谢妍姗的表情跟着凝重起来。

“我怕直接跟你解释，你觉得我在撒谎。”

柯昱抬眼看向谢妍姗，似乎在竭力控制着尾音的轻颤：“你也看到了，顾暖眼里的我，是她的哥哥董晟。”

“怎么会？”谢妍姗难以置信，“你们长得完全不一样。”

她先前以为柯昱和董晟是类似双胞胎的存在，所以才会被旁人混淆。

不过顾暖确实和她提过，两人性格天差地远，不会认错。

那她为何……

柯昱嘴唇紧抿，情绪愈加低沉。

为了打破这令人压抑的沉默，谢妍姗先撇开疑团，结合最近发生的种种，提出自己的猜想：“顾暖把你错认成董晟，你也在配合她是不是？”

柯昱不置可否。

谢妍姗叩着下巴，另一只手在空中比画着：“先前我遇到的那个男生……就叫他‘小红帽’吧。‘小红帽’是顾暖的朋友，因为顾暖叫你董晟，你也应了，所以‘小红帽’以为你的名字就是董晟……”

她手指顿了一下，在两个点之间来回摇摆：“但他不清楚你们的真实关系，看到你定期和顾暖见面，便推算你是她的男朋友。撞见你和我在一起之后，热心肠的‘小红帽’怀疑你背叛了顾暖，所以来警告我，嗯，没准他暗恋顾暖……你知道他对我说了什么吗？”谢妍姗轻咳一声，模仿着“小红帽”的语气，“小暖是个特别单纯的女孩子，我希望你们不要伤害她。”

“不愧是谢大小姐，真是聪明。”难得谢妍姗表情生动地说了一堆话，柯昱忍不住出声调侃。他试图无所谓地低笑，却连勾起嘴角都做不到，眼底透出了深深的疲惫。

柯昱的反应证实了谢妍姗的猜测，她积攒了许久的不安总算被抚平：“我之前听见你和顾暖的对话，你说我不是你的女朋友，也是为了扮演董晟……”

“因为你确实不是董晟的女朋友。”柯昱打断谢妍姗，目光径直看向她，“你是我的。”

简短的四个字，带着不容反驳的霸气。

谢妍姗的脸颊倏地烧了起来。

“所以顾暖所说的柯昱，就是在说你吧？”胸口涌起甜意，她将视线轻飘飘地移向别处，“你……你暗恋我好多年，还偷拍我的照片，自己藏着悄悄地看……这些都是真的？”

柯昱双手插兜，面不改色地道：“小女孩的想象力比较丰富。”

尽管如此，谢妍姗注意到，他别过头时耳根泛红，那抹红一直蔓延到脖颈。

谢妍姗脑海中再次弹出许多疑问：“什么时候开始的？”“为什么呢？”“我怎么完全没察觉到？”

然而，看柯昱现在的情绪，当下显然不适合提这些话题。

柯昱郑重地将照片放回盒子里收好，搂过谢妍姗的腰坐到沙发上：“我的秘密，现在全部告诉你。”

谢妍姗像小学生等待老师布置作业般坐得笔挺，屏息凝神，连眼睛都不敢眨。

“我的记忆有些缺失，所以就从我知道的开始说吧。”柯昱将手臂从谢妍姗的后背抽回，上身前倾，双手交握搭在膝盖上，“高中的时候，我有段人生最低谷的时期，家道中落，父母离婚，父亲下落不明，母亲改嫁后带我到U国。我和继父不和，离开家，半工半读寄宿在L城做装修工的舅舅家。没过多久，我得到消息，母亲在异国郁郁寡欢，最终病故了。”

谢妍姗浑身冻结。

她记得高中初次见到柯昱时对他的印象：重点高中竞赛班的学生、家境殷实、一身名牌的小少爷。重逢后她虽对他的经历有所猜想，但此刻听他亲口诉说，依然能感到极大的冲击。

“舅舅家条件不太好，他还要供很多孩子上学，为了接活，他开的酬劳很低，也没有保险，经常会受伤。我开始打更多的工，不再需要他给我生活费。”

柯昱干的是领时薪的日工，但商家通常要累积几天才给结算。那天店长欺负他年纪小，故意克扣薪资，他和店长争执了很久才拿到应得的部分，结果回家路上遇见一群流浪汉问他要钱，他不给，他们便开始动粗。

众人嘴里骂着脏话，气势汹汹地一拥而上，柯昱年少气盛，把好几个壮汉打得头破血流。他抬手擦了下受伤的嘴角，双眼泛红，全身散发着戾气。

眼见抢劫者准备发起下一轮攻击，不知从哪个方向忽然冲出一名男生，推翻了旁边堆置的废物箱，拉住柯昱的手臂就往主街的方向疾冲。

“快跑！他们有枪！”

等到柯昱反应过来时，已经跟着他跑了许久。

左拐，左拐，再右转，接连穿过好几条马路，他们背后终于无人追赶。

男生猛地停住脚步，柯昱来不及停下，差点和他撞到一起。

对方平息着剧烈的喘息，扭头问：“你能听懂中文吗？”

柯昱怔了片刻，判断他应该没有恶意，点了点头。

“这一带很不安全，以后没事别一个人过来。”男生四处张望，警惕地查看附近的情况，确认安全后松了口气，“他们想加入附近的帮派，得搞点事情作为投名状。”

柯昱定睛打量这名半道杀出的“义士”，他大约比自己年长几岁，一身黑衣，戴着银色耳环，看起来颇有不良少年的味道。

然而，他的声音温柔爽朗，令人倍感亲切，与他的打扮完全不是一种风格。

男生告诉柯昱，他叫董晟，也是从中国来的，先前在柯昱兼职的地方见过他几次，感觉他与周遭的环境格格不入。

“你还是个高中生吧，怎么出来干这么累的活？”

柯昱垂眼，没说话。

比起在餐厅刷盘子当服务生，在这一带做修理工的报酬更高。

董晟眉头微皱：“你还上学吗？”

柯昱淡淡地道：“嗯。”

董晟目光扫过柯昱紧绷的脸，刚才的争斗令他挂了彩，嘴角红肿，发黑的眼圈暗示着他极度缺觉，可尽管如此狼狈，他的气质却依旧高雅，令人想起落魄的贵公子。

董晟没再追问，咧嘴露出八颗白牙，笑得比阳光还灿烂：“这附近有家又便宜又好吃的中餐馆，我带你去。”

柯昱本想拒绝，但肚子发出了一声实诚的咕噜声。

董晟的车就停在不远的地方，一辆可以运货的越野车，他载着柯昱到达目的地。餐厅旁边有家大型建材市场，十几个临时装修工在树荫下聊天，看到董晟经过，他们雀跃地起身，问他最近有没有活需要人手。

董晟同他们寒暄时，柯昱立于一旁，看着他们与董晟勾肩搭背，叫他“阿晟”。

吃饭闲聊时，董晟告诉柯昱，他经营着一家装修公司，手下固定的员工不多，通常接到项目时会去招一些临时的小工，刚才那些人都和他合作过。他每次只找中国人，开的薪酬也比市场价高。

“大家都是同胞，出门在外的，得互相照顾。”董晟盛了满满一碗汤羹，端到柯昱面前。

柯昱盯着面前的碗，愣了好一会儿神。

也许是因为长久以来紧绷的神经在大劫后一下子松懈下来，他忽然觉得眼前浮起了浅浅的水雾。

一周后，董晟又出现在柯昱打工的地方，似乎是来和老板谈合作的。

临别前，他将一个沉甸甸的袋子递给柯昱：“今天朋友请吃韩国烤肉，记得上次你好像很喜欢，顺便给你带来了。”

柯昱沉默着没有接。

“我不爱吃牛肉，就当帮我个忙。”董晟咧嘴，又露出了那令人难以抗拒的爽朗的笑。

透过塑料袋柯昱隐约能看见里面整齐封装的四五个小盒，每盒是一顿饭的量，显然不是简单的外卖。

半晌，柯昱低声道：“谢谢你，阿晟哥。”

这个称呼似乎很合董晟的意，他眼睛蓦地亮了。

董晟拍拍胸脯，说出了好似武侠小说里的台词：“既然你叫我一声哥，以后有什么需要帮忙的，尽管来找我。”

那天之后，董晟经常去柯昱打工的地方“探班”，手把手地教柯昱解决遇上的难题，从修电闸到补屋顶，几乎没有他不会的。

很快，在董晟的建议下，柯昱辞掉了原先的短工，董晟成了他的新东家。

董晟酬劳给得多，不仅每日结算、包三餐，安排工作时，还特意避开柯昱写作业以及准备考试的时间，时不时地关心柯昱的学习状况，与其说他是柯昱的老板，不如说是柯昱的兄长。

几个月后，柯昱的舅舅生病，他从舅舅家搬出来，马不停蹄地寻找新的住处。

柯昱印象很深，因为那天是元宵节。

董晟请了一群朋友在街边吃烧烤，大伙吃饱喝足，开始用手机与国内的家人视频。

身边人随口问道：“柯昱，你想家吗？”

本以为这个问题会被柯昱无视，没想到柯昱居然认真地回答了。

他垂着眼帘，语调清冷：“我很想家，可是我没有家。”

提问人愣住，无措地看向董晟。

“你现在就有了。”

手里被塞进了什么东西，柯昱低头去看。

一把钥匙安静地躺在他的掌心。

柯昱抬眼，对上董晟温和的笑脸。

“我平时就住在店里，还有间空房，不嫌弃的话你就搬过来。”董晟顿住，眼珠转了转，“不过我妹妹经常会来，你可不能打她的主意。”

柯昱当然不会打董晟妹妹的主意，他心里住了人。即使他们相隔很远，重逢的概率渺茫，他却始终没有断掉对她的念想。

就这样，柯昱搬去了董晟的住处，对董晟的了解也更深了。

董晟年少时得了白血病，妹妹顾暖生下来后用她的干细胞救了董晟，董晟十分溺爱她。

顾暖很早就得知自己出生的目的就是为了救哥哥，更是非同一般地依赖他。

对柯昱来说，顾暖是个开朗过头的女孩子，偏偏董晟任由她胡闹，家里时常不得安宁。

柯昱去厨房接水，客厅里兄妹俩正在玩纸牌游戏。

“阿晟大笨蛋！”顾暖的惊叫声好似水烧开时水壶发出的警报。

“哎呀，我错了我错了！”

没过多久，两人又击掌欢呼。

“阿晟阿晟，我最喜欢你啦！”

“哎呀，好巧，我也最喜欢小暖！”

柯昱无语地移开视线。

董晟几步走上前，笑眯眯地凑近柯昱：“怎么了？你是在吃醋吗？”

“没有……别揉我的脑袋！”

共同生活后，柯昱才发现，董晟并没有他想象中那般阔绰。董晟对旁人很大方，对自己却异常小气。

每次吃饭，董晟总会往柯昱和顾暖的餐盘里夹鱼肉、虾和蔬菜：“年轻人得补充营养。”

“阿晟真是的，整天就知道吃辣酱拌饭。”顾暖一把夺过董晟正打算拆的零食袋，做出怄气的模样，“薯片怎么能当主食啦！”

董晟正色道：“我是哥哥，身体已经长好了，很强壮，和你们不一样。”

顾暖弹他的额头：“明明是在给自己吃垃圾食品找借口！”

董晟挠了挠脑袋：“哈哈，被你发现了。”

胸口又泛起那股既酸又胀的感觉，柯昱握紧手中的筷子，下一秒，他拿过董晟的辣椒酱往自己碗里加，随后尝了一大口，被呛得直咳嗽。

你为什么要对我那么好呢？

这个问题，在某晚与董晟的夜谈中，柯昱得到了答案。

董晟弯腰，冲柯昱双手合十，将手高举过脑袋：“抱歉，我当初在你打工的店主那儿，了解了一些你的事。”

那天他们聊到深夜，相识许久，柯昱终于得知董晟隐藏在微笑下的昏暗过往。

董晟初中快毕业的那年，父母在一场空难中丧生，之后他便辍学打工赚钱，独自抚养妹妹顾暖长大，年纪轻轻，尝尽人情冷暖。

也许是柯昱这与他相似的境遇激起了他的保护欲，所以在柯昱被那群人围着攻击却倔强地不肯屈服时，他不顾一切地冲了过去。

“刚见到你那会儿，我就在想，这孩子这么聪明，学什么都一点就会，以后一定是个了不起的人物，留在这样的地方挣钱太可惜了。”董晟伸手搭上柯昱的肩，拍了拍，“不管再怎么困难，你一定要坚持把书念完。”

柯昱不知道怎么回应，别过脸不让他发现自己发红的眼眶，用力点点头。

身旁，董晟手扶栏杆，眺望天空，慢悠悠地说：“我啊，从小就想当一名工程师，掌握尖端技术的那种，能够去那些顶级会议发论文，向全世界的人展示我的成果。你想啊，自己的技术被运用到成千上万的产品中，出现在所有人的生活里，多酷。”

柯昱道：“你现在学也不晚，在线课程那么发达，自学成才的比比皆是。”

董晟轻笑道：“好嘞，等我攒够钱供小暖上了大学，就去进修！”

与人说完自己的抱负，董晟心情大好。他用手肘推了推柯昱：“好久没听你叫我阿晟哥了，来，叫声哥哥听听。”

柯昱沉默。

“所有人都不肯叫，你就满足一下我嘛。”

“不要。”

“哈哈，我又被拒绝了。”

【3】

房间里，谢妍姗安静地听着柯昱讲述出国后的往事，心头时而揪起，时而又涌出暖流。她所耿耿于怀的、与柯昱分隔多年的那段空白时光，以一种意外的方式显露出它的模样，他的经历远比她想象的暗淡。

尽管如此，这段回忆听起来仍像是染着午间阳光的温度、在贫瘠角落里开出的花。

“我和阿晟当了一年的室友，那阵子虽然物质上很艰难，但我们过得很开心。我同阿晟经常在夜晚的阳台上展望未来，研发了不起的技术，去各地参加峰会，顺便旅行，他信誓旦旦地说，要尝尝全世界的美食加上辣椒酱后的味道。”

最后一句，谢妍姗听得喉咙发麻。

柯昱慢慢敛起嘴角的笑意，低头看着前方的那块地板。

“你知道的，我很擅长跳街舞，水准一度达到了职业级别，在学校时经常收到表演的邀请。”柯昱面无表情地抠着手指，抠得骨节发白，“我大一的那年，参加了L城音乐节的表演。”

谢妍姗后背骤然发寒。

她眼前浮现出实验室档案夹里的案卷资料，组员们议论的话语在耳畔回荡。

“你们知道当年L城音乐节那事吧？枪手报复社会，无差别扫射，死了好多人。”

“当年恐怖袭击的主犯并没有被捉到，依旧在逃，监控录像有拍到一个远景，但他进行了易容，那时候技术不行，无法识别。”

“对，咱们组主攻的就是反易容人脸识别，要是那事发生在现在，早把这家伙给逮了！”

紧挨在柯昱的身边，谢妍姗清晰地感觉到，他的身体在隐隐颤抖。

“音乐节当天，阿晟来现场为我应援，在我表演的时候，有人突然向全场开枪扫射。”

谢妍姗愕然，抱紧双臂，咬住下唇，有些不敢听下去。

“所有人都忙着逃跑，只有阿晟在人流中逆行，因为我还在台上。”

“他拉着我往舞台下跑，就像初次见面时那样，试图带我去安全的地方。我们没有跑出多远，他突然拽过我的手臂，然后我听见砰的一声，”柯昱闭上眼，“他为我挡了一枪。”

“我彻底蒙了，连害怕和绝望都感觉不到，周遭传来此起彼伏的尖叫声、哭喊声，眼前的画面让我感觉自己身在炼狱。

“我扛着阿晟的身子往外走，到处寻找救援。他的血流到我的身上，止也止不住，我拼命按住他的伤口，可是血依然在流，怎么都止不住。”

谢妍姗听见来自体内的悲鸣声，它从心脏开始攀爬至全身，在每一根血管深处炸裂。

外面已是深夜，屋内显得愈加昏暗，柯昱逆着光，整个人的轮廓仿佛困在阴影中的老旧的墙皮，轻轻一触，就会哗啦啦地破碎开来。

“阿晟被送去了医院，我跪在地上求医生救他，歇斯底里，就像个疯子，直到被人拉走。那时候我想，只要他可以活下来，我愿意去做任何事。

“然而他还是走了。

“在病床前，他对我说，希望我不要在意，好好地生活下去。他甚至没有说一句他自己的心愿……我怎么可能不在意？我握着他的手，感觉到他体温的消逝，一直到他的手彻底冰凉。

“他人那么好，可就在表演的前一天，我还在和他闹别扭。

“他觉得我边打工边学习，还要排练演出的节目太辛苦，劝我别在跳舞上花太多时间，我为此很生气，厉声道不希望他管我。

“他做了牛肉饼放在厨房里，我赌气没有吃，后来回到没有他的公寓里，那盘牛肉饼还摆在原来的地方。

“他平时根本不碰牛肉，为了我特地买了食材，还去向邻居阿姨请教做法，给别人免费装修了几个星期的浴室。

“牛肉饼已经被冻成冰块，我拿起来一口一口地往嘴里塞，旁边是他给我写的信，他说自己把我当成了亲弟弟，忍不住起了管教的心，是他越界了，他给我道歉。”

那天柯昱吃完后开始干呕，他捂住嘴，弯下腰，五脏六腑都在疼。他沿着橱柜门慢慢跌坐在地上，弓起身子蜷缩成一团，整晚没有合眼。

谢妍姗安抚地拍着他的后背，嘴巴动了动，却什么话都说不出来。

她喉咙里都是苦的。

柯昱侧头面向谢妍姗，声音沙哑地道：“他还来看我的表演，他为什么要来看我的表演？他为什么不能继续生我的气，然后那天他就不会出现在音乐节的现场，不会发生那样的事……”他捂住脸，“我都来不及告诉他，他不需要道歉，我早就把他当成了自己的亲哥哥。”

接下来的故事，谢妍姗隐约可以猜到：柯昱患上了舞台恐惧症。

这次惨剧的主犯依旧逍遥法外，监控有拍到嫌疑人的远景，但罪犯易容了，当年的人脸识别技术并没有办法辅助案件的侦破。柯昱开始专攻反易容变装的人脸识别技术，执着于AI在刑侦安防领域的应用。

另一方面，顾暖因为董晟的去世而受到刺激，生了重病，每日以泪洗面，摔东西哭闹，不肯进食。

就在医护人员束手无策的时候，顾暖开始精神错乱，把柯昱误认成董晟。柯昱配合地答应了，装成董晟的样子端上饭菜劝慰她，她终于肯按时吃饭，不再做伤害自己的事。

顾暖休养半年后重回学校，幻想的症状却未减弱。柯昱以“董晟”的名义负担起顾暖的学费和生活费，去年欠了梁萤的钱无奈假扮她的男朋友，也是因为顾暖学校的报名截止日快到了。

柯昱判定自己的人生走到了尽头，下半辈子，他将为董晟而活。

实现董晟的梦想，继承他的习惯和喜好，在他的妹妹面前扮演他，做一切他活着的时候想做的事……

然而，谢妍姗出现了。

“自从再次遇见你，我变得越来越想做回我自己，那个身为‘柯昱’的自己。”

柯昱将头垂得很低很低，手指深深地埋入发间：“这种感觉让我觉得愧疚，就好像阿晟开始离我越来越远，就好像他在逐渐消失。”

谢妍姗满脸泪痕，双手难以抑制地发抖。

只是简单地听着柯昱的陈述，她便感觉仿佛有块巨石压在胸口，不断地往下沉，压得她喘不过气来。

挚友遇难，还要扮演挚友来安慰心灵彻底碎掉的妹妹，悔恨和自责铸成坚固的枷锁，令他无法逃脱悲剧的禁锢。

谢妍姗张开手臂，紧紧地抱住柯昱。

“你现在在做的事，也是因为真的喜欢吧？

“你喜欢编程，喜欢数学，喜欢人工智能，这些并非在单纯地赎罪，而是你的热爱所在。我还记得你跟我提起过你的梦想，要用计算机视觉技术，为人们创造一块保护盾，将逍遥法外的罪犯绳之以法，杜绝更多类似的悲剧发生。

“柯昱，你没有错，你从来就是你自己，我最喜欢的那个柯昱。”

如果他不面对现实，就无法继续往前走。

“一个人承受所有，很痛苦吧？”谢妍姗拉开些距离，手掌覆上他的脸，“以后的路，我陪你，供养顾暖也好，实现你的科研目标也好……”

柯昱用力地将她拥入怀中。

“你什么都不用做，只要在我身边就够了。”他将脸埋在她的颈窝里，哑声说，“和你待在一起，我才会觉得幸福，哪怕只是听听你的声音，就算是骂我，我也听得很开心。”

谢妍姗心底涌出热流，越来越浓烈。

她轻抚他的后背，柔声道：“都会好起来的。在我人生最黑暗的时候，你告诉我，人很脆弱，有生老病死，有天灾人祸，稍不留意被利器划过皮肤，就会流出血来。

“可是，人又无比坚韧，泪水会变干，伤口会结疤，磨破的皮会结成坚硬的茧，断过的骨头会长得更强壮。日积月累，每个人身上都印有深深浅浅的伤痕，但他们仍会继续生活下去。”

柯昱沉默许久，松开抱着谢妍姗的手，伸出手掌，在谢妍姗面前摊开：“一个人继续生活太寂寞了，可以把你的手借给我吗？”

他眸色很深，她差点“溺死”在里面。

谢妍姗擦了把眼泪，郑重地伸出自己的右手：“可以啊，不过，你不许再松开了。”

两人十指相扣，无声的誓言直落心底。

柯昱低头亲她的手背，抬眼看她，眼角的泪痣泛着柔和的光：“我还有一个秘密。”

谢妍姗歪过脑袋。

董晟出事后，柯昱受到重大刺激，长期抑郁，整晚整晚地失眠，一度需要药物控制。药物副作用使得他记忆错乱，失去了大部分与跳舞还有舞台相关的回忆，还有……

“现在我才知道，大概是因为惩罚，我忘记的全是自己最喜欢的东西。

“我忘记了高中时期的你。”

第二十章 那年的舞台

【1】

“别看柯昱这么冷冰冰的，一旦喜欢上什么人，肯定会很长情。”

“真的吗？好难想象那个女孩子是什么样的！”

董晟和顾暖的对话如同隔着厚纱般在柯昱耳边响起。自从那场浩劫发生后，每当柯昱试图去思考“喜欢的人”时，过去的记忆就好似被什么东西阻挡了，他怎么也想不起来。

柯昱忘记了，他第一次见到谢妍姗，其实是在初中时的一场数学竞赛中。

“那个女生超厉害，满分成绩拿的金牌！”

重重的惊叹声中，谢妍姗站在领奖台上，扎着高马尾，自信又不过分张扬的模样令柯昱印象深刻。

后来，他时常能在竞赛的新闻报道中看到她的照片。两人距离最近的一次，是身处同一个赛场，他与她擦肩而过的那刻。那一刻他周遭的所有景色仿佛都虚化了，视线停留在她的侧脸上，他甚至可以清晰地看见她发圈的花纹纹路。

他再次见到谢妍姗时，与那次的感觉截然不同。

柯昱有事去了一趟初中好友的高中，人来人往的放学时分，他一眼就注意到了坐在花坛边的谢妍姗。

她被人泼了一身洗拖把的脏水，模样狼狈，身体状况似乎也不好。察觉到他的目光，她没有慌乱地移开，而是静静地回望着他。

女生皮肤白皙，发梢滴着水，表情清冷又倔强，看上去比任何事物都漂亮。

柯昱目光微动：这好似结了冰一般的面容，如果微笑起来，会是怎样的呢？

他打算上前脱下自己的校服借给她，不料被好友撞见后抓着聊天。等他再次转头看向花坛时，谢妍姗已经离开了。

高一下半学期，期中考试过后，全市六所高中齐聚一堂，在郊区湖畔的大型公园里举行历时四天三夜的校外实践合宿。

在那里，柯昱第三次遇见了谢妍姗。

关于她的传闻已经发散到了他的学校，那些恶毒的描述，柯昱一个字都不相信。

他不信，也许是因为好友告诉过他“事情并不完全像他们所说的那样”，又或者是因为别的。

晚上六校共同举办文艺晚会，柯昱照常作为学校的王牌出场，帅气的舞姿将气氛推到了高潮。

观众席上那么多人，他仍能迅速找到谢妍姗的位置，注意她的反应。

同学间疯传“只要看过柯昱跳舞，没有女生不会迷上他”，这话果真不假，就连冰雕般的谢妍姗也被他的演出调动了情绪。

柯昱几乎从未在舞台上与观众有过什么互动，可那天他却鬼使神差地脱下自己的外套扔向她的方向。如他所愿，谢妍姗接了个满怀，可他没料到，她立刻像碰到什么脏东西般将他的外套往旁边一抛。

全场的女生疯狂尖叫，哄抢着他的外套，柯昱冷下脸，看见谢妍姗逃难般快速离开。

后来抢到衣服的女生借还外套的名义同柯昱搭话，他直接当着她的面将衣服扔进了垃圾桶。

好友们飞快地交换视线，不明白他为何突然发火。

柯昱花了很久才消化掉受挫败的情绪，不死心地在篝火晚会上邀请谢妍姗跳舞，依旧被她在众目睽睽下无视。

好友们起哄，他赌气地打断，冷冷地扔下一句“我不喜欢她”。

彼时年少，过了很久他才意识到自己傲慢的态度才是失败的根源。

几次碰壁，他郁闷烦躁，却对她越发在意。

仅仅是经过她学校的大门，他的心头就会兴奋莫名。

他开始与谢妍姗学校的街舞社频繁互动，寻找机会去她的学校，在人群中寻找她的身影，找到后再假装没看见。

转折点在几周后的一个周末。

柯昱与好友们相约清晨早起去打篮球，可就在去往操场的路上，他注意到一个熟悉的身影独自走向废弃的大楼。

不安的念头闪过脑海，他跟着她走到顶层，震惊地看见她站上天台边，半只脚逐渐悬空……

全身的血液霎时间全往脑袋上涌，千钧一发之际，他冲上前救下了她。

惊魂过后，谢妍姗面无血色，蜷缩在角落里，抱着膝盖一言不发。

柯昱心急如焚，不知该如何开口安慰她。他担心她没吃饭，想去给她买食物，又怕自己不在她再次乱来。

内心交战许久，他飞奔着买来了吃的，小心翼翼地问她喜不喜欢，笨拙地试图用纸巾擦拭她的眼泪。他忙得满头大汗时，她忽然将头靠上他的肩膀，抱住他号啕大哭。

柯昱吓得把纸巾扔了出去，全身因为紧张而僵成了“铁板”，呼吸都变得不顺。

短短几分钟，他却感觉像过了一个世纪。

等到谢妍姗情绪稍微缓和了些，柯昱起身在她面前跟着音乐随机跳舞，连续几个小时，几乎没有休息。只要她开心，他再累也无所谓。

他陪了她整整一天，她终于向他敞开心扉，告诉他自己经历的一切。

高一上学期，谢妍姗因成绩出众，又受男生欢迎，被同班同学A所嫉妒。A同学在背后造谣中伤谢妍姗。

刚开始谢妍姗并没出面解释，A变本加厉，谢妍姗才怒而反击，加上年级里的男生用暴力威逼A道歉，让A感到屈辱，因此两人的矛盾加深。矛盾升级到惊动全校学生，两人的摩擦被其他人添油加醋，制造出无数个类似“两个女生在操场打架，整个年级都去旁观”之类的流言。

后来A自杀未遂，重伤住院，全校学生开始排挤和疏远谢妍姗。

谢妍姗情绪坠入低谷，不巧外公生病，她被接回亲生父亲身边，转去了另一所高中。

然而，转学后，有关她的流言再次在学校里传开……

失眠、抑郁、父亲的高压和不理解，令谢妍姗在又一次考试失利后万念俱灰。

她的性情也因此大变，收起了原先的张扬和开朗，变得愈加沉默寡言。

那一天，柯昱说尽了所有劝慰人的话，跟她约定好下个月见面，教她跳双人舞。

“打这个电话就能找到你吗？”谢妍姗认真注视着手背上他写下的号码，嘴唇微动，似乎在一个数字一个数字地默念，长长的睫毛随之轻颤。

柯昱的心脏也跟着快速跳动起来。

“我记住了。”谢妍姗抬眼，缓缓展开一个他从未见过的甜美笑容，“约定好了哦。”

柯昱的身子像是被子弹击中般震了一下，他喉结滚动，移开视线，说话都有些不利索：“如果那天我学校有事，你稍微等我一会儿……不，有事我也会推掉，我一定会来的。

“不管多晚，我都等你。”

话音刚落，谢妍姗的脸立刻烧得通红，她羞涩地侧过头，柯昱也跟着耳根发烫。

那天回家的路上，柯昱的脚步都是飘的，临睡前他心痒地想写点什么发给她，动作蓦地顿住，懊恼地抚额。

他只写了自己的手机号，忘记问她的号码了……

之后的几天，她再也没有联系他。

“谢妍姗。”

课间，柯昱写下她的名字，手指抚过墨迹未干的纸面，不自觉地弯起嘴角。

放学路上，身边走过三两成群的女生，哼着轻快的歌：“就这样莫名其妙地爱上你，你一个微笑我陷入昏迷。翻来覆去找不到逻辑，心跳的声音带着我慢慢靠近。”

柯昱顿住脚步，前方车水马龙，人声嘈杂，他低头看向自己的手机，没有期待中的短信，一颗心慢慢地沉了下去。

好在很快他又发现了她的身影，在他放学时经常会去的小吃店里。

柯昱想过去搭话，谁知他刚站起来，谢妍姗便仓皇地跑走了。

他想，她在学校经历过那样的事，她现在看到他不敢同他打招呼，一定有自己的原因。

柯昱顾及她的感受，没有强求，装作并未察觉。

“那位小美女又在偷偷看着你呢。”

次数多了，好友也有所察觉：“我感觉她像只警惕性很强的猫，但越是这样，越心痒着想靠近。”

柯昱冷冷地瞥他：“别往她那边看。”

好友不解：“嗯？”

柯昱不动声色地说：“所有人，装作没发现。”

大伙儿一头雾水地跟着照做。

临走时，柯昱甩开同伴，在柜台点了一份限量供应的七色冰激凌船。

“老板，如果待会儿那个女孩子进到店里来，你就把这个给她，告诉她是店里送的。”

离开店后，他独自找到隐蔽的角落，从窗口望向里面，没过多久，谢妍姗走到店内，小心翼翼地坐在他刚才坐过的位子上。

店长送上冰激凌船，她讶异地眨了眨眼睛，礼貌地道谢，看起来很开心。

柯昱也跟着心生喜悦，缓缓地松开身侧因紧张而握着的拳头。

你的情况有没有好一些？

有什么我能帮忙的吗？

如果你想找我，又不愿意被我发现，那我就待在你容易找到的地方，等着你。

晚上柯昱去好友家串门，不远处跑来一只漂亮的白猫，轻快地跳到他的大腿上，脸颊蹭他的衣服，发出娇滴滴的声音。

柯昱一把将它抱到怀里，用指尖抚摸小猫的下巴。

这只猫怕生，以前跟他对视一下就要逃，现在居然会主动过来，真不容易。

柯昱嘴角上扬，越看越觉得小猫和谢妍姗像。

看了将近半分钟，他忽然俯身，用额头蹭它的脑袋。

见柯昱与自家主子如此亲昵，好友在旁感慨：“猫一开始的警惕性总是很强，稍微靠近些就会逃走，但一旦开始亲近你，就会变得很黏人。能见到这样的它对你撒娇，是不是充满了成就感？”

柯昱点头，轻轻抚摸猫咪的脖子，白猫眯起眼，发出舒服的哼哼声。

总有一天，她也会像你一样的吧？

柯昱很意外，除了和朋友常去的地方，谢妍姗居然来到了他的秘密基地。

那是一块荒废的篮球场，空旷的场地边有几间器具室。她依旧躲了起来，朝他的方向探出脑袋，见他没有反应，便安心地时常用视线关注他。

有时候离得近了，她在他背后伸出脚，悄悄踩他的影子。

其实柯昱什么都知道。

在谢妍姗不注意的时候，柯昱拍了许多她的照片，收在一个盒子里。

照片记录了她各式各样的表情，微笑的、发呆的、落泪的，甚至是打瞌睡的。

有天夜里天很冷，柯昱在秘密基地看书，谢妍姗跌跌撞撞地跑进来，躲在角落里弓起身子，情绪崩溃般号啕大哭。

柯昱心头一紧，停住手中的动作。

如果他现在走过去，她肯定又要逃。

意识到她泪眼盈盈地望着自己，柯昱将鸭舌帽的帽檐转到脑后，耳机音量调大，脖子开始随着节拍晃动，没拿书的左手打鼓一般晃着饮料瓶，然后跟着音乐猛力甩头，甩到脑袋发晕才把帽子甩出去。他佯装气恼地起身去捡，弯腰时偷偷回头看向谢妍姗的方向。

果然，小美人破涕为笑。

柯昱无法抑制猛烈的心跳，用了很大的意志力才将自己定在原地，没有起身立刻冲向她。

他想，再让她熟悉一下自己，等到约定的那天，应该可以顺利和她说上话了。

有些事柯昱忘记了。

当年与谢妍姗约好再会的那天，他早早回了家准备赴约。

可惜事不如人愿，柯昱得知家中的变故，追债人上门闹事，他被母亲下了禁足令，被锁在了卧室里。他敲了一整晚的门，敲得拳头发青，无奈又用肩膀去撞，疼到失去知觉。

当晚谢妍姗在雨中等了整夜。他们这一别，竟是数年光阴。

“我想见一个人，可是我不记得她是谁。”

遭遇重大打击后，柯昱忘却了最珍爱的一切。

很多时候，他觉得自己一无所有，生活只剩苦涩，可就在充满迷雾的记忆中，隐约会闪现出女生模糊的身影。

他在梦里走了很长很长的路，一直没有走到尽头。

那天在顾齐的聚会里遇见谢妍姗，明明是“初次”见她，不知道为什么，与她四目相对时，他眼眶酸涩，居然涌出想流泪的冲动。

【2】

“关于我以前的事，你现在还能想起多少？”

得知柯昱的秘密，谢妍姗既释然，又心情沉重。

大学里她再次遇见他，他将她视为陌生人，又时不时刻意地与她针锋相对。他喜好大变，可性情仍与过去的一样。如今将所有细节串联成线，她终于明白，他并非从过去就对她不上心，而是心里埋藏着令人心碎的过往。

“有一些碎片，但不是很连贯。”柯昱揉了揉眉心，用非常认真的眼神注视着谢妍姗，“我之前问你，你‘盐山爱吃糖’微博上写的情侣日常段子到底是不是和我的经历，并非单纯地调侃，我是真的想知道。”

脑海中冷不防地闪现出自己写的那些段子，一股电流顺着脊柱蹿到头顶，谢妍姗坐了弹簧般从沙发上跳起来：“那都是瞎编的啦！”

见柯昱的目光中逐渐透出促狭的笑意，她机智地转换话题：“你最近好像都不怎么和顾暖聊天了。”

柯昱仰起脸看她：“我们其实不常聊天。”

谢妍姗不信：“可我以前经常看见她给你发微信，她用特可爱的表情包。”她两只手臂在空中画了一道夸张的弧线，手指在头顶上收拢，“她还给你发‘比心’！”

因此谢妍姗给了顾暖一个代号——“比心萌妹”。

“那是我故意在你面前聊。”柯昱愉悦地勾起嘴角，“你鬼鬼祟祟地偷看我的屏幕的样子真的很有趣。”

谢妍姗被他的话呛得一口气差点提不上来。

她迅速调整表情，义正词严地说：“我那不是偷看，是在思考你这种人怎么会有女朋友。”

柯昱上身后仰，手臂闲散地搁在沙发靠背上：“那得问问你自己。”

谢妍姗噎住，双目圆瞪。

柯昱观赏了一番她的反应，脑袋一歪，慢条斯理地说：“我知道你在想什么，顾暖不是我喜欢的类型。”

又被戳穿心事，谢妍姗梗着脖子反驳：“谁问你这个了？”停顿片刻，她斜瞄他，“你喜欢什么类型的女生？”

柯昱不假思索地道：“谢妍姗。”

“我？我是什么类型的？”

柯昱抓住她的双手，将她拉到身前：“我没有喜欢的类型，我只喜欢你。”

谢妍姗耳朵热了起来，为了掩饰羞涩，将脸扭到一旁。

这家伙的嘴真是越来越甜了。

顾暖提过，柯昱的手机屏幕上是个女生的照片，她匆匆瞥了一眼，便有了答案。

他藏得那么深，还不是做出了纯情少男暗恋心仪女生的那套行为。

谢妍姗抿唇压住自己的笑意，明知故问地道：“你手机屏幕上是谁的照片？”

柯昱面不改色：“一位当红女明星。”

“她走的什么路线？”

“性感。”

“你滚蛋！”谢妍姗掐他，“我怎么不知道我自己居然出道了？”

柯昱一边挡她的攻击，一边好整以暇地问：“谁说是你了？”

谢妍姗屈起膝盖抵在他的大腿边，俯身将他扑倒在沙发上："那你给我看！"

柯昱伸臂，把手机摆到她够不到的地方："你自己来拿。"

谢妍姗抢不着，还被他翻身反压，气得面红耳赤。她皱眉做出怄气的模样："你对顾暖说话那么温柔，怎么对我就这种态度？太恶劣了。"

"对顾暖，我是在学阿晟……"柯昱顿了顿，"对你，是我的本性。"

谢妍姗轻哼，推了他的胸口一把："那我还是喜欢阿晟那样的。"

柯昱低头咬她的耳垂，往下吻她的后颈："你想也别想。"

两人打闹了一阵，最终手机还是被谢妍姗得了手。柯昱手机屏幕上果真是她的照片，照片里她正专注地对着电脑编程，看上去像是"101"刚开课那会儿在大学图书馆拍的。

谢妍姗完全没料到："你从那个时候就开始……"

柯昱将她圈在怀里，目光坦荡："我觉得很漂亮，所以就拍了。"

谢妍姗的心如同初次被告白般跳得飞快，她紧咬下唇，双瞳中泛起水雾。

她现在回想，重逢后，好像从某个时间点起，柯昱便无处不在。

她参加太阳能小车比赛，他也参加，说是有人临时请假，花钱雇他来的；

她做数据标注，他是指导员，听闻他与原先负责她所在小组的学长换了班；

她去高学姐的聚会，他也在场，明明所有人都说他不爱参与这类社交活动；

她去教授的办公室，他站在里面，教授将他推向她："你有不懂的就问柯昱，他什么都会。"

谢妍姗说出自己的疑问。

柯昱笑意渐深，轻揉她脑后柔顺的长发，哑声问：“你觉得都是巧合吗？”

谢妍姗的脸再次烧了起来，为了不让他发现，她将脑袋埋在他的胸口。

顾暖说得没错，柯昱就是个不坦率又别扭的人。

两人聊了一通宵，直到天蒙蒙亮，谢妍姗才糊里糊涂地睡过去。

清早，陆禾光临了柯昱的公寓。

“哥，我来拿个东西，你没回短信，我就自己进来啦……”

这话本是走个过场，他估摸着柯昱和谢妍姗现在肯定在卧室睡觉，没想到客厅里居然有人。

柯昱坐在沙发上，茶几上堆满了项目资料，谢妍姗枕在他的大腿上，抱着他的腰睡得正香。

陆禾正打算同柯昱打招呼，忽然看见谢妍姗起身，双手搂住柯昱的脖子，睡眼惺忪地将唇凑近。

柯昱不动声色地抬眼看向门口的陆禾。

见柯昱没反应，谢妍姗歪了下脑袋：“不亲？”

陆禾整个人都僵住了，吓得腿直发抖。

柯昱低头，蜻蜓点水般地亲了谢妍姗一下，谢妍姗却不肯松手，贴得更紧了。

陆禾迅速转身捂住眼，表示自己只是路过。

那头传来动静更大的接吻声，听得人体温直线上升，过了好一会儿，陆禾透过指缝悄悄往外看——

谢妍姗蜷身窝在柯昱怀里，脸颊贴在他的胸口处，惬意地闭上眼继续睡觉。柯昱用手掌托住她的腰将她的位置正了正，一只手搂着她，另一只手捧着平板电脑，阅读屏幕上的论文，神态自如得就像只是抱着个大型洋娃娃在办公。

陆禾眨眨眼。

原来刚才“冰美人”没完全醒……

有句话怎么说来着？

高傲冷漠的女生一旦被融化了，也许会意外地黏人。

察觉到陆禾定在原地傻笑，柯昱停住手中的动作，挑眉道："你看够没？"

陆禾一个激灵，忙不迭地小跑去目标点找东西："够够够！我这就走。哥，你别管我，你继续……"

他转身用力过猛，不慎被茶几绊到，撞出砰的一声响，文件哗啦啦掉落一地。

怀里的谢妍姗秀眉轻蹙，动了动脑袋，柯昱垂下眼帘，用宽大的手掌轻柔地抚摸她的脸颊，直到她眉头舒展开，睡颜安稳。

柯昱扫向陆禾，用口型示警："动作轻点。"

"是是是！"

【3】

与谢妍姗坦承一切后，柯昱不再隐瞒自己每个月去离学校很远的小镇看望顾暖的行程。

除与顾暖见面，查看她的生活状况，他还需要与顾暖的老师定期联系。

柯昱带谢妍姗抵达顾暖的学校，和老师会谈过后，他们去了柯昱每次来必去的那家巴西烤肉店。他们刚进店门便撞上了那位怀疑柯昱脚踏两条船的"小红帽"。

见柯昱与谢妍姗十指相扣，举止亲昵，"小红帽"脸色铁青，堵到他们面前，将两人往角落推。

"阿晟！你到底是怎么回事？""小红帽"目光在柯昱和谢妍姗之间徘徊，涨红着脸质问道，"你带她来这儿，不怕被小暖看见吗？！不对！你怎么能做出这样的事！"

"我不是董晟，我叫柯昱。"柯昱闭了闭眼，淡淡地道，"抱歉，阿天，一直瞒着你们。"

"小红帽"怔在原地，表情茫然。

“董晟是我已故的兄长，顾暖是我的妹妹，”柯昱揽住谢妍姗的肩，“她才是我的女朋友。”

也许因为已经同谢妍姗讲述过自己的过去，柯昱不再讳莫如深，简短告知了“小红帽”事情的真相。

他的陈述并不煽情，“小红帽”听完仍哭得一把鼻涕一把泪。

“对不起，我不知道居然发生过这样的事……你每个月都来看小暖，又长得这么帅，我觉得自己肯定没戏了，默默祝福就行。后来见到你和别的女生在一起，看起来还那么甜蜜，我就……唉，我怎么能这样怀疑你……”

柯昱摇摇头道：“是我没说清楚。”

“你们有什么困难尽管告诉我！只要是小暖的事，什么忙我都能帮！”“小红帽”上前一步，目光灼灼地握住柯昱的手，“哥哥！你相信我！”

柯昱：“谁是你哥哥啊……”

“小红帽”走后，柯昱和谢妍姗到了靠角落的位子坐下，谈起方才与顾暖老师的谈话。

这几月的消息很不好，“小萌妹”的情况似乎比以前更严重了。

柯昱喝了口咖啡，垂眼看着杯面，道：“她已经有了精神分裂的迹象，学校建议如果她的病情再恶化，就送去医院疗养。”

谢妍姗心里咯噔一声。

能把长相与董晟截然不同的柯昱认成自己的哥哥，她暗自猜测过，顾暖还未完全恢复正常。

柯昱告诉她，顾暖原先只是创伤后应激障碍，在经历了至亲身亡后，因极度痛苦而精神失常，产生幻觉，将柯昱认成董晟，否认哥哥去世的现实。

虽然她经过治疗重回学校后，学校为她配备了专门的心理辅导老师，但她却始终无法跨过这道坎，情况变得越来越严重。

谢妍姗的心随着柯昱没什么起伏的语调沉了下去，她用力咽下嘴里的牛肉，感觉味同嚼蜡。

她在脑海中措辞，听见对面的柯昱闷声道：“你知道老师告诉我，这是为什么吗？”

谢妍姗手握成拳，又松开，忐忑地说出了自己的猜想：“因为你配合扮演董晟吗？”

柯昱眸色深深地看着她，过了很久，低头缓慢地将脸埋进掌心：“是我的错。”

谢妍姗手中的餐具啪地掉到桌上，她忙不迭地坐到柯昱旁边的位子，轻抚他的后背：“别那么想，我完全可以理解你。”

在他还没有能力独自生存的时候，是董晟伸出了援手，供他读完高中，考上大学。面对重要的人的妹妹，在她情绪崩溃、陷入危机的时刻，他只能选择用这样的方式给予安慰。

然而，谁能料到，柯昱的配合，却让顾暖的病情恶化。

就像依赖拐杖的人，永远无法独立行走。

滥用药物，剂量越大，瘾越深。

“其实，我扮演阿晟，也不仅仅是为了安慰顾暖。”

柯昱似乎在强忍着什么情绪，尾音隐隐发颤：“扮成他的时候，看着顾暖的反应，收到写着他的名字的新信件，就好像他真的依旧生活在这个世界上……那块压在我胸口的石板会出现一些缝隙，令我稍微好受一些。”

谢妍姗蓦地心如刀绞。

她忽然明白，柯昱和顾暖一样，骨子里也不想承认董晟已经去世的事实。

谢妍姗动了动嘴唇，很想说“柯昱，你不可能一辈子扮演董晟。斯人已逝，活着的人应当过好自己的人生”，或者告诉他“难受的时候可以大哭，可以悲伤，可以发泄，但只有正视痛苦，我们才能真正地摆脱它”。

可道理大家都可以说，又有几个人能真正做到？

没有经历过，谁都没资格评论。

谢妍姗覆上柯昱的手，下一秒，她被他用力地抱进怀里，他像要将她嵌入自己的身体里。

先前提及董晟的名字，他也是用这样的方式寻求力量，激烈又无助。

谢妍姗温柔地回应着他。

我可以做些什么呢？至少能让你不那么难受。

“我时常在想，如果那天我不去音乐节表演，阿晟就不会去现场看我。他会好好活着，会有蒸蒸日上的事业，会和心爱的人结婚，会有许多孩子，他会教他们自己所感兴趣的一切，带他们游遍世界，就像他曾经告诉过我的那样……

“到最后，我都没来得及跟他道歉。”

深夜，谢妍姗从梦中惊醒，柯昱愧疚的话语在她脑海中萦绕不散，每个字都带着令人压抑的钝痛。

她起身，到写字台前打开电脑，翻出正在做的安防系统的项目文档时，想起了实验室里组员们闲聊时的话语。

“你不知道柯神有多可怕，干活的时候简直像不要命一样。之前他有事请假一个月，别人接手他负责的部分，接手那哥们边做边哀号‘怎么这么难’，为了赶进度整天睡实验室，把模块搞完都直接进医院了……”

“那是，柯神的工作强度一般人没法比。”

如今，得知了柯昱专攻反易容人脸识别技术背后的原因，谢妍姗的心情更沉重了。

她睡不着，天刚亮便去了实验室，在茶水间迎面遇上陆禾，对方边刷牙边冲她挥手，态度热情得像只大型金毛犬，她甚至能幻想出有根尾巴在他背后摇啊摇。

谢妍姗面对陆禾时总有些心虚，毕竟她搬去柯昱的公寓，导致陆禾被“踢”了出去。但男生却毫不在意：“嫂子，自从遇上你之后，我哥……咳，柯昱他比以前坦率了不少。”

陆禾咕噜咕噜漱掉满嘴泡沫，见四下无人，便低声对谢妍姗说：

“我知道他有很烦恼的事，有时候我晚上起床，发现他缩在客厅的角落，外套盖着脑袋，一动不动，可吓人了！物理自闭，你懂吧？我用各种方法问过他很多次，但他怎么都不肯说。”

陆禾的脑袋逐渐耷拉，一双眼也难过地看向地面，看上去更可怜了。

“他是个喜欢独自承受压力的人，我们实验室经历过风风雨雨，大家或多或少都会有焦虑和暴躁的时刻，但我从来没见过柯昱失态。”

谢妍姗抿唇，很多话堵在喉咙口，却发不出声音。

越是悲伤，越难对别人诉说，久而久之，便成了面具，曾几何时，她也是一样的。

陆禾叹了口气，忽然咧嘴冲谢妍姗笑得露出八颗白牙：“如果是你的话，一定能帮到他的吧？”

清晨的阳光自窗外倾洒而入，凉风轻柔拂面，谢妍姗手指蜷起，握成拳，信心自心底油然而生。这是崭新的一天，充满了蓬勃的生机。

她点点头：“一定。”

【4】

几周后。

因为顾暖的事情给谢妍姗造成了困扰，柯昱答应满足谢妍姗一个心愿，谢妍姗提出周末去别的城市玩，柯昱便排开实验室的工作，留出时间。

柯昱没有料到，谢妍姗会带他重回L城。

远远地望见两年前音乐节所在的那座场馆，柯昱脸上瞬间没了血色：“你为什么……”

谢妍姗沉默片刻，问：“出事后，你祭奠过董晟吗？”

柯昱眸中闪过被针扎般的痛苦，垂下眼帘道：“没有。”

作为悲剧的发生地，每年都有许多人前来悼念当时的遇难者，而柯昱在那之后连舞台都无法靠近，更别提踏进伤心处。

谢妍姗并未催促，柯昱在街边驻足，她便静静地等。

不知过了多久，太阳开始下山，街边的店铺陆陆续续地亮起了灯。

柯昱终于往前迈出一步。

谢妍姗的心提到了嗓子口。

柯昱侧头，强撑着扯了下嘴角，声音沙哑："陪我去看看吧。"

谢妍姗松开紧抿的唇："嗯！"

柯昱本打算在外面的纪念点悼念董晟后便离开，谁知谢妍姗向前台出示了证件，说了几句话，工作人员打开内部通道，示意他们入场。

柯昱迟疑地看向谢妍姗："我们可以进去？现在不是闭馆的时间吗？"

工作人员解释道，经过谢妍姗多次联系，音乐厅负责人了解到柯昱的遭遇，破格在今天演出清场后，允许他们免费使用一段时间的场馆。

柯昱嘴角轻微地动了动，没有发声。

"别担心。"谢妍姗握紧他的手，"有我在，我们一起进去。"

走在过道里，柯昱神色凝重。旧地的场景仿佛牵扯出无数看不见的丝线，穿越时空长河连接起不同时间点的两端，他恍惚间看见接连有人进入观众席，结伴嬉笑打闹。

柯昱扭头，看向中央区，看向当年董晟坐着的那个位子。

他的视线倏地模糊了。

被牢牢封锁的记忆冲破因痛苦而扣住的枷锁，往昔的画面接踵而来，攀爬进他的脑海——

"这是你的房间，我带你去买家具，以后这儿就是你的家。"

他搬进董晟店里的空房间，两人开始组装书橱和书桌，完工后摆上电脑，董晟转身，笑着与他击掌。

"你喜欢吃牛肉啊，隔壁阿姨特别擅长做牛肉饼，我下次学了给你做。”

周五在厨房边的餐桌吃完饭，董晟端上热汤，往他的碗里夹菜。

“学费不够就告诉我，别担心，有我在，一定能让你把书念完的。”

董晟装修时伤到手腕，处理伤口时被他撞见，前一秒董晟还在倒吸冷气，下一秒就转头对他笑。

“那个男生很帅吧，他是我的弟弟！”

音乐节那天，董晟和学校应援团的女生们一起为他举灯牌，远远地冲他尖叫。

家庭遭遇变故，母亲异乡病逝，他面无表情，为寻找新的住处奔波。

董晟去世后，他失魂落魄地走在路上，一滴眼泪都没有流。

他孑然一身，逐渐变得无法依赖他人。

紧绷的神经和隐忍的性情，支撑着他不被坎坷的命运压垮。

可就在谢妍姗轻柔地抱住他，在他耳边反复告诉他“你没有做错任何事”时，绷到极限的弦终于断了。

没有任何预兆，一滴眼泪从柯昱的脸颊滑落。

泪水夺眶而出，大滴大滴地掉了下来，柯昱捂住嘴，慢慢地跪到地上。

指间流出一个破碎的音节，他弓着背，狠狠地咬住屈起的指节，全身都在颤抖。

谢妍姗红着眼睛蹲到他身边，张开双臂搂住他，将他的脑袋按向自己的胸口。柯昱紧紧地回抱她，在她怀里发出了歇斯底里的哭泣声，尽情释放这几年压抑着的悲伤。

谢妍姗从未见过他这样毫无防备的模样，她心中的柯昱，又跩又傲，无坚不摧，可正因他在她面前展露了脆弱，令她萌生出了想要永远守护他的念头。

不知过了多久，怀里的人渐渐没了动静，谢妍姗低头，对上柯昱红肿的双眼。

“我可以上舞台吗？”

他嗓子都哑了，表情却恢复了平静。

“可以！”谢妍姗从随身携带的背包里拿出一个袋子。她特意从高学姐那儿打听了款式，为他准备好了他当年演出时穿的服装。

柯昱迟缓地从地上站起来，拿出手机，按了一阵后递给谢妍姗：“你能帮我播放一下音乐吗？”

“不用手机，你安心登台，我都联系好了！”

柯昱讶异地停住动作，很快便明白过来，谢妍姗既然特意带他来这里，应该是做好了万全的准备。

他喉结滚动，揉了揉她的脑袋：“我去换一下演出服。”

谢妍姗拉住他的袖口，犹豫着，还是问了：“你需要排练一下吗？”

柯昱摇头：“不用。”

当年演出的这支舞，在数不尽的噩梦中，他跳了一次又一次，可没有一回能够幸运地跳到最后，那记震天的响声终结了一切。

准备妥当，柯昱登上舞台，灯光亮起，音乐声响，他的身体随之震动。

谢妍姗全程无法将视线从他身上移开，柯昱的舞姿总是带着震慑人心的感染力，将情绪强烈地转达给了观众。

从痛苦、挣扎、迷茫到曲终的释然，他终于完成了这场两年前的表演。

谢妍姗用力地鼓掌。

柯昱没有走下舞台，微喘粗气，手握话筒，对着只有谢妍姗一个人的观众席说——

“很高兴能有机会参与这次演出，对此，我特别感谢我的哥哥董晟。

“抱歉，我从来都没有这样好好叫过你。我一直不喜欢坦率地表达自己的感情，你关心我的学业，我很开心，为了跳舞的事情跟你争吵，是我不对。”

柯昱将头别到一旁，咬肌连带着下颌线条紧紧绷住。片刻后，他接着说："牛肉饼很好吃，我一个都没有剩下。

"阿晟，一直以来我都很感谢你！你没有越界，我早就把你当成了我的亲哥哥！"

舞台下，谢妍姗一边鼓掌，一边欣慰地流下眼泪。

她知道，人之所以会有难以放下的执念，是因为积攒的情绪还没释放出来，想说的话没说出口，想做的事没能完成。

对柯昱来说，他需要一个机会，与董晟好好地道别。

将积聚已久的话语诉说完毕，柯昱深深地鞠了个躬。幻想中，他听见了董晟的声音："再见了，阿昱，你要幸福啊。"

柯昱直起身。

视野里，董晟坐在当年坐的那个位子上，笑着冲他挥手。

柯昱抬手擦干眼泪，随后嘴角上扬，露出了同样灿烂的笑容。

"再见。"

第二十一章
守护世界的盾

【1】

离开音乐厅后，柯昱带谢妍姗来到一处位于半山腰的高台。

当年董晟与柯昱约定，等演出结束，一起来这块夜景绝佳的地方吃炸鸡汉堡庆功。

谢妍姗不解：“为什么是炸鸡汉堡？”

柯昱打开手机，拇指滑过屏幕上谢妍姗的侧脸，从相册里翻出一张旧照给她看：“还要配上中国超市的辣酱，这是他的最爱。”

谢妍姗和柯昱去董晟经常光顾的炸鸡店买到了最后一个限量炸鸡汉堡，又去中国超市采购了同款辣椒酱。一切准备完毕，谢妍姗陪着柯昱履行当年的约定。

高台是个简单的街心花园，可以俯视大片街区，夜幕下，点点灯光连绵成星海。

谢妍姗注意到，不远处的长椅上，有名陌生的亚裔男子手捧炸鸡汉堡，旁边的汉堡盒印着他们刚才去的那家炸鸡店的标志。

紧接着，他掏出了一瓶辣椒酱。

谢妍姗讶异地拉了拉柯昱的胳膊。

目睹男子揭开汉堡的面包盖，慢悠悠地将辣椒酱倒在炸鸡上，她打了个冷战：“这样的画面，我以为只能在整人游戏里看见。”

柯昱怔怔地看着对方，没作声。

男子年长他们几岁，身穿黑衣黑裤，银色的耳环在夜里泛着光。

察觉到突然扫来的两道视线，男子抬头，咧开红彤彤的嘴唇，露出和善的笑。

柯昱打开自己的汉堡，同样将辣椒酱倒在炸鸡上，然后合上面包盖。

“你也爱这么吃？”男子竖起大拇指，“炸鸡配辣酱，最赞！”

柯昱垂眼道：“我哥哥在庆功的时候喜欢这么做，我想试试。”

男子拍了下大腿：“好巧啊，我也是！”

柯昱咬下一口特制汉堡，整张脸唰地涨得通红，双手捂住嘴巴，嗓子快要喷火。

男子哈哈大笑：“是不是特别刺激？”

柯昱接过谢妍姗递来的水，猛喝了几口，拧上瓶盖，眼角滑落被辣出来的泪，跟着大笑出声。

晚风吹过，枝叶哗哗作响，空气中带着淡淡的温热，明天是个大晴天。

谢妍姗去了柯昱以前读书的学校和打工的地方，柯昱陪着她一点一滴还原他过去的生活轨迹。董晟的店铺已经换了新的东家，柯昱抬手，指给她看自己房间的窗户。

他不再逃避，不再守着旧伤疤不许任何人触及。当心结被解开，过往的美好永驻，他带着故人的祝福，越过被悲痛封锁的荆棘丛，开始踏上属于自己的旅程。

回到酒店时已经接近十二点，这次出行由谢妍姗全程安排，在前台登记入住时，柯昱突然问：“你订了几间房？”

谢妍姗接过房卡：“一间，省钱。”

柯昱推着两人的行李：“我们怎么睡？”

谢妍姗直视前方：“两张单人床。”

柯昱：“哦。”

进入电梯，按下楼层键后，谢妍姗不禁开始紧张。尽管已经交往了这么久，柯昱每次亲昵地碰触她，依旧会使她的心扑通扑通直跳。

她斜眼偷看柯昱，他摆着一张表演时的酷脸，面无表情，十分淡定。

谢妍姗眼珠转了转，立刻调动表情，装作若无其事地领着他去了房间。她关上门，伸手开灯，手掌被人一把按住。

柯昱偏过头，嘴唇停在她的耳畔，哑声道："我都想起来了。"

谢妍姗呼吸放缓："想起什么……"

柯昱将她手里提的东西扔向沙发，突然扳过她的脸狠狠地吻她。

谢妍姗差点没站稳，整个人被他抵在墙上。

她看见他眼瞳里有什么在燃烧，炽热无比，满满都是渴望。

四目相对时的冲击力，比以往更为强烈。

两人热吻着滑落在地，谢妍姗浑身酥麻，在他凶猛的攻势下脖颈后仰。他顺着她的脖颈一路亲下去。

她听见柯昱断断续续的低语：

"妍姗，我喜欢你，从很早以前就喜欢你……

"从那个时候开始，一直……到现在……"

谢妍姗感觉眼睛深处开始发热。

柯昱再次吸吮她的嘴唇，纠缠她的舌头。谢妍姗环住他的脖子，热情地回应他。两人渴求着对方，双唇触碰在一起，不断发出动情后的喘息声。

不知不觉间，谢妍姗被柯昱抱着滚上了床，就在她因接下来会发生的一切而心怦怦直跳时，柯昱忽然停住动作。

他侧躺在她的身边，手臂紧搂她的腰："我想起来了，关于你高中时发生的那件事。"

谢妍姗背脊一凉，抓着他胸口的手指下意识地收紧。

那是她噩梦的源头，她一夜之间成为众矢之的，恶意铺天盖地而来，负面效应如滚雪球般越滚越大，最终她从天之骄子堕落成行尸走肉。

“我高中的时候有个朋友，就叫他小A吧，他和你在S高时的闺密有些联系。”

谢妍姗原先就读的S高，是全国竞赛奖牌获得数最多的顶级名校。后来谢妍姗出了事，被迫转学，从此一蹶不振。

而闺密在关键时刻的背叛，更是令谢妍姗封锁内心，性情大变。

某次私下的聚会中，听见别人中伤谢妍姗，谢妍姗的前闺密神色凝重，脑袋低垂，死死地咬着嘴唇。

散场后，小A撞见谢妍姗的闺蜜躲在角落掉眼泪，出于善意安慰了几句。也许因为两人不同校，又或是她需要倾诉的情绪达到了极限，她同他絮絮叨叨地说了很长时间。

临近与谢妍姗约定学双人舞的日子，小A将听来的这些事告诉了柯昱：

“我们学校那个女生自杀未遂的事情，其实和谢妍姗没有关系。

“因为她们在学校公然起过冲突，所以后来有男生打着为谢妍姗出头的旗号去找那个女生的麻烦，但这不是直接因素。

“那个女生是因为自己家里的事想不开的，出事那晚谢妍姗就和我在一起，我跟大家说了，可太多人觉得我在包庇谢妍姗，而且对方家长一口咬定，硬说是谢妍姗害的。谢妍姗性格张扬，战果累累，深受老师宠爱，许多眼红的人就盼着她栽跟头。

“我不敢帮她说话，怕被别人孤立，于是我撒谎了……

“谢妍姗家很有钱，她很喜欢数学，是竞赛组的王牌。后来流言传遍学校，她被迫转校，听说之后成绩一落千丈，到最后连数学都不及格了。

“真的很可惜……她那么有才华……”

听完柯昱的转述，谢妍姗难以置信地看着他，脑袋一片空白。

直到现在她才明白，她背负了那么久的包袱，作为惩罚的自我放逐，其实毫无意义。

思绪逐渐清晰，没有想象中那样愤恨恼怒或是如释重负，谢妍姗心情异常平静。

感觉就像翻看很久以前的旧照片，她依稀能想起当时的细节，却好似在旁观别人的故事。

“当年我想告诉你，但是后来我妈不让我出门，又没收了我的手机……”柯昱抬起上身，语调急促，“我有给你写信，托人送到学校，你收到了吗？”

“没有。”谢妍姗淡淡地笑了笑，“可能被谁看到后扔了吧。”

柯昱怔住，喉咙微动，将脸贴上她的额头：“对不起，妍姗，那个时候我没能陪在你的身边。”

他把她抱得更紧，哑着声音一遍一遍地重复：“对不起。”

谢妍姗心头很酸，眼眶中不争气地泛起水花。

他明明自己一身的伤，却还担心她会不会难受。

她同往常一样轻抚他的后背，道：“我现在过得很好，没有什么时候比现在更好了。”

当她把“相册”合上，一切就已经过去了。

遇到柯昱后，她获得了重生，也解开了心结，过去无法理解的种种，现在也已释怀。

如今她回头看，当年那让她觉得天快塌下来的危机，远没有那么令人绝望，是自己身在谷底，被黑暗遮住了双眼。

那些杀不死你的过往，只会使你变得更强。

他们又抱着亲了很久，柯昱牛仔裤的布料摩擦着谢妍姗短裙下裸着的腿。他脱掉自己的外套，将里面的上衣掀到一半时忽然意识到什么，捏了捏谢妍姗的脸，转身去洗了个澡。

等柯昱从洗手间出来，谢妍姗又进去了。她梳洗完毕，换上纯棉的吊带睡裙。

她刚踏出浴室门便被柯昱打横抱起，放在床上。

暖黄色的灯光下，两人有一搭没一搭地聊着初中和高中时候的事，谢妍姗依偎在心爱的男生怀里，手指在他的胸膛画着圈。

“你知道吗，只要跟你待在一起，我就觉得安心。”

周遭的空气甜得能令人融化，柯昱的视线缠绕着她全身。

“是吗？”他勾唇，“在你身边我可不安心。”

谢妍姗疑惑地歪过脑袋。

柯昱在手机上打了两个字，将屏幕转向她：“躁动。”

谢妍姗脸颊倏地变得滚烫，掐了他胸口一把。

“其实你写的那些微博段子不算什么。”柯昱按住她的手，“我梦到的比这些尺度大多了。”

谢妍姗抬起下巴：“你梦到过什么？”

柯昱脑袋歪向她，笑得很坏：“你想知道？”

谢妍姗太阳穴跳了跳，猜得到他接下来会说什么不堪入耳的话，决定先发制人，起身跨坐在他的身上。

她不甘示弱地用眼睛锁住他的目光：“其实，我也有想过……”

高学姐给谢妍姗看的柯昱跳舞的视频里，有一个镜头谢妍姗印象很深：柯昱穿着白色的运动外套，拉链拉开，里面什么都没有穿，肌肉线条清晰流畅。

那瞬间她起了念头，想要触碰他宽大的肩膀和结实的手臂。

柯昱双手抚上谢妍姗修长紧致的大腿，拇指钩起裙摆，慢慢地往上推，目光深邃地盯着她：“你以前在微博上写过的，‘泪痣先生’做过的，我全部会替你实现。”

他贴上她，牙齿咬住她的耳朵，语调恶劣到极点：“从哪里开始？浴室……还是窗台边？”

谢妍姗心头被撩出燎原大火。她轻咬下唇，强忍住羞涩，用纤白的手掌轻柔地抚摸柯昱紧实的胸腹，感觉到他身体一瞬间紧绷，呼吸都乱了。

柯昱远没有自己所表现出来的那般镇定。

谢妍姗在他迫不及待地吻上来时抬手抵住他的唇。

“你过去一直都知道我在……”她不知该如何说出口，最后总结了四个字：“暗中观察”。

“对啊。”柯昱因她的躲避而难耐，轻轻地吻她的掌心，“谁叫我对你的身影特别敏感呢。”

谢妍姗撇了撇嘴，一副闷闷不乐的样子。

柯昱捧住她的脸：“怎么了？”

谢妍姗往后闪：“那么久以来我都觉得是自己在单恋，你不过一时兴起，忘记了我们的约定……”

柯昱点点头：“为此你掉了不少眼泪。”

谢妍姗瞪他：“我才没有掉眼泪。”

“那我现在补回来可以吗？”柯昱将她的嘴角往上提，“我喜欢你。”

话音未落，他低头亲她的眼角。

“我喜欢你的这里。”

他亲她的鼻尖、她的掌心、她的手指，谢妍姗难耐地哼出声，象征性地推搡两下后便不再抵抗，任他为所欲为。

他一路往下亲……

“还有这里……我喜欢……

“这里……也很喜欢……”

谢妍姗满面绯红，耳根通红，咬着自己的手指道：“你闭嘴……”

她的裙子被他推到脖颈处，下面是他的脑袋。

“我一直在想，我这么做的话，你会有什么样的反应。”柯昱探身过来，手中动作没停，他的声音钻入她的耳朵，喑哑迷人。

谢妍姗喉咙发紧，连喘气都困难，从未体会过的刺激感令她惊慌失措。

与过去的点到为止不同，现下他的触碰强势又温柔，充满了侵略性。

“妍姗，你很可爱，不想理人的样子也好，生气又不发作的样子也好，专心写作业的样子也好，”柯昱另一只手撩起一缕她的长发，抬至唇边，轻轻吻上，“从发梢到脚踝，我全部都喜欢。”

谢妍姗心悸不已，喉间逸出一声呜咽，在他的热情下逐渐融化成一摊水。

她伸出双臂回抱住他，如小猫般用脸颊轻蹭他，开口说不出整话，带着喘息发出断断续续的娇柔的气音：“我也……最喜欢你……”

她的吊带长裙滑落到地面，盖在他褪下的长裤上。

原本定了两天的旅行，结果第二天他们完全没离开房间，甚至错过了退房的点。

谢妍姗双手撑墙，上衣敞开，好几颗纽扣散在地上，文胸系带垂于手臂，随着她身体动作的幅度而抖动。

柯昱从后面抱着她，扭过她的脸安抚般亲吻她的脸颊，侵占的动作却更为凶狠。

谢妍姗瘦却不单薄，他满手柔软的触感，全身血液都往一个地方涌。他狠狠地吸了一口气，失控下，攻势愈加放肆。

空气中响起布料被撕开的声音。

谢妍姗喉咙沙哑，被撞得神思迷离。她想，早知道出不了门，何必换了这套新衣服，让他折腾得不像样……

关于他曾经的梦境，昨晚他亲自演示给她看，将她翻来倒去地摆弄，到最后，她气得咬他的肩膀：“我要睡觉！我不想再知道你梦见过什么了！”

【2】

回到学校后，谢妍姗和柯昱都累积了一系列的事需要处理。

自打顾暖出现，接下来几个星期事情的发展可谓反转不断，谢妍姗的心情跟着起起落落，她感觉像是看了一场漫长的电影，终于随着陪伴柯昱故地重游而落下帷幕。

与顾暖的老师交流后，柯昱决定不再假扮董晟安慰她，向她坦承自己的身份，循序渐进地引导她接受事实。

在心理辅导老师的建议下，他们采取了一系列的行动，最近的一次，柯昱约了顾暖的朋友们，以周末游的形式带她去了L城。

再次踏上与哥哥董晟一起生活过的地方，顾暖封锁的意识陆续复苏。回头看见站在谢妍姗身边的柯昱时，她眨眨眼，叫对了他的名字。

柯昱同谢妍姗交换了下视线，悬着的心总算往下放了些。

顾暖环视四周："阿晟呢？他在哪里？"

感觉到柯昱握着自己的手瞬间收紧，谢妍姗侧头，安抚般地捏了捏他的手指。

心理辅导老师告知顾暖真相的时候，他们立于一旁，看着"小萌妹"那张总是笑嘻嘻的脸倏地变得惨白，她眼眶湿润，泪水满溢而出，自脸颊滑落。

再次直面往昔血淋淋的现实，顾暖像柯昱在音乐厅那时一般，跪坐在地上号啕大哭。

她哭得上气不接下气，哭得咬到了舌头，哭完开始呕吐，一直到喉咙疼得再也发不出一丝声音。

"他怎么可以这么过分，看了次演出，就再也没回来……阿晟真讨厌……我最讨厌阿晟……"

心中泛起酸楚，谢妍姗忽然意识到，也许顾暖并非始终一无所知，只是不愿意面对现实，选择自我催眠式的逃避。

太难受了，太绝望了，她过不去。

也许，顾暖和柯昱一样，也和曾经的自己一样，迈不过一道坎，于是在周围筑起堡垒，上面布满了尖锐的刺，以为躲在阴影里就能假装那些痛苦并不存在。

顾暖抽噎着说："我的出生是为了治好阿晟的病，如果他不在了，我活着的意义是什么呢？"

有什么东西自胸腔排山倒海般翻涌而出，谢妍姗上前将小姑娘抱入怀里："你有你自己的人生啊！你有学业，有朋友，将来还会有爱人，以后会发生各种各样的事，你永远也猜不到那些还未开启的经历能给你带来多少惊喜。”

正如龟裂的旱地遇上了大雨，谢妍姗遇见了柯昱。

极度的黑暗终能等来破晓，暴雨后天空总会放晴。

柯昱缓缓地在她们身边蹲下，沉声道：“你的哥哥很爱你，为了他，你也要坚强快乐地过好每一天。”

“是啊，小暖，你还有我们呢！”“小红帽”到处翻找纸巾，急得手忙脚乱，“阿东和小粒前几天才提到暑假的安排，你想去哪里玩，我都可以带你去！”

其他人纷纷围了过来，七嘴八舌，急切又笨拙地试图安抚顾暖。

生命中难逃肃杀的冬季，所以人们总爱依偎着取暖。

顾暖在谢妍姗怀里平复了很久的心情。她从地上站起身，抬手擦干眼泪，哑声道：“谢谢。”

看着顾暖在朋友们的陪伴下慢慢地走向董晟店铺的旧址，谢妍姗松了口气。

接下来的路会很难走，所幸她终于找到了方向。

谢妍姗偏过头看向柯昱，男生的侧脸沐浴在阳光中，像被镀上了一层金色，先前触及往事时的疲惫和阴郁如大雾般消散，他整个人充满了青春的生机。

她再度想起高中时他同她说过的话：

“人很脆弱，有生老病死，有天灾人祸，稍不留意被利器划过皮肤，就会流出血来。

“可是，人又无比坚韧，泪水会变干，伤口会结疤，磨破的皮会结成坚硬的茧，断过的骨头会长得更强壮。日积月累，每个人身上都印有深深浅浅的伤痕，但他们仍会继续生活下去。”

【3】

没过多久，谢妍姗补齐了工程学院与人工智能相关的数学课程。

自从“101”教授当众公布谢妍姗曾经是奥数冠军后，周围的同学看她的眼神都不一样了。

谢妍姗整个人的气质可谓焕然一新。

她以前是座生人勿近的“冰山”，好看是好看，但总像个没有灵魂的空壳，而现在接地气了不少，每次上课同学们都能看见她坐在最前排，全程高度专注，还时常捧着笔记本电脑在教授和助教的答疑时间出没。

不去实验室的时候，她就泡在图书馆，看论文像读小说一样看得津津有味，写摘要、列问题，被启发出新点子就去找组员商量。

对全球顶尖的工程学院的学生来说，学好课上的内容是基础，更多的知识来自实践。

谢妍姗将大部分的精力花费在跟着柯昱做实验室的项目上，闲暇时间里，她依靠学习学校课程培养出的自学能力，看视频、查资料，再使用网上公开的数据库，自己建模写了好几个AI应用，一经发布，广受好评。

虽然如今的日子比从前忙碌许多，但她的幸福感却在不断增加，恨不得一分钟掰成好几块，补上在那些荒唐岁月中浪费掉的光阴。

谢妍姗总能听到这样的传言：柯昱一个人就能顶一个课题组。

能力强的人，就应该承担更大的科研压力。

她在心里下定决心，总有一天，她也要成为能扛起整组的大核心。

她打心底热爱所学的领域。工程非常诚实，你每做一点改动，都能得出性能的结果。数据告诉你，高了就是高了，低了就是低了，什么原因都可以追溯，让你在反反复复的尝试中积累经验、拓宽视野。

谁做得好，谁做得坏，一测试就见分晓，没有丝毫的运气和侥幸。

做技术带来的快乐，没体会过的人也许想象不到。

测试通过率提高，模型准确率飙升，论文被录取，难题被攻陷，成品的性能一代强于一代……这种感觉令人上瘾，再辛苦也不觉得苦。

而她的努力也鲜明地体现在了成绩单上，期中考试清一色的A，下学期拿奖学金完全没问题。

不仅她曾经所在的文理学院以她为傲，还有人在校园里、在网络上大肆宣扬“沉睡的‘冰美人’睁眼了”“我们学院卧虎藏龙”“别总说我们是‘水院’，大神只是没认真”，当初工程学院里对她跨学院选修魔鬼课程“101”冷嘲热讽的人，态度也一百八十度大转弯。

闲暇间，许多人围在一起议论。

“谢妍姗考不考虑开直播啊？只要看着她念书，我就觉得动力满满，好想学习。”

“你得去看她解题，那叫一气呵成！”

“我已经完全想不起来她当初被下退学警告是个什么情况了，看她上课回答问题那个反应，智商是真的高。”

最终，有人进行了总结：“柯神的女朋友，能是一般人吗？”

“听说他们实验室做的项目超难，要给大型会展设计安防系统，还要和世界上最强的监控摄像头芯片开发公司合作研发产品。”

话音未落，众人发出此起彼伏的赞叹声。

“谢妍姗和柯昱在一起该不是就整天学习吧？去过他们公寓的人跟我说，客厅里全是书和资料，组员经常在他们家做项目做一通宵。”

“感觉柯神对女生都没兴趣，之前他和梁萤交往时轰动了一阵，结果后来被查出来是假的。”

“对，我就没见他跟别的女生有过什么肢体接触。”

“谢妍姗也是一副异性勿扰的样子啊，顾齐追了她那么久还不是头发丝都碰不着。”

“他们不会都那方面冷淡吧……”

“我想到了一条新闻，工科博士情侣三十岁还是处……”

“不可能，你们忘了去年七校联合晚会上他们跳的双人舞了吗？满舞台的荷尔蒙好吗！最后亲上去的那刻我觉得我的血管都要爆炸了！”

身为话题的主角，谢妍姗和柯昱此刻正在公寓里进行学术探讨。

谢妍姗在终端打了行指令，按下回车键，涨红着脸瞪柯昱：“你的手在干什么？”

柯昱慢条斯理地说：“我想事情的时候，手不喜欢闲着。”

谢妍姗被他弄得意识始终无法集中，本想警告他规矩点，但知道他肯定不会老实。她眼珠转了转，起身站到他的椅子后面，决定下剂猛药。

“那我也要在你想事情的时候这么对你。”她的声音又娇又软。

她双手搂住他的脖子，弯腰，没骨头似的靠上去，丰满的身体隔着薄薄的布料贴上他宽阔的后背，手更是从他的胸膛暧昧地一路往下……

可惜她没等到柯昱克制难忍的反应，他毫不犹豫地将她拽到自己的大腿上，手轻车熟路地探入她的上衣，啪嗒，暗扣松开……

“工作久了，是得稍微运动一下。”

谢妍姗还来不及发声就被他吮住了嘴唇，他的舌头迫不及待地闯了进来。

柯昱边吻着谢妍姗边解开皮带，将皮带随意地扔到地上。

两人倒进沙发缠成一团，柯昱的手机不合时宜地响了起来。

谢妍姗喘着气，手握成小拳头，一下一下地拍他：“有电话，肯定是陆禾催你要报告呢。”

柯昱一把按掉电话，笑着吻她的耳垂，哑声道：“先做正事。”

打从柯昱“开荤”后，他们家房间几乎每个角落都放了“安全物品”。

每次家里要来组员，谢妍姗总得花好大的精力把不该见人的东西藏好。

项目进度太急，晚上大家在客厅和衣而睡，谢妍姗从自己房间摸黑出来上洗手间，在门口撞见柯昱，他顿住脚步，揽住她的腰将她扯了进去。

洗手间的门被柯昱关上并反锁。

炙热的气息喷到谢妍姗的脸上，她全身立刻燥热了起来。

“你怎么在哪里都可以……”

柯昱贴得更紧了：“你不喜欢？”

谢妍姗没作声。她喜欢和他亲热，但不喜欢当他的面承认。

柯昱挑眉：“也不知道是谁缠着要我亲。”

“谁啊？”睡得迷糊的时候她会变成“亲亲狂魔”，但她是真不记得。

柯昱捏她的鼻子：“你做梦的时候真可爱。”

谢妍姗额角跳了一下：“虽然这话听着令人火大，但我姑且当你在夸我。”她撩了撩长发，“我什么时候都可爱，不对，我不是可爱，我是端庄优雅、风情万种。”

“这两个形容词与你差得好像有点远。”柯昱低笑几声，将她翻过来抵在墙上，撩开她的长发，亲她露出的脖颈和耳后，“不过，你说什么就是什么。”

换了好几个姿势，谢妍姗累得站不稳，直往下滑，柯昱仍未有结束的迹象。

门外传来陆禾郁闷的声音：“谁在里面啊？这么久都不出来。”

谢妍姗听得胆战心惊，捂着自己的嘴，还是控制不住发出细微的声音。她愤恨地咬上柯昱的肩。

【4】

一切有条不紊地进行着，除了上课不在一起，其余的时间，谢妍姗几乎同柯昱形影不离。

他们一起做项目，准备会议，参加比赛，写论文，看电影，远足，健身，打游戏。

谢妍姗从未料到柯昱会这么爱黏着自己，这印证了高学姐当年说的那句话：“他只对喜欢的东西感兴趣，只对喜欢的女生温柔，肯定是个痴情种。”

思绪及此，她的脸颊不禁热了起来，胸口充满着浓浓的幸福感。

“你盯着我的脸看出什么了？”

柯昱的声音忽然响起，谢妍姗吓得一个激灵。

她方才失神，没注意自己正面朝着他。

陆禾在旁吹口哨：“哎哟，嫂子当然是对哥爱得深了啊！”

柯昱靠在椅背上，气定神闲地道：“这种事情不用你提醒我也知道。”

谢妍姗的表情有一丝碎裂，她嘴角缓慢上扬，冲他微笑，隐隐透出股杀气：“我能揍你吗？”

柯昱挑眉，懒洋洋地说：“来啊，你随便打。”

谢妍姗突然凑近他，轻快地在他的脸上啄了口，随后回到原位，下巴一抬，得意扬扬地说：“我用嘴揍你。”

柯昱愣了好几秒，迅速在椅子上坐正，整个人倒向她，语调拉长：“我那么过分，你揍一下怎么够？”

他们周围，组员们表情痛苦地捂住脸，齐刷刷地转过头。

“救命，大清早的又这么玩！”

“我不吃早饭了，被你们喂饱了！”

实验室的无人超市项目做得非常成功，几乎每过一阵，便能传来人脸识别系统帮助警方抓到逃犯的消息。

最初，谢妍姗只当柯昱专攻刑侦安防纯粹是出于个人喜好，如今得知了董晟的遭遇，对于实现这项技术，她心中更是多了些使命感。

希望他们的成果，能让人们生活在更加安全的环境下，杜绝类似的悲剧发生。

柯昱给科研小组起名为Aegis，意为古希腊神话中宙斯的盾，意味着保护。

谢妍姗扎实的数学底子和娴熟的编程能力，使得她可以参与项目组的任何环节，处理数据、跑测试、算法调整、参数优化，她都能做得好。

她看完了组内全部的重点记录文档，学习已经完成的部分，不懂就对组员进行提问。

大半年下来，谢妍姗成功进入核心组，在一位研究生二年级的师兄的带领下，负责项目的“特征工程”。

“特征工程”，简而言之，指的是运用大量数学处理，将原始数据转变为模型训练数据的过程，是机器学习极为重要的一部分。

谢妍姗想起刚进入人工智能实验室那会儿，她还在做“圈猫”的体力活，一年下来，她真的成长了许多。

与此同时，还有别的人在改变着。

梁萤选择重修“工程101”，也许谢妍姗的成功对她的刺激太大，她一改先前到处社交的当花瓶状态，开始认真地听课写作业。

好几次谢妍姗在图书馆遇见她，她还是穿着清凉、打扮时髦，但她没捣鼓化妆包也没玩手机，正经八百地坐在那里编程，整个画面有种说不出的不真实感。

见谢妍姗路过，梁萤兴奋地冲她招手。

“妍姗，你来帮我看看，我这大富翁设了四个玩家，怎么总会出现一个幽灵五号选手啊？”

谢妍姗垂眼看去，她的终端提示出错，设定的选手是从一号到四号，但有位神奇的五号选手在满地图地溜达。

梁萤的电脑旁边有本笔记本，笔记本上密密麻麻地写满了各种各样的指令。

好几个男生围过来献殷勤：“我来帮你弄。”

梁萤捂住自己的电脑屏幕：“别别别，提示我一下就行，我要自己改！”

男生好言相劝：“我来改吧，看你卡在这儿都一上午啦。”

梁萤将电脑抱得更紧，声音中隐隐带上哭腔：“都别过来！我要自己学！”

谢妍姗被她的模样逗笑，打开她的源代码，很快找到了问题所在。她用笔尾在屏幕上圈了一下，梁萤眨眨眼，捧着脸惊呼：“天哪！居然是这么低级的错！”

谢妍姗顿住，这个场景好熟悉。

哦，对，以前柯昱就是这么教自己的。

她嘴角上扬，笑意更深。

几个月后，新学期开始没多久，谢妍姗收到了一封意外的来信。

看着署名栏上“季筱晴”三个字，她有种恍如隔世的感觉。

这期间实在发生了太多太多的事。

谢妍姗从高学姐那儿得知，季筱晴身体不好，学校建议她休养，后来她不知为何办了退学手续。

谢妍姗时常猜想，也许同她的家庭有关。

信是高学姐转交给谢妍姗的，还附上了一张支票。

“筱晴怕你不肯收，就直接打到我的账上，让我转交给你。”高学姐停顿了一下，语气有些苦涩，“她说这是之前欠你的钱，还说对不起，你家里出了事，她没法第一时间给你，筹了那么久。”

谢妍姗的心忽然被揪紧，说不出话。

信是手写的，在无人的角落，她缓慢地看着上面的句子，甚至可以想象季筱晴伏在书桌前，眉头微皱，认认真真地写下这些字。

妍姗，对不起，就这样不告而别。

我可以轻易地解开复杂的数学题，可以轻易地找出程序里最隐蔽的漏洞，可以一个人架构整个系统，可以一个人干三个人的活，但是我始终不知道该怎么开口跟你说再见。

我还记得第一次遇到你的那天，我发烧了好几天，病痛将疲惫冲刷为绝望，我在大街上晕倒，被路过的你发现。你看着我，脸上明明没什么表情，眸色却像山间流动的泉水那般温柔。

我永远不会忘记，在我人生最低谷的时候，是你向我伸出了手。

可是，离你越近，我越发不安。强光之下，我会感觉自己的影子格外阴暗。

我不懂妥协，不懂弯腰，甚至不懂道歉，伤了别人，也刺痛自己。

对不起，妍姗，当初说的最后那番话是假的，我从来没有怀疑过。总有一天，你会光芒万丈。

你是我最好的朋友。

第二十二章 向你而生

【1】

谢妍姗双手捧着季筱晴的手写信，眼眶里渐渐浮上一层水雾。

她想起她们曾经结伴的日子，那时候，季筱晴是她在学校里唯一的朋友。

季筱晴总是兴致勃勃地跟她介绍自己在做的项目，同她讲最新发生的科技新闻，带她参加各式各样的志愿者活动，哪怕当时的谢妍姗做不了什么有技术含量的工作，能在那儿旁观，体会一下氛围她觉得也是好的。

谢妍姗过得最为浑浑噩噩的时光里，所有人都以为她是个要被退学的笨蛋，只有季筱晴不信。

季筱晴激动地拉住她的手，要她去证明给所有嘲笑她的人看。

季筱晴的勤奋、努力和远超常人的自信，无时无刻不在感染着谢妍姗，如果没有这样的累积，谢妍姗也不会受到柯昱的挑衅后那么快就决定重拾书本，再次崛起。

物以类聚，人以群分，我们总能潜移默化地受到朋友的影响。

直到如今，谢妍姗回顾往昔，依旧心怀感激。

在她最糟糕的那个阶段，幸好她的朋友是季筱晴。

谢妍姗小心翼翼地收起季筱晴的信件和支票，这学期她如愿地申请到了奖学金，加上实验室那边的收入，基本可以不用依靠柯昱为自己支付学费了。

有时谢妍姗回想起自己过去买东西选不出颜色，干脆把所有选项全买下的大小姐生活，就有种恍如隔世的感觉。

不过，自食其力的感觉相当棒。

她活成了自己曾经向往的样子。

加入科研小组以来，谢妍姗参与了数不清的比赛，每隔一阵子就在简历上添新的内容。

教授说，进入计算机视觉这个领域，一定要多打比赛。

他们小组与全球各地的技术团队比拼算法，看谁的算法能在解决实际问题上拔得头筹。

与他们同台的，皆是赫赫有名的尖端企业研发人员，以及精英辈出的名校团队。

谢妍姗先前以为竞赛主要是为了积累经验、了解同行的研究进度，柯昱却告诉她，还为了获得真实的业内数据。

“许多企业举办比赛，是想通过参赛者的成果得到解决实际问题的办法。”柯昱将最新的赛事信息发给她，“他们会提供大规模有真实效应的标注数据集，这是我们模型最好的养料。”

另一方面，谢妍姗还跟随团队参加了各类高级别的技术峰会。

会议分为教程、讲座和展示三大块，开幕和结尾各有宴席，每个人的名牌上都印有名字和所在机构或者学校等信息，方便大家快速了解，深入沟通，积累人脉。

谢妍姗第一次跟随柯昱踏入硕大的会展中心时，就被映入眼帘的标志矩阵震惊了。

她仰着脑袋，一个个看过去，喃喃道：“这些公司的核心技术团队都会来吗？我只在新闻和论文上见过他们的名字……”

“瞧你这没见过世面的样。”柯昱轻嗤，揽过她的腰往自己怀里一带，戏谑地说，“姗儿啊，你看，这嫁了我，你就是上等人了。”

谢妍姗面露绯红，转身捏他的鼻子：“谁说我同意嫁给你啦？”

见柯昱按住谢妍姗的手想继续逗她，陆禾无奈地将论文插入他俩的脑袋之间：“拜托啊，哥，嫂子，别在大庭广众之下打情骂俏了！”

组员们布置展位期间，谢妍姗独自到处乱逛，在接咖啡的休息区遇上了一群学生，他们挂在脖间的名牌全是蓝色的。

此次峰会有几万人参与，参与项目展示的团队的成员挂的是红色名牌，普通看展的访问者挂的是蓝色名牌。

看到谢妍姗无比显眼的红色名牌，他们的眼睛倏地亮了。

一个人走上前礼貌地问道：“你是P大工程学院的吗？”

谢妍姗点点头。

周遭响起此起彼伏的赞叹声。

“你们学校的计算机视觉超强啊！”

“尤其是科研小组Aegis，他们主攻的反易容反伪装人脸识别技术简直太绝了！”

看着他们满脸敬佩地夸赞自家项目，好几个夸赞点还是自己做的部分，谢妍姗忽然有种热血沸腾的感觉，她压下激动的心情，装出十分见过世面的样子，淡淡地道：“Aegis是我所在的组。”

学生们倒吸一口气，互相交换着目光，打头阵的女生手忙脚乱地拿出手机，兴奋又忐忑地问：“我们可……可以在Linkedln上加个好友吗？我也是做人脸识别这块的，当然，跟你们比差得远了……以后有机会互相交流！”

谢妍姗蒙了片刻，打开手机通过了她的申请。

其他人跟着拥过来。

“加我！”

“我！”

“还有我！”

若不是柯昱及时赶到，谢妍姗都不知道该如何脱身。

他们走了好远，还能听见背后学生们欣喜的欢呼声。

“天哪！我见到大神本人了！”

“他们组的讲座在下午吧？我要去抢位置！”

谢妍姗正开心得不得了，耳畔传来柯昱煞风景的声音：“你在偷笑什么？”

她蓦地收住嘴角的笑，又怕太过明显，索性冲他甜甜一笑：“看见你，我就喜欢，喜欢就想笑咯。”

柯昱微怔，别过头，过了好几秒都没吭声。

谢妍姗再一看，他的耳根居然红了。

她美滋滋地想去捏，手却被他握住，塞进他的上衣口袋里。

柯昱目视前方，正色道：“陆禾说了，别在大庭广众之下打情骂俏。”

每次开完技术峰会，他们总能带回厚厚的一堆名片。

以往只待在学校的实验室里对着电脑操作，盯着项目的内容看，这次出门一趟，与业内人士交流一番，谢妍姗才真切地感受到，Aegis被来自全球各地的企业密切关注着，他们都想与Aegis合作。

谢妍姗不禁回想起曾经的自己，漫无目的地走在学校人工智能项目展览会的会场里，被形形色色的写有前沿技术的标题吸引，赞叹着科技发达，却看不懂其中任何的门道。

那时候，柯昱在展板前有条不紊地进行演讲，四周围满了人，提问、拍照、做笔记。

她只是观众中的一员，费力地踮起脚，依旧看不清他的脸。

而如今，她站在他的身旁，在别人提问时笑着给出言语流利的答案，收获一波又一波的掌声。

几经坎坷，蹉跎数年，她终于走到了她应该出现的位置上。

【2】

谢妍姗没有料到，转折来得如此之快。

周六，柯昱照常早上七点就去了实验室，谢妍姗提前完成了一项大任务，打算奖励自己睡个懒觉。

结果她睡得正酣，突然被一连串的电话铃声吵醒。她看了一下时间，还不到八点。

谢妍姗迷迷糊糊地摸到手机，看到来电显示是柯昱的名字，正想嘟囔几句，结果听见他说——

“我们的人脸识别算法被破解了。”

她的睡意瞬间消散。

她从床边拽过来几件衣服胡乱穿上，匆忙地刷了牙洗了脸，嘴里叼着块面包就赶往学校。她推开实验室的门，里面一片寂静，组员们个个神情严肃，靠窗的位置，柯昱正在同教授谈话。

谢妍姗从陆禾那边简单地了解了情况，心倏地沉了下去。

刷脸支付、刷脸乘车、刷脸出入公共场所，人脸识别技术如今在社会中的作用越来越重要。

不仅如此，依靠相关的计算机视觉AI技术，警方抓捕了逍遥法外多年的逃犯，许多意外走失的儿童和老人也在茫茫人海中被发现，回到了自己的家乡。

然而，同样兴起的，是各色反人脸识别技术。

先前出现过快递箱的AI身份验证被小学生用打印的照片骗过，小学生成功冒名取得信件的情况。

后来又出现了利用反光材料破坏面部识别系统的特制眼镜。

甚至还有特制面具、变脸软件……

总之是花样百出。

柯昱所在的Aegis小组由于主要研究方向为反易容反伪装，相较于属于简单难度的普通的人脸识别，应用其研究成果的设备在进行静态的身份认证时，抵御视频、纸片、面具等攻击易如反掌。

然而在动态摄像头侦测上，还是被发现了可破解之处。

根据合作方反馈的消息，由于近期是传染病多发季节，许多人出行都戴着口罩，Aegis的算法在遮挡面容的情况下准确率没达到他们的标准。

更令人失落的消息是，有人遮挡脸部特定区域，骗过了他们在无人超市试点店的摄像头。

虽然对方只是为了炫技，没有给合作方造成经济损失，但足以引起合作方的重视。

毕竟，Aegis正在与企业合作的项目，是涉及人身安全的大规模会展安防项目，且即将应用到一场十万人的演唱会上，不能出任何差错。

全组开了一下午的紧急会议，直到过了晚饭时间，还没解散。

同大家说完具体情况，柯昱沉声说：“我之前太执着于人脸还原，对遮挡的情况考虑欠缺。”

谢妍姗心里咯噔一声，当年与董晟有关的案件，凶手用了易容，至今逍遥法外，所以柯昱才会花这么大的精力在还原原貌上。

“不过，我们还有时间补救，对模型进行改造，加强局部特征细化与整体相似度评估。”

柯昱起身，在白板上画出构思图。

“通过局部器官图像进行匹配识别，比起全脸识别，能显著提高面部遮挡状态下的识别率。”他用手挡住自己的大半张脸，“比方说，加强对眼部的识别，哪怕人戴着口罩，我们的算法也能认出来。”

识别范围从整张脸缩小到一双眼睛，这难度提升巨大。

组员们面面相觑，怀疑自己产生了幻听。

“哥，你是认真的吗？”陆禾咽了口口水，“这样做需要重新进行特征提取，算法也有很大的改动，在短期内基本不可能完成吧……”

其他人纷纷应声。

“是啊。”

“数据那边也要重新标注。”

谢妍姗问：“他们给了多少时间？”

柯昱指节敲了下桌板：“两个月。”

“怎么可能！”陆禾吓得差点从椅子上摔下去，惊呼道，“这工作量至少得做一年！”

“合作方说了：‘做得到就做，做不到就换人，我不想听技术有多难，我想知道几天可以完成。’”柯昱举起杯子喝了口咖啡，“他们还有另一个团队，与我们同时研发。”

闻言，所有人目瞪口呆，脸色煞白。

两组一起进行研发，最终采用产品性能更好的那方，是科技企业的常规操作。

可当初谈合作的时候，企业方根本没有提起过啊！

柯昱接着说：“如果最终我们的模型落选，企业将与我们停止合作，一旦合作取消，我们组的科研经费也会受到影响。”

话音未落，屋里哗然一片。

“不会吧？！”

“怎么说变脸就变脸！”

性能不达标就将项目砍掉，也是再正常不过的事。

结果为王，不讲人情。

但事情真落到自己头上，依旧是不小的冲击。

目前工业界的人脸识别，人老老实实地将正脸对准镜头，都有可能识别出错，更别提多角度的动态捕捉，再加上易容变装了……

他们已经很努力了。

在其他学生看剧、追星、打游戏的时候，他们在实验室里加班加点，吃个饭都得端到电脑前，生怕耽误进度，好不容易做出了些成果，居然受到这样的当头一棒。

谢妍姗很久没遇到这种情况了，散会后，她耷拉着脑袋，盯着自己面前的桌子发呆。

“你看看你这是什么表情。”柯昱坐到她边上，抬手揉平她皱起的眉间，“我们是工程师，碰到这样的事情很正常，产品总是要不断地出错，然后改进。”

然而，大家还没完全缓过神，第二天就传来了雪上加霜的消息。

“宋学长住院了！”陆禾气喘吁吁地跑进实验室，“医生说他必须休养，不能继续进行高压研发！”

“什么！在这种时候休养？”

整个房间内再次一片死寂。有人拍了拍自己的脸，确定不是在做梦。

宋学长目前在读研二，前几周因为身体不舒服，一直在自己宿舍工作，没来实验室。

他平日负责的部分，工作难度仅次于柯昱，如果像柯昱提议的那般进行极限模型改进，他负责的部分需要进行很大的变动。

关键时刻缺少核心大将，全组的士气一下子低迷下来。

本来识别有遮挡的人脸就很艰难了，合作方更是只给了两个月的时间，现在连关键的人员都无奈缺席……

一名组员试探着发问：“我们……要不要找外援？”

陆禾顶着苦瓜脸摇头：“不可能的，我们的模型那么复杂，新来的人哪怕再厉害，都得先学上一阵。”

好几名男生靠墙滑坐在角落，沮丧地抓着脑袋。

听上去，他们好像只能放弃……

就在气氛跌到谷底的时刻，谢妍姗唰地站起身，走到能够面向所有人的地方。

她淡淡地开口，语调异常冷静：“我来接手宋学长负责的部分。”

话音刚落，组员们齐刷刷地看向她，而后仿佛被按了暂停键，一动不动。

“宋学长做的部分我都学过，不懂的地方也有向他请教过，接下来怎么改，我大致明白。”

陆禾一双眼睛睁得滚圆，听得一愣一愣的，好像不认识她似的。

谢妍姗是最晚加入实验室的，平时不声不响，但进步的速度可谓惊人。

她先前与宋学长一起负责“特征工程”，两人有着明确的分工。她能够在做自己部分的同时了解其他人的工作内容，这背后得付出多少时间和精力？

在大家的注视下，谢妍姗挺直背脊，下巴微抬，全身浮现出在舞台上时那股超自信的气场：“我很强的，这部分放心交给我。”

全场依旧鸦雀无声。

大家都惊呆了，嘴巴张成了“O”字形。

太帅了……

柯昱看着谢妍姗，目光中有什么在闪动。他嘴角微扬，开口道：“就这么办。”

有了谢妍姗打破僵局的这句话，柯昱、陆禾接连表态，给组员们吃了定心丸，其他人也跟着恢复了斗志。

反正最差的情况就是这个项目被取消，接下来他们总能找到新的合作方。难度越大，学到的东西也就越多，他们大半年都熬过来了，就再拼一把吧！

他们在实验室的墙壁上挂了两个月的日历，很有仪式感地进行“战前动员会”，然后，开始了倒计时的疯狂冲刺。

【3】

终端滚动的信息停住，跳出几行报错信息。

谢妍姗轻叹口气，查看日志，寻找错误，修正，再次运行。

突然有一双手臂环住她的肩膀将她圈入怀里，男生的气息从身后袭来。

谢妍姗像只受到惊吓的猫般浑身一抖，声音都软得发颤：“不要总从背后抱我，很吓人……”

柯昱轻笑道：“就是想看你被吓一跳的样子。”

见他一动不动地盯着自己的电脑屏幕，她条件反射般伸手挡住屏幕：“干……干吗？”

柯昱偏过头，脸颊贴上她的脸颊：“你尽力就好，压力别太大。”

谢妍姗避开他的视线，眼神乱飘：“我……我没有压力啊。”

“我还不知道你？”柯昱轻轻地捏了捏她的腮帮，“表面一副酷得不得了的样子，内心戏比谁都多。”

谢妍姗眨眨眼，张嘴想反驳，却没能出声。

被他说中了。

自己确实没有表现出来的那般百分百有把握，但尝试过不行，远比一开始就放弃强。

有时候人就是要一鼓作气，看看自己的极限在哪里。

接手做宋学长的工作，困难比谢妍姗想象中的多许多。

哪怕她事先学习过别人的代码和数据，一旦改动，没注意到的其他的地方依然可能出错。

刚开始那几天谢妍姗差点住在实验室，晚上有车的组员送大家回家，柯昱背她上楼，她趴在他宽阔的后背上睡着了，嘴里依然念念有词，用手指在他身上写公式。

“我刚写的东西呢？”

谢妍姗晃了晃脑袋醒过来，在柯昱身上来回地找，找不到，她焦急地掀他的衣服。

柯昱按住她乱摸的爪子，哄道：“别闹了，去睡觉。”

谢妍姗急得眼眶泛红：“我刚刚明明就写在这里的！”

“不想睡是吧？”柯昱将她推倒在沙发上，一把脱掉自己的上衣，“那就跟我一起运动。”

谢妍姗瞬间变得老实，拽住自己的裙子下摆：“明天要早起，我去洗澡，我要睡觉……”

柯昱本就是吓唬她，效果达到便收了手，将她抱起来，送去浴室。

"不行，模型过拟合了。"

"不行，模型准确度比之前更低……"

新一轮测试结果出来，组员们比对着数据，脸色越来越差。

不行，不行，不行!

不对，不对，不对!

陆禾将脸埋在掌心，深深地叹了口气，转过身看向谢妍姗，想笑，表情却比哭还难看。

"嫂子，'特征工程'这里，还是有问题。"

另一人跟着叹气："这块太难了，我和阿禾分析了一整天，也不懂为什么总是不对。"

持续好几日工作十几小时，最终的结果却比之前的更差，巨大的挫败感令谢妍姗心沉到了谷底。

过了两个星期，离约定时间还剩四分之三，进度却在后退。

最令她不安的是对未知问题无法预料的紧迫感。

柯昱揽过她的肩膀："没事，待会儿我来和你一起看。"

他就像团队的定海神针，无论何时都是那么笃定，谢妍姗握住他的手，点点头。

所有人都忙到过了饭点，学校餐厅早就关门了，大家只好叫外卖，房间里堆满了比萨、汉堡等各类快餐的包装盒。

终端再次跳出错误信息，谢妍姗慢慢地闭上眼。

她闷得不行，出去散了几圈步，回来的时候路过一楼公共实验室，里面灯火通明，好几组学硬件的学生在做中央处理器的项目。

走道处站着四五个人，其中一名女生语气激动："其他组只剩一两个测试不过，我们呢，二十个测试我们才通过了五个！五个！后天就要展示了，怎么办啊！"

"现在模块出了问题要改，我们根本完不成啊！"

女生蹲下身抱住自己的膝盖，道："对不起，我不该情绪失控，我已经好几天没能在床上睡觉了。"她边说边掉眼泪，用衣袖去擦，却越擦越多，忍不住捂着嘴巴哭了出来。

她的组员围在她的身边，温柔地安慰她。

“出错了就去找错，总能找到源头的。”

“还有两天呢！四十八个小时！”

“是啊，剩下十五个测试没通过，我们能多修一个是一个。”

谢妍姗看着他们，看向机房中和自己一样忙碌的学生们，烦躁的心渐渐平静下来。

回到实验室，门边正好站着一名组员，男生面对墙壁，一下一下地用脑袋撞墙。

“为什么还是错啊？到底哪里错了啊……”

他的头发被揉得乱糟糟的，额头也撞得通红。

“我不做了，我不会，我搞不定……”

谢妍姗将自己在贩卖机那儿买的牛奶递给他：“你缓一缓，哭五分钟，心情平复了，再继续。”

男生怔住，脸一下子变得通红：“我……我没打算哭。”

柯昱起身，拍拍手道：“大家都休息一下。陆禾，找点视频，投影到大屏幕上，我们一起看。”

陆禾瞬间兴奋起来，一扫方才的萎靡之势：“我们来看柯神以前的跳舞视频吧！”

所有人齐声叫好。

柯昱挑了挑眉，没拒绝。

陆禾从高学姐那儿得到了整理过的精选集，还用AI技术进行了画面修复。

看着大屏幕上初高中时期的柯昱的街舞表演，谢妍姗有一种时光穿梭的错觉，脑海中浮现出那年在六校联合晚会上，男生在舞台上脱下外套扔向她的场景，还有那年在天台上，男生用尽浑身解数逗她开心的场景。

组员们都是第一次见到这些视频，震惊得说不出话来。

没想到柯神的青少年时期是这个模样的！

“啊！背旋！”

“Popping（机械舞）！”

“柯神，你深藏不露啊！”

有名组员点醒大家：“柯神之前就露过一手，还记得当年七校联合晚会上他和嫂子的那段双人舞吗？”

这下大家都回过神了，当年那段双人舞不仅红遍全校，在网上也是超高点击率。

有人起哄道：“我们要看现场版的！”

“我会跳！我会跳！”陆禾迈着猫步走到大屏幕前，模仿谢妍姗当时在舞台上的动作，甩头，扭腰，抬起手臂缓慢地抚摸自己并不存在的长发。

谢妍姗笑着拿起一个空的奶茶杯，作势要扔他：“我很酷的好吗！哪有你这么妩媚！”

另一名男生则模仿柯昱，绷着脸摆出冷漠样，从后面抱住陆禾的腰，俯身轻嗅他的脖颈，满脸陶醉，然后，五官蓦地扭曲：“妈呀，你好臭！”

陆禾委屈巴巴地道：“我忙得一周都没空洗澡！”

“台下”一片“哈哈哈哈”。

两人夸张地还原着柯昱和谢妍姗的那支双人舞，观众不断提醒：“最经典的是结尾！”

扮演柯昱的男生会意，捧住陆禾的脸，作势要吻，陆禾配合地嘟起嘴，主动凑近，对方做出干呕的模样，立刻放开他。

大伙笑到疯癫。

想起那天的情况，谢妍姗脸颊一片通红，又被眼前的光景“辣”到眼睛，直往柯昱怀里躲。

组员们仿佛已将这些时日积累的烦恼抛于脑后，兴致勃勃地开始聊起八卦。

“你们那会儿到底是真亲还是借位？”

谢妍姗恨不得将整张脸埋进柯昱的胸口，柯昱抱着她，垂眼轻笑道："秘密。"

"我猜是真的！"

"我也猜是真的！"

"肯定是真的！"

"你告诉我们！明天模型准确率就会上升！"

"对！只有八卦能修复我被折磨得千疮百孔的内心！"

【4】

凌晨三点，实验室里依旧还有许多人醒着。

所有的男生都身穿连帽卫衣，戴着帽子——因为没空洗头。

谢妍姗天刚亮就开始工作，像一只飞速旋转不会停歇的陀螺，转到现在，她盯着屏幕，眼皮打架，脑子再也动不了了。

柯昱按住她在草稿纸上计算的手："别改了，睡觉吧。"

离他们不远的地方，四五个男生扎堆地睡在靠墙的地方。陆禾手里拿着文件，走到其中一人身边，拍了拍，对方疲惫地睁开眼，艰难地从地上爬起来，跟着他走到电脑前，两人小声地讨论问题。

随着截止日不断靠近，团队里陆续有人带来牙刷、水杯、毛毯，在自己座位旁边打地铺，穿着衣服休息几小时，精神些了再继续。

起初柯昱坚持送谢妍姗回公寓睡觉，早上再将她接回来，但谢妍姗嫌路上时间长，不愿耽搁进度，他便从会议室借来了两个沙发椅，并在一起，给她专用。

担心谢妍姗睡不习惯，每晚柯昱都会陪她入睡。谢妍姗像只猫一般窝在柯昱的怀里，感觉到他轻拍着自己的后背，虽然条件艰辛，睡得却意外香甜。

她时常在梦中依旧对着电脑敲键盘，迷迷糊糊地有了新想法，就挣扎着爬起来，摸到手机记下，再倒头接着睡。

整个实验室回荡着嗒嗒嗒的响声，不断有人躺下，有人醒来，窗外天色暗到极致，又渐渐地开始发亮，年轻学子沉浸在自己的世界里，仿佛日夜都没了区别。

"它认出来了！认出来了！"

错了成百上千回后，看到模型终于辨别出了一张戴着口罩的人脸时，组员们忍不住抱在一起欢呼，雀跃地互相击掌。

谢妍姗飞快地从椅子上跳起来，笑着跑向柯昱。

见她靠近，柯昱下意识地身体前倾，张开双臂。她扑进他的怀里，他将她抱到自己的腿上，手掌轻揉她的脑袋，低声道："好棒好棒。"

谢妍姗侧着将脸贴在他的胸口，眯着眼睛蹭了蹭，先前积攒的疲惫和压力仿佛在这一瞬间倾泻而尽，几十倍的快乐紧随而至。她觉得浑身舒爽，还有些轻飘飘的。

她抬起下巴，用手指戳了戳柯昱："我厉不厉害？"

柯昱笑了，视线温柔得一塌糊涂："你最厉害。"

谢妍姗满心甜蜜，捧住他的脸，对准他的嘴唇亲了一口。

"他们都看着呢。"柯昱掐了一下她的腰，往上探，"一会儿去没人的地方。"

谢妍姗一阵酥麻，声音软下来："接下来还有很多事呢，影响你的体力怎么办……"

柯昱挑眉："接个吻，需要什么体力？"

意识到被他捉弄了，谢妍姗红着脸偏过头，做出怄气的模样。

"就算要……"柯昱表情充满玩味，在她耳边说了几个字，谢妍姗整个脖子蓦地红到滴血，忙不迭地捂他的嘴。

柯昱边躲边说："我还不至于这样了就没体力。"

阶段性的胜利后，是短暂的休息时间。

看着外卖小哥新送来的比萨，谢妍姗毫无食欲。

她摸了摸扁平的肚子："好想吃烤肉哦。"说罢拉过柯昱的手臂，咬了口，硬邦邦的，又嫌弃地扔回去。

就在组员们提议看一段"吃播"解解馋时，实验室门口突然飘进来一股香味。

“妍姗，我来慰问你了！”

一个与工程学院整体风格不符的人倚靠在门边，摆着“S”的造型。

梁萤一身吊带长裙，外搭针织外套，脚踩红色高跟鞋。她挥挥手，两名男生推来了一辆装满食物的小车。

只见上面摆着——

奶茶、咖啡、能量饮料。

麻辣烫、蔬菜沙拉、韩国烤肉、日本寿司……

还有各式各样的零食，薯片、辣条搭配碳酸饮料。

在众人瞠目结舌的注视下，梁萤拿出一个包装精致的木盒，红唇轻启，幽幽地道：“最新鲜的海胆，今天刚运来的。”

这谁顶得住啊！

全体组员口水飞流三千丈！

他们齐刷刷地看向谢妍姗，眼中闪着星星。

谢妍姗读懂了他们的提问——“可以吃吗？”

在场所有人中与梁萤交集最多的莫过于谢妍姗了，看来大家将她俩当成了好友。

谢妍姗有种啼笑皆非的感觉，也对自己和梁萤的这段孽缘颇为疑惑。

她开口道：“这是给我们组的吗？”

“是呀。”梁萤踩着高跟鞋走近，一把拉住谢妍姗的手，目光灼灼，“学校都传开了，你们要和其他团队竞争。加油，不能输！你们可是我们计算机视觉领域最强的团队啊！”

谢妍姗愣愣地点头，一股暖意油然而生。

梁萤目光扫向组里其他成员：“虽然总在打杂，不太懂技术，也帮不上什么忙，但我好歹也是AI实验室的人，在别的方面，只要我能做到的，绝对尽力支持你们！”

一番话说得大家热血沸腾，组员们连声感谢，不约而同地看向柯昱。

柯昱颔首：“别把实验室弄太乱了，我们去外面休息区吃吧。”

得到组长同意，大家才简单结束手头的动作，推着车去外面能吃饭的地方。

“太棒了！终于能吃顿好的了！”

“吃完这顿我还能熬十个夜！”

路过门口，陆禾两眼泪汪汪：“梁萤同学，你简直是我的再生父母，将来需要修电脑不用客气，我随叫随到！”

梁萤回他一个媚眼，可惜陆禾说完话就扭头追食物去了，没看见。

谢妍姗在梁萤跟前留步：“谢谢。”

听到她道谢，梁萤整个人都僵住了，嘴角上扬，又抿住，眼睛都不敢看她：“没……没什么，这是打持久战，你们别拼得身体都垮了。那个……我以前，对……对不起啊，以前不成熟，做了很多蠢事……那个……我没想到你这么厉害，我这人其实真的非常佩服厉害的人……跟你相处后，我改变了很多……”

梁萤憋了半天，瞥她一眼，磕磕巴巴地说：“以后想吃什么告诉我，我去给你……你们买。”

谢妍姗愣怔着，不知道该如何回应。

她本以为自己已经够别扭了，没想到梁萤也那么别扭，现在直接把话挑明，她倒有些不好意思。

谢妍姗笑了笑道：“过去的事都别提了，我以前也不太积极。”

她以前就是日常买买买，微博编段子，上课书不带，考试全靠猜。

她想起来就尴尬得后背发麻。

闻言，梁萤的眸色亮了亮：“行行行，我们都不提以前，谁还没个‘黑历史’了。”

柯昱走到谢妍姗旁边，对梁萤说：“你记一下账，拿下这个项目后，花费从我的收益里扣。”

梁萤连连摆手："不用不用，我请你们！"

柯昱淡淡地道："辛苦你帮我们采购，该付的费用还是我来付。"

谢妍姗拉了拉他的袖口："也从我的里面扣吧，我们一人一半。"

柯昱垂眼看她，语调自然地温和下来："我哪舍得？说好了养你。"

谢妍姗小声说："我哪用你养？你别太累了。"

柯昱将她搂进怀里："有你在我就不累。"

梁萤打了个寒战，出了一身的鸡皮疙瘩，识相地撤退了。

【5】

接下来的日子，一切紧锣密鼓地进行着。

梁萤每天准时找店家送来咖啡和三餐，将大家的胃安排得明明白白。

有了梁萤的支援，组员们的工作效率也有所提升——难怪大企业的办公环境总是设计得无比舒适。

高负荷、高难度的项目十分锤炼人对未知问题迎难而上的能力，现在遇到层出不穷的错误信息，谢妍姗已经能做到处之泰然了。

不过，科研组碰上了新的问题。

看完阶段性报告，柯昱总结道："虽然我们的模型已经在公开数据集上进行了测试，但现在测试的图片比较简单，真实情况下人脸的形状会因遮挡而改变，我们需要更复杂的数据。"

简而言之，用算法来鉴别戴口罩的人脸，就需要大量的戴口罩人脸数据，目前没有现成的数据库。

数据是模型的养料，训练的数据规模越大，识别准确率往往越高。

组员们讨论完，想到一种方法，将市面上各种类型的口罩、围巾等遮挡物与不同的人脸进行融合，生成海量遮挡脸部的训练照片。

同时，这些照片需要进行数据标注。

这是一项十分耗费人力的工程，虽然学校为人工智能实验室研发团队配备了数据标注小组，但人手毕竟有限，目前可使用的数据还不够支撑巨大的训练量。

柯昱将这样的情况向人工智能实验室反映，很快便收到了其他组的积极响应，大家愿意在做自己课题的同时，助他们一臂之力。

高学姐率先表态："我们组正在研究用GAN（Generative Adversarial Networks，生成式对抗网络）做图像生成，可以帮你们的忙。"

科研小组A："我们组帮忙用脚本抓取图片素材。"

科研小组B："我们组来做图片合成。"

科研小组C："给我一天，我们组写一个方便你们做数据标注的软件。"

科研小组D："我们组的旗舰显卡借给你们训练模型。"

剩下技术不强的，就贡献体力，手工进行数据标注。

另一边，在梁萤的非凡号召力下，不少工程学院的学生下课后就自发来做数据标注，之后其他学院的学生也踊跃报名。"后援团队"越发浩荡，几度出现因太过拥挤，学校安排大家到工程学院教学楼的中央广场进行露天数据标注的盛况。

Aegis社交网站的主页下，为他们加油打气的留言源源不断。

文理学院的妹子们甚至专程从南校赶来，给身为"文理学院之光"的谢妍姗加油助威。

组员们闲暇时边刷留言边啧啧感慨。

"柯神好多粉丝啊！"

"嫂子的粉丝也不少啊！"

"他俩的'CP粉'[1]最多了！"

1　CP粉：网络流行语。是指某组假象情侣的粉丝，他们喜欢把自己喜欢的两个明星想象成情侣的关系。

“柯神，新数据增加太快，我们缺人整理。”

陆禾看向正在给大家分发点心的梁萤：“梁萤同学，你有办法再拉一位懂编程的同学来帮忙整理文档吗？”

梁萤摇头道：“我能找的都已经来帮忙了。”

谢妍姗接过梁萤递来的酸奶：“你也学过编程，‘101’重修后成绩不错，这点程度的数据处理应该做得到吧？”

梁萤停住动作，难以置信地看着她：“你想让我做？”

谢妍姗：“对。”

梁萤舌头打结：“你……你相信我？”

谢妍姗扬眉：“为什么不？”

梁萤眨眨眼，双手捂嘴，开心地笑出声，随后豁出去般卷起袖子，豪情万丈地道：“没问题，交给我吧！”

很多年以后，谢妍姗依旧觉得，这段日子是她经历过最疯狂的时刻。

他们有说有笑，有吵有闹，所有人都为了同一个目标拼尽每一分每一秒，为自己的人生画上回味无穷的一笔。

深夜，谢妍姗和柯昱在无人的中央广场散步。

谢妍姗停下脚步，仰头望向实验室的方向。

“你知道吗，刚进人工智能实验室的那年，我在教室里做数据标注，一张一张机械化地圈猫，我觉得这不是我应该做的事。

“我参观工程学院的技术峰会，在观众席里听着演讲，我觉得这不是我应该做的事。

“有个声音告诉我，我要做的事，应该再难、再有挑战性一些。”

谢妍姗转过身，径直看向柯昱的眼睛，语音微微颤抖。

“加入Aegis以来，我找到了久违的激情，就好像很多年前参加数学竞赛时那样，我能感觉到自己心里有火在烧，那股冲动无法遏制地喷涌而出。”

她胸腔起伏，语气也愈加坚定：“我要站到最高的位置上，我要做出这个世界上最厉害的东西，我只拿冠军。”

夜幕下，女生皮肤白皙，长发如瀑，璀璨星辰在她身后黯然失色。

柯昱注视着她，眼角的泪痣泛着淡淡的光，他的表情敛去了惯有的硬冷，只有令人怦然心动的温柔。

“也许有朝一日，我们的技术能协助警方抓到当年音乐节的逃犯，这是你的梦想。”谢妍姗握紧他的手，“相信我，我一定能帮你一起实现。”

“那是在遇到你之前，”柯昱淡淡一笑，“现在的我，希望能用自己的技术造福更多的人。”

他眺望远方：“计算机视觉远比人眼准确、稳定，有更强的续航能力，AI安防可以大幅节省警力、提高破案效率。我想用它造出一面盾，守护更多人的安全。

“我不希望再出现阿晟这样的事，也不希望再出现有我和顾暖这样遭遇的人……”

谢妍姗垂在身侧的另一只手渐渐握成拳。

柯昱再次看向她，琥珀色的眼眸颜色很深，仿佛能将她吸进去一般。

“你说得对，我们要创造出世界上最强的算法，我们只拿冠军。”

【6】

阶梯教室坐满了人，外面还里三层外三层地集聚了前来围观的学生。

投影的大屏幕上显示着正在运行的对算法的测试。

终端飞快滚动着信息条，另一边是不停变动的图像和识别结果。

Aegis的组员们坐在第一排，个个神情紧绷，大气都不敢出。

谢妍姗拉住柯昱的手，掌心全是汗。

她听见自己急促的心跳声，咚咚咚，每一下都撞击得如此用力。

画面不断切换，进度条匀速推进，到达终点的那几秒，像是过了一个世纪般漫长。

最终——

“准确率达标了！”

“性能碾压！”

合作方第一时间宣布，采用Aegis团队的模型！

全场掌声轰鸣，教室里、教室外，所有人都在欢庆这胜利的瞬间，喧闹声震动所有人的耳膜，响彻整幢大楼。

“我们成功了！我们做到了！”

组员们激动地拥抱在一起，击掌、击拳、疯狂尖叫。

奋战两个月，他们完成了看似根本不可能完成的任务！

他们创下了新的纪录！

临危补上宋学长缺位的谢妍姗功不可没。

庆功拍照时，大伙将谢妍姗推到“C位”。

“嫂子……不对，谢神！谢神无敌！”

“谢神太帅了！”

陆禾冷下脸装酷，模仿谢妍姗当时的表情：“我很强，我搞得定。”

另一名组员跟着添油加醋：“谢神轻轻一摆手：‘小事一桩。’”

其他人纷纷效仿：“谢神挥挥衣袖，‘你们别愁，交给我，超简单。’”

谢妍姗不好意思地脸红起来：“当时大家都情绪低迷，我那不是为了给你们打气嘛！”

台下爆出阵阵哄笑，组员们大声呼喊谢妍姗的名字。

闪光灯闪烁，柯昱侧头看她，眼瞳里饱含着深深的爱意。

走到无人的角落，谢妍姗捂着胸口，一下一下地深呼吸。

滚烫的液体滑过脸颊，落到地上，回过神，她发现自己热泪盈眶。

她闭上眼，全身止不住地颤抖。

过去的画面一幕幕映入眼帘。

无数张面孔，熟悉的、陌生的，浮现后又散去，不同的声音在空中交叠，循环着。

“你做的事没一件不令我失望！”

“你就是个废物。”

…………

“她以前数学竞赛随随便便就拿冠军，现在都没法入围。”

“你敢相信吗，她，以前的奥数冠军，这次数学模拟考试都不及格。”

…………

“她就是那个谢妍姗，文理学院吊车尾的那个，成绩差到要被退学。”

“没准她就是笨呢，看着就不像会读书的样子。”

…………

那些年少时被埋葬的憧憬和梦想，现在被她重新拾起，她再次光芒万丈。

只要坚持下去，只要不放弃，黎明终会到来。

重新拥有疯狂热爱和为之奋斗的目标，遇上能互相救赎和相伴成长的爱人，她感觉没有什么时候能比现在更幸福了。

尾声

【1】

两年后。

一名枪手在学校准备进行无差别扫射时被提前抓获，警方发现，他就是当年L城音乐节恐怖袭击的主犯。

这一切归功于几个月前科技界的大创新。

柯昱和谢妍姗所在的Aegis的最新算法超越了众多国际顶尖人工智能企业和高校人工智能实验室的研究成果，在多家权威数据集榜单排名第一，为当今业界最强算法。

他们与警方合作，运用人脸识别技术重新识别原先的犯罪监控录像，存进数据库。

最新的案件中，这名曾逃过法网的凶手依旧易容，打算故技重施，然而，他准备作案的那片区域的AI摄像头应用了Aegis团队的反易容人脸识别技术，AI第一时间侦察到他的身份，立刻报警，警方即时将其抓捕，将危机扼杀在摇篮里。

Aegis的队长柯昱是此次事件最大的功臣之一，他和当年L城音乐节遇难者董晟的故事被媒体报道，震惊全球，无数人看完潸然泪下，又心生敬仰。

柯昱是当初恐袭事件的受害者，那次事件残忍地剥夺了他最亲的人，他却决定用自己的双手创造最新的技术，让这个世界更安全，阻止类似的悲剧再度发生。

同年，柯昱和谢妍姗一同入选“全球AI英雄风云榜”。

【2】

硕士毕业后，谢妍姗和柯昱回国创业，同行的还有陆禾、高学姐，以及Aegis团队中的其他骨干。

离开前，柯昱带着谢妍姗重回L城他住过的旧址，祭奠董晟。

注视着墓碑上董晟那张永远年轻的照片，柯昱一反往常的作风，絮絮叨叨地说了很久：

“阿晟，我和妍姗的婚礼定在了年底。

“顾暖大学快毕业了，和男朋友感情很稳定。她打算接着读研，以后研究医药。

“她已经摆脱了以前的阴影，我们都过得很好，你可以安心了。

“当年的凶手已经落网，你以前说得对，用自己的技术改变这个世界，感觉真的很酷。

“我去了很多地方参与技术峰会，也尝了各种美食加上辣椒酱的味道，说实话，你那种程度的辣，我现在还是应付不了。”

谢妍姗拉着他的手，默默地陪在一旁。

风吹树摇，落絮如雨，阳光从树叶间落下，光线随之闪烁，一切温柔恬静。

与董晟道别后，他们回到P大，最后走一遍那些载满彼此回忆的地方。

看到前方的洋房，谢妍姗的眼睛亮了。

“你还记得吗，我以前住那儿。”

独栋洋房换了主人，一名四十多岁的男子弯腰修剪草木，两个孩子在前院奔跑着嬉闹。

柯昱眉梢微挑：“当然，谢大小姐家里的东西总是坏得特别勤，而且人为破坏的痕迹一眼就看得出。”

“都说了我是故意的。”谢妍姗撇撇嘴，小声嘟囔，“既然那么明显，你还一次次跑得那么勤？”

柯昱勾唇：“要不是对你有兴趣，谁会连续被你耍？”

谢妍姗狐疑地眯起眼：“那时候你不记得我了，好像还很讨厌我，对我有什么兴趣？”

柯昱表情坦荡：“我说过了啊，馋你的身子。”

谢妍姗抬脚踹他。

后来她和柯昱打赌选修“魔鬼”编程课“101”，不拿A就跟他姓，就此开启频繁前往工程学院的新篇章。

他们走到了工程学院群楼广场，在这里，谢妍姗曾经参加过一场太阳能小车比赛。

结果并不愉快，充满无能为力的挫败感。

谢妍姗垂眼：“当时只有我们组的小车不能跑，那感觉真是难受极了。”

柯昱搂紧她的腰：“最后在我的指导下，小车脱胎换骨，跑得飞快。”

“柯老师当然厉害，十项全能，跳得了舞，编得了程，演技过人，还会修水管，就是态度太恶劣了，”谢妍姗撩了撩长发，瞥他一眼，“幸亏我脾气好，换作别人你会被打的。”

柯昱轻哼：“你也没少打我。”

谢妍姗踮起脚，作势袭击他的下巴：“我还咬你呢！”

他们一边嬉闹着在教学楼闲逛，一边回忆自己的经历。

谢妍姗说：“这间是我面试人工智能实验室的教室！”

柯昱点头：“我还记得你刚进去那会儿做的数据标注。”

谢妍姗轻笑：“对，我一直在圈猫，到后来看见小猫就想吐。”

他们来到图书馆，柯昱指向一个位置：“你以前总坐在这儿上自习。”

“对啊，你还经常路过……”意识到什么，谢妍姗眸色一闪，“等等，你记得那么清楚，你以前真的是路过？”

柯昱耸肩，不怀好意地拖长声音："你总坐在同一个位置，难道不是希望和我偶遇？"

谢妍姗瞪圆了眼，视线往别处飘："我才……才没有，只是习惯罢了。"

又上了一层楼，看到一个阶梯教室，谢妍姗嘴角下撇，想起了不愉快的事："'101'快到期末的时候，我被诬陷抄袭代码，在那里公审。"

柯昱安抚般轻拍她的肩膀："教授当场公开你以前奥数冠军的身份，是不是很刺激？"

谢妍姗垂下眼帘："这倒没有，其实我还有点难过，因为那是曾经的荣耀。"

柯昱低头看她："你现在比以前更棒。"

谢妍姗张了张嘴，眼睛蓦地湿润："那得感谢你，不然，我可能都要辍学了。"

感谢命运终究眷顾她，让她遇见他。

在她人生最黑暗迷茫的时候，他两次拉住了她的手。

离开教学楼，他们去了练舞房，大厅门口的展览板上，挂着两人当年在留学生七校联合晚会上跳双人舞的舞台照。

岁月的痕迹流落在各个角落，还有其他很多很多的地方。

走到过道转弯处，柯昱俯身，吻住谢妍姗的唇，灵活的舌头扫过她嘴里的每一寸。

几分钟后，一群年轻学子从旁边走过，两人及时分开，微喘着气，相视一笑。

直到现在，他的一个眼神，依旧会令她脸颊通红、心跳加速。

【3】

柯昱和谢妍姗联合创立的新公司，依托尖端人工智能技术，致力于开发安防产品，与国内多家权威机构达成合作，团队规模不断扩展。

他们决定研发硬件，为自己的算法特别定制拥有强大算力的芯片，软硬件结合，铸就完整的产业生态链。

谢妍姗走出会议室，迎面遇上抱着一堆文件夹的梁萤。

“妍姗！这个月我应该可以转正了吧！”

梁萤在他们公司实习项目管理，有时还兼职人事，每天忙得几乎没空坐在自己的工位上，安排项目时间表和资源，与多方协商沟通，追踪进度。

谢妍姗问：“你不去你爸爸给你安排的地方上班吗？”

梁萤将头摇成拨浪鼓：“不去，在你们这儿学得多。”

“月底告诉你结果。”谢妍姗心里早有了答案，表面却依旧一本正经，“我不会因为你爸爸是我们公司的大股东，就对你放水的。”

梁萤回答得十分响亮：“好的，老板！”

一名穿格子衬衫的年轻男生碰巧经过，冲谢妍姗恭敬地打了招呼，又对梁萤点了点头。

梁萤将文件夹摆到旁边的桌子上，手叉腰，姿态妩媚：“小东，昨天我发你的确认表格你签字了吗？”

小东挠了挠脑袋：“我在忙别的，那些数据还没来得及看。”

梁萤软下语调，冲他眨巴眨巴眼睛：“今天签完回复我行不行呀？”

小东面露为难之色：“那些数据要看很久的……”

梁萤幽幽地看着他，目光中的期待之色愈加浓郁。

小东脸越来越红，眉头紧皱，用力地拍了下大腿：“行！我今晚加个班！”

梁萤咧嘴甜笑：“我就知道你最厉害了！”

谢妍姗无奈叹气，这么多年过去，梁萤这点倒完全没变。

梁萤催完小东的进度就踩着高跟鞋走了，冲谢妍姗摆摆手：“半小时后有阶段进度汇报会，我去准备一下。”

午休时间，谢妍姗走到休息区，中央大桌上摆着三四个餐盘，里面装着精致的小点心，这些点心都出自陆禾的手。

在公司众员工的夸赞声下，这位公司元老、技术骨干、人脸识别世界冠军算法Aegis团队的明星成员，正在认真地拖地板、擦桌子。

谢妍姗听柯昱说过，搞卫生和做饭，是陆禾释放压力的一种方式。

大伙边吃饭边闲聊。

“陆前辈真的好贤惠哦。”

“听说他大学时期暗恋过一个大学霸，后来人家退学了，他就再也没恋爱过。”

“是吗？我还以为他和梁萤有点什么呢。”

“怎么可能？”

另一边布满电视屏的游戏区，高学姐用大屏幕播放着柯昱的街舞视频，新入职的员工看得眼睛都直了，连连惊呼。

“我们老板不仅帅，而且还会跳街舞！”

“他绝对是AI界跳街舞最强的，街舞界搞技术最牛的！”

今天，作为柯昱的“舞台粉”，高学姐也在努力地推荐着。

下午，公司举办了小规模的接待会，为新一轮的招聘宣讲。

活动结束后，梁萤在接待处收简历，柯昱、谢妍姗和陆禾与前来询问的业内人士聊天。

忽然间，众人耳畔响起记忆中熟悉的声音：“听说你们公司在招硬件设计师，你觉得我怎么样？”

大家同时转头看向声音传来的方向。

仿佛光芒闪现，大家的回忆鲜明地复苏了起来。

陆禾揉了揉眼睛，怀疑自己在做梦。

梁萤停住整理文档的动作。

柯昱看向谢妍姗，谢妍姗手中的笔啪地掉到地上。

你永远不知道人生中的下一个惊喜是什么。

【4】

谢妍姗回国后，在柯昱的陪伴下见了父亲。

谢妍姗的父亲在破产之后找了份稳定的工作，凭借之前过硬的能力，经济状况逐渐好了起来。对于柯昱这样优秀的青年才俊，他是一百分的满意。

如今，谢妍姗作为人工智能界硕果累累的传奇人物，她的故事亦在全国广为流传。

少年天才，坠落谷底，自暴自弃，多年后，却又再度崛起，放到哪里，都是令人看完后热血沸腾的励志故事。

意识到自己是女儿当初一蹶不振的原因之一，谢父悔恨交加，泣不成声。

年过半百的男人，脸上满是隐忍的痛楚，声音沙哑："对不起啊，妍姗，都是爸爸不好。"

一句话，他重复了很久很久。

谢妍姗咬住下唇，双手止不住地颤抖。

她吸了吸鼻子："已经过去了。"

父亲向她袒露心声，说原先那样打压她都是为了让她成材，他的原生家庭没有教会他如何当一个好爸爸，他自己在高压环境下长大，理所应当地认为孩子经受不住苦难，没办法从挫折中站起来是因为意志力脆弱，而意志力需要锤炼。

谢妍姗不赞同他曾经的教育方式，但可以理解他，她的心结早在几年前就已经解开。

父女俩初次对彼此敞开胸怀，进行了彻夜的沟通，达成和解。

距离婚礼还有两个月，柯昱和谢妍姗被大学邀请，为高三的学生作招生宣讲。

基本的经验分享都说完后，面对台下一群青春洋溢的面孔，主持人开始聊些轻松的话题："大家可能不知道，柯昱前辈的街舞跳得特别棒，放在偶像团体里能直接出道的那种好，不仅如此，他和谢妍姗前辈是从大学恋爱至今，一起做科研，一起创业。柯昱前辈，能跟大家分享一下你们的故事吗？"

看到学生们精神大振，眼睛里齐刷刷地冒出"八卦之光"，谢妍姗有些不好意思地想换个话题，谁知柯昱拿起话筒，不紧不慢地开始叙述：“高中的时候，我想吸引一个女生的注意，于是在多校联合文艺晚会的舞台上表演的时候，脱下外套，向她扔了过去。”

台下一片“哇——”。

女生们纷纷想象：看柯昱的长相，以前绝对是校草级别，学校的风云人物，他当众献殷勤，多么浪漫的场景，发生在自己身上自己多半会吃惊得说不出话来吧！估计会被其他女生用嫉妒的目光扫射吧！

主持人：“然后呢？”

柯昱侧头，看了谢妍姗一眼。

“她扔了。”

谢妍姗焦急地张了张嘴，撞上他眼底的戏谑。

主持人：“后来呢？”

柯昱又看向她。

“后来篝火晚会，我请她跳舞，她瞧都没瞧我一眼。”

台下继续哗然。

男生们心想，长得这么帅的男人都有被女生无视的时候，我们有什么好沮丧的呢？

柯昱假模假式地叹了口气：“没有挫折怎么叫人生呢？”

那语调听得谢妍姗牙痒。

主持人问：“再后来呢？”

“再后来……”柯昱似是回想到什么往事，停顿许久，低头笑了，“大学后，她成了我的女朋友。”

主持人疑惑道：“中间发生了什么？”

柯昱笑意更深，转了转手中的话筒：“这是个漫长的故事。”

主持人笑道：“我猜是漫长的追妻路吧！”

谢妍姗脸已通红，耳根都是绯红一片。

她冲他皱了皱鼻子，心想，说得好像他追她追得很苦似的。

台下的女生们窃窃私语。

“全球瞩目的科技奇才，年纪轻轻就声名显赫，居然苦恋那么多年……”

“好羡慕啊！被这种人喜欢是什么样的感觉啊！”

演讲台上，柯昱当着数百名年轻学子的面，毫无保留地夸赞起了自己的女朋友：“她以前是奥数冠军，脑子有多聪明呢，她写程序实现复杂的功能，代码里经常有些看似简单的公式，但是参数怎么来的，不问她，别人根本推不出。”柯昱语调温和，嘴角始终上扬，带着笑意，时不时侧头看着谢妍姗，“她又聪明又可爱，我从来没有被其他女生吸引过，心里一直都只有她。”

谢妍姗抿着唇听柯昱夸人，眼神往哪儿飘都觉得不对，那叫一个不自然。

柯昱倏地停住，一本正经地结尾：“所以说，大家要好好学习，你喜欢的人也会喜欢上你。”

台下的孩子们大叫着起哄。

“真的吗？！”

“那我也要努力了！”

回家的路上，谢妍姗不停地在同柯昱解释：

“我高中那会儿不是故意扔你外套的。

“我真的没反应过来，就条件反射地——

“你请我跳舞，但态度实在太差了，所以我才会无视你。”

柯昱气定神闲地道：“我不管，你伤了少年一颗纯情的心，你得补偿我。”

谢妍姗斜眼看他：“就你还纯情……”

远处忽然响起了很大的喧哗声，很多人簇拥在一起，不时迸发出掌声与欢呼声。

“去看看？”谢妍姗好奇心起。

柯昱点头。

他们好不容易拨开人群，看见中心的空地上有两个人在跳舞，两人相互交踏出的不同舞步，随着时间的推移愈加地复杂精彩。

斗舞。

谢妍姗之前在舞蹈房里见过，街头版还是第一回遇上。

“接着。”

柯昱来了兴致，低头咬住一边领口，单手拉开拉链，将外套脱掉扔给谢妍姗。

他简单地做了下热身动作，单手侧翻至场中央，随即双脚蹬地，轻盈地掠过一人的正上方，在空中呈倒立的姿势，翻转，安稳落地。

中央的两人停下了动作，将目光投向了柯昱，场边更是爆发出了尖叫。

柯昱双肘支地，以颈为支点，迅速地做了一连串旋身转腿的动作，修长的双腿在空气中划过完美的弧度，动作连贯娴熟，更不乏力度与热情。用近乎完美的空翻稳稳落地后，柯昱笑着向对方耸肩，摊手，示意请指教。

原本在斗舞的两人愣了一下，相视一笑后不甘示弱地炫耀着自己独特的舞步。

围观的人越来越多，喧嚣声不曾停止。

谢妍姗抱着柯昱的外套，看到他的发丝在阳光下泛着高光，淌着汗水的脸上满是笑意，琥珀色的双眸因兴奋而变得更有光泽。

年少时的记忆不断地在她的脑海中闪现，那是她和他最初相识时的情景。

身侧欢呼声骤响，谢妍姗立刻回过神，原来柯昱在做完一系列连贯的舞蹈动作后单膝下跪在她面前，手掌平伸，做出了一个邀请的动作。

谢妍姗刚把自己的手覆上去，柯昱忽然用力一拽，将她打横抱起，俯身轻轻地吻了一下她的额头。

“这是我的女朋友，她马上要嫁给我了！”

四周的气氛“燃”到顶点，到处都是尖叫声。

“恭喜！”

“要幸福啊！”

整个世界仿佛都在因此刻的快乐而欢呼。

疯闹过后，谢妍姗和柯昱在路边的长椅上气喘吁吁地坐下，倚靠在一起。

谢妍姗拍了张照，上传微博。

她的新微博头像依旧是只猫，但不是“盐山爱吃糖”那时用的“丧脸猫”，而是一只元气满满的小白猫。

柯昱扫了一眼她的微博昵称，“盐山爱泪痣”。

他心头一动，向她伸出手，握住了她的一缕长发。她的发梢染着阳光的温度，在他的掌心无声地化开。

柯昱轻笑道：“你为什么要取名叫‘盐山爱吃糖’？你明明那么甜。”

谢妍姗搂住他的脖子，眼睛弯弯，载着星辰：“我只在你面前甜。”

柯昱喉结滚动，轻声说：“妍姗，我告诉你个秘密。”

谢妍姗歪了下脑袋：“什么？”

柯昱垂眼看着她，眼眶内隐隐泛起水花。他用掌心捧起她的脸：

“刚到L城，独自在异国他乡的那些日子，我时常会想到你。

“想着也许什么时候可以和你重逢，想着重逢那天你的模样，想着可以见到你，于是我期待每一个崭新的一天。

“你总说你感谢我，其实我才应该感谢你。”

“我曾一度痛恨命运残酷无情，余生只为赎罪，感谢你让我重新找回了自己。

“感谢你给予我勇气，让我直面生命中已成定局的那些不好的过去。

“感谢你让我的日子变得充实又精彩。

“感谢你陪我一起实现我们的梦想。

“妍姗，我爱你。”

视野中，心爱的姑娘不断地掉着眼泪，他紧紧地拥抱住她，再也没有放手。

我曾坠入深渊，生活只剩苦涩，但因为想见一个人，便执着地不断往前走。

我穿越幽深的峡谷，疾奔过布满荆棘的森林，赤脚跨过皑皑雪山，当视野尽头出现了别样的风景，流萤忽闪的亮光逐渐蜿蜒成了一片璀璨星河，我终于再次看到你的身影，同样的风尘仆仆，同样的满身狼狈。

那瞬间，我忽然明白，也许我的出生，就是为了这一刻。

人不能为别人而活，但我愿向你而生。

番外一
他不懂

【1】

季筱晴初遇顾齐几星期后，亲戚拜托季筱晴去车程两小时外的工厂直销店买东西，列了长长的清单。回程时她正准备去车站坐末班车，突然遇到两位同校工程学院的留学生学长，对方主动提出：“搭我们的车回去吧。”

季筱晴平日里说话又傲又直，一向独来独往，没什么好人缘，面对这样的邀请有些意外，答应后拘谨地道谢。

对方帮她把大包小包放进后备厢，笑道：“别客气，我们就是专门开来接你们的。”

你们？

学长们往四周张望了圈，问：“就你一个人？”

季筱晴点点头。

“哎，不是说谢妍姗也在这吗？”

“她不在。”

学长们的笑容一下子垮下来，他们互相交换了眼神，对她的态度骤变。

一人手机铃响，接起电话，面露沮丧：“没接到啊，大美女哪有我的份。”

声音很响，丝毫没有顾忌季筱晴的意思。

季筱晴隐约听懂了，那天从国内来了一批交换生，这群学长开着车队，是来接学妹们回去的，不知从哪儿听到谢妍姗也在此购物，便开始了寻宝活动。

也许因为自己时常出现在谢妍姗的身边，令他们产生了错觉。

被人像块旧抹布般嫌弃，季筱晴的尊严狠狠地受到挫伤，她打算下车离开，免得碍人眼，还未动身又遇到了顾齐，他开了辆新的跑车，车里坐满了年轻漂亮的小姑娘。

“你们送她们吧。”顾齐摇下车窗对学长喊话，抬手指了指季筱晴，“我送她回去。”

他打算换人。

学长们喜出望外，忙不迭地答应，车上的女孩子们满脸不情愿，扒着车门不愿下车。

顾齐挑眉安抚了几句，温声细语，将她们迷得神魂颠倒。

季筱晴想，他一定又是为了妍姗。

胸腔泛起一股气，她下车取回自己的包裹，硬声道：“不用麻烦，我自己坐巴士。”

顾齐跟着下车拦住她，有些无奈地揉了揉眉心：“这么晚了，我真的不放心你。”

他双目灿若星辰，载着令人沉溺的温柔，季筱晴的心一下子软下来。

哪怕知道他的车载过很多人，他的怀抱搂过很多人，他不放心过很多人。

【2】

顾齐追求谢妍姗，声势浩大，全校皆知。

这位传闻中的花花公子虽有过数不清的女朋友，但每任都是对方主动向他告白，合他喜好他便顺势交往下去。但谢妍姗是个例外，顾齐首次主动出击。

然而，身为出了名的“高岭之花”，谢妍姗并不为此特殊待遇所打动，顾齐软磨硬泡她三个多月，她对他除了无视就是冷脸。

频频踢到铁板却激发了公子哥儿的兴致，令他欲罢不能。

也许正因大门行不通，顾齐开始尝试别的途径。

季筱晴就这样意外地闯入他的生活中。

两人好似生活在不同的世界，季筱晴勤勉好学，顾齐娱乐至上，季筱晴家境贫寒，顾齐挥金如土。

几次私下的接触后，季筱晴仿若和顾齐签订了契约，时不时单独见面。

她不收顾齐的礼物，但同意和他一起吃饭。席间，按照约定，她会告诉他关于谢妍姗的事。谢妍姗的喜好，谢妍姗的习惯，谢妍姗最近聊天时随口提及的话题。

尽管季筱晴透露的都是些无关紧要的信息，但足以为顾少接下来俘获冰山心的战略布局指引方向。

在众人眼里，学霸“大魔王”季筱晴无比嫌弃“玩咖”顾齐，总如母鸡护崽般挡在谢妍姗面前，赶苍蝇似的冲他大喝“渣男退散”，一副与他呼吸同一片区域的空气都令她不爽的架势。

然而，私底下，有些默契，只有他们两人明白。

谢妍姗外表冷若冰霜，对好友却向来温柔，季筱晴的请求她几乎从不拒绝。

顾齐直接约谢妍姗周末出去玩肯定吃闭门羹，但若是季筱晴期盼已久的展会，门票刚刚售罄，而顾齐恰好留有两张VIP入场券，那就是截然不同的结局了。

同理，顾齐组织的聚会，季筱晴想参加，谢妍姗哪怕百般不乐意，最终也会陪同到场。

以目标的闺密为桥梁，顾齐如愿与谢妍姗加深了交集，成为了整个学校和冰美人说过最多句话的男生。

最为回报，顾小少爷对季筱晴格外照顾。

她去外地开会，他停下手头的一切送她去机场。她有想要却买不起的资料，他大费周折弄到手，悄悄拜托学长以实验室的名义借给她。她因项目进展缓慢，心情糟糕，他开着敞篷车带她兜风，在海边看着水波粼粼、夕阳西下。

他同她讲述自己四海游玩的经历，年少时做过的疯狂事，去阿拉斯加看极光，坐在土耳其街头品尝肉鲜汁多的烤肉，开车自驾游遍欧洲，登山蹦极，乘着直升机跳伞，那是对季筱晴来说截然不同的另一个世界，她未曾见过，也难以想象。

季筱晴的日子过得很简单，单调得如同黑白画卷，十几年来两点一线，学海无涯苦作舟，空闲的时间里，快乐并不多。

和顾齐在一起，她总算能够卸下压力，不去考虑实验室的竞争，不去考虑堆积如山的工作，仿若置于云间，浑身轻飘飘的，忘记了所有的烦恼。

顾齐的声音低沉好听，他间或偏过头看着她笑，一双桃花眼弯成月牙，这样的目光没有女生能招架得住。

季筱晴知道，他对她的好，对他来说不过是举手之劳。

可就是无微不至，渗透在生活的每个角落。

季筱晴租住的公寓房价低廉，没有洗衣机，她时常需要抱着衣篓去公共洗衣房洗衣服。

小区治安很差，门口常年坐着个流浪汉，皮肤黝黑，神志不清，见到她就骂骂咧咧，瞪着猩红的眼睛问她要钱。季筱晴内心害怕，每回都给，直到有天她刚付完一堆欠债，气愤自己同样贫困潦倒，流浪汉堵她面前伸手时她就不理，被对方扔石头痛骂，砸得额头流血。季筱晴情绪失控，打算还手，关键时刻，被顾齐救下。

“晴姐，女孩子应该被好好照顾着。”顾齐用手指夹着棉签，动作小心地帮她处理伤口，“将来遇上任何麻烦，记得找我。”

之后，她再也没在洗衣房门口见到那个流浪汉。

【3】

随着谢妍姗久攻不下，两人私下见面次数增多，对顾齐来说，季筱晴成为了一种特殊的存在。

她知道顾齐的许多秘密。

他的父母并不相爱，各自有情人。从很小的时候他就见过形形色色的新面孔，旧人离去新人来，前一秒说着最爱，下一秒就成了麻烦，没有什么会永垂不朽。

他们在餐厅吃饭时，偶尔会遇上顾齐的朋友。

对于“想追谢妍姗，必须得先过季筱晴这关”，大家心照不宣，所以就算顾齐和季筱晴单独在一起，其他人也不会产生任何带着粉红气息的猜测。

他们为季筱晴贴上标签，“顾齐追求真爱路上的工具人”。

碰见这种情况，顾齐多半会拉着季筱晴加入饭局，她跟他们圈子不熟，话题聊不到一起去，拿出随身携带的笔记本电脑，自顾自地写作业。

身旁，公子哥儿和大小姐们围着顾齐谈笑。

“顾少，你喜欢谢妍姗哪点啊？”

“不爱理你的那点吗？”

狐朋狗友笑成一片。

“不就是个赌约吗，输了又如何。”一名黄发男生撞过冰山，彻底死心，斩钉截铁地给出结论，“全校没有男生搞得定妍姗。”

顾齐指腹摩挲着马克杯的杯柄，要笑不笑地说：“大概是每次看到她，有种心脏被击中的感觉吧。”

“那是喜欢吗？”男生眯起眼，用手肘推他肩膀，“你可能只是见色起意。”

始终沉默的季筱晴忽然出声：“喜欢的话，应该是想起对方，就会胸口闷闷的吧。”

全场蓦地陷入沉默，没人料到季筱晴居然会参与这样的话题。

黄发男生夸张地做出惊愕的模样：“晴姐也有喜欢的人吗？”

季筱晴脸上一热，迅速地将视线移回电脑屏幕，在键盘上敲击了一连串毫无意义的字符，淡淡道：“心理学的书上看见的。”

众人起哄："不愧是大学霸！"

季筱晴偷偷瞥向顾齐，他正歪着脑袋听旁边人说话，神态如常。

她藏在句子中的小秘密，谁都没有在意。

不记得从什么时候起，就读商学院的顾齐开始频繁地出现在工程学院的各类活动中。

南校和北校交友圈重合度很低，每次来回，开车都得好一阵，顾齐的行动简直将"刻意"两个大字印在了脸上。

季筱晴收拾完参展的展台，将论文资料和手提电脑一同收进包里，抬起头，发现顾齐懒散地斜靠在不远处的柱子边，四周围着好几个女生，红着脸忐忑地问他要联系方式。

顾齐正欲回应，瞥见季筱晴往大门走去的身影，立刻拒绝了所有妹子的邀请，迈开长腿追上她："晴姐！"

季筱晴的步子加快，身后喊她名字的声音变得更响，她不愿引人注目，只好停住。

大学霸斜眼过去，将顾齐自下而上地打量了番。

这家伙怎么看都不像是对科技展感兴趣的人。

她在心里有了猜测，嘴角下撇，凉凉地道："妍姗今天没来。"

顾齐笑了笑，没接话，将手机收进口袋里，腾出的左手接过季筱晴提着的袋子："晴姐，我去听你的演讲了。"

季筱晴怔住："你来看我？"

顾齐口吻坦然："是啊。"

季筱晴看着他，目光微动，许久没回过神。

见顾齐眉毛上扬，她局促地移开视线。

有了第一次，就有后面的许多次。

顾齐并非完全是个草包，听完季筱晴的演讲后还会给反馈，他夸她的视野，夸她的学识。他径直地看向她的眼睛，笑着说聪明的女生很迷人。

"难怪谢妍姗那么喜欢和你在一起。

“看着你读书，我就感觉到充实。

“晴姐，你站在演讲台上的时候，有股令人憧憬的气势，怎么形容呢……”顾齐稍稍歪头，用手指在空中比画了番，“非常耀眼，光芒万丈。”

季筱晴只当他在说恭维话。

顾齐低眸注视她，态度真诚：“晴姐，和你在一起，我很开心。”

季筱晴的心跳不争气地因他这句话加快了速度。

顾齐擅长讨人喜欢，懂得恰当好处的恭维、细致入微的体贴。

就像他的每一任女朋友，交往的时候，总感觉自己是真的被爱着的。

为此，多少女生前赴后继、飞蛾扑火。

季筱晴暗中掐着自己的胳膊，无比清醒地想，她不可能是令他浪子回头的那一个。

有些东西只要不说破，便能维持着微妙的平衡。

其实答案早就知晓，不过自欺欺人罢了。

【4】

季筱晴的朋友很少，她能交心的只有谢妍姗。

谢妍姗荒唐度日，被下退学警告，但她却能从谢妍姗身上嗅到与自己相似的味道。

最初透露给顾齐关于谢妍姗的喜好，季筱晴并非有意撮合他们，而是笃定地相信，谢妍姗并不喜欢顾齐。

她享受着顾齐对她的好，又清醒地明白这一切并不是因为自己，愧疚感在日积月累中即将决堤。

面对谢妍姗对她毫无保留的善意，这种不纯粹的友情就像根刺，越扎越深，她觉得自己糟糕透顶。

收到顾齐邀约的短信时，季筱晴在内心默念，这是最后一回。

然而，每次他的出现，总能轻而易举地打碎她的原则。

看不见未来的迷恋，明知有毒，依旧上瘾。

周末，谢妍姗同季筱晴约在下午见面。手边的事情忙完后，季筱晴坐上北校通往南校的校车。

巴士兜兜转转，过了近一小时才到站，季筱晴随人流下车，往谢妍姗所在的别墅区走。

手机在口袋里振动，母亲发来一连串的微信。

“打工顺利吗？

“家里实在没有钱能寄给你。

“你之前说有朋友借钱给你，你看……能不能再问问人家？”

季筱晴没回复。

对方又发了好几条语音，季筱晴点开后将手机放到耳边。

“大家在国外，就要靠朋友，你以后赚钱了再……”

电话那头又说了些什么季筱晴没有在听，她远远地望见对面街上有两道熟悉的身影。

顾齐在谢妍姗前方，不知在说些什么，长身玉立，温文尔雅。

谢妍姗双手环胸，冷着脸看他，表情没有丝毫起伏。

他送给她的礼物，谢妍姗连拆都懒得拆。面对他的殷勤，她只觉得麻烦。

季筱晴低下头看向自己的掌纹，疼痛在掌心蔓延。

有些人就是命好到生来什么都有，就连她不喜欢的，也是别人求而不得的东西。

过了几天，顾齐下课后习惯性地发信息，约季筱晴周五吃日料。

半小时后他才收到答复：“我最近很忙，和妍姗没怎么说话。”

顾齐：“我们出来吃个饭，不聊她也没关系。”

季筱晴：“为什么？不聊妍姗的话，就没必要见面了，不是吗？”

顾齐顿住脚步，站在十字路口，破天荒地不知道该怎么回。

那晚他同朋友通宵狂欢，派对一场接一场，在休息的间隙窝进沙发里，看着前方男男女女搂抱着欢呼热舞。

顾齐突然觉得没劲透了。

第二天一早他开车去了工程学院，找到了季筱晴常驻的实验室。

季筱晴正在训人，组员们站成一排，老老实实地低着头。她个子不高，却有着所有人加起来都比不上的气场。

被训的组员愁眉苦脸："对不起晴姐，你就可怜可怜我们这些笨蛋吧，我们没你这么聪明，不能一点就通啊。"

闻言，顾齐低头轻笑，笑得肩膀微微颤抖。

注意到顾齐的存在，季筱晴同组员们打了个招呼，带他去了隔壁的休息室。

"妍姗今天没来找我。"她一开口就是这句。

顾齐想要解释，话到嘴边又咽了下去，换成一个暧昧不清的微笑。

他给她两盒巧克力，拜托她带一盒给谢妍姗。

季筱晴接过，点点头。

"砰——"的一声，休息室大门被人粗暴地打开，一个五大三粗的男生铁青着脸气势汹汹地闯了进来。

是刚才实验室里的组员之一。

其他人也跟在后面，大有前来干架的气势。

顾齐心头一惊，难道先前被训得太惨，现在气不过，跑来报复？

黑大个喘着粗气，冲到他们面前，重重地拍了下桌子，随后鼻子一抽，带着浓浓的哭腔喊破了音："晴姐！怎么办呀，搞不定了啊！"

身后的其他人跟着用各种语言喊："晴姐！"

"我先走了。"季筱晴神情严肃，喝了口水，缓缓起身，冲组员道："别急，我来解决。"

门口的男生们整齐地让出条路。

顾齐目送着她离开。

他听她同别人说话，说过最多的就是这句：“我来解决。”

她就像个矛盾体，自信又自卑，强大又脆弱。

顾齐想，很多人依靠着她。

那她又能依靠谁呢？

【5】

季筱晴生日的第二天，实验室放假。顾齐新发现一处休闲胜地，盛情邀请她共同尝鲜，用的理由依旧是答谢她帮忙提供谢妍姗的信息。

那也是他们唯一一次单独旅行。

顾齐没有计划周全，地图缺失，他们迷了路，在山道上走了很久。

不知不觉间天色已晚，挺拔高耸的巨树将月光遮得严严实实，一片寂静中只能听见风吹草木的窸窣声，以及两人因紧张而有些沉重的呼吸声。

这里几日前似乎下了场雨，狭窄的道上泥泞不堪，季筱晴被突然出现在视野中形状诡异的怪石吓了一跳。她脚底一滑，慌忙摆动着双臂，身子一路向后倒去，最终跌入了一个结实的胸膛里，暖暖的温度从后背传来。

顾齐伸手扶住她的肩膀，笑得眉眼弯弯：“没想到，晴姐也有害怕的时候。”

季筱晴站稳后迅速离他远了些，肩膀还存有的温度令她有些莫名的烦躁：“还不都是因为你搞砸了！”

顾齐连连点头，温声道：“没错，都是我不好。”

再往前走不久便是一条河，水并不深，踩着一路的岩石就能通过。但光线昏暗，水波粼粼，夜间视力不好的人很容易看不清。

行至河中央，顾齐回头见季筱晴一副步履维艰的模样。他勾起嘴角，伸手拉住了她的手腕。

一股电流蹿过，季筱晴的脸颊烧得滚烫，她想抽回自己的手，但终究没这么做，任由他将自己牵到了安全的位置。

顾齐心情大好，像是忘了两人所处的窘境：“能让晴姐这样的女生偶尔依赖一下我，感觉真不错。”

季筱晴生怕被他发现自己的羞涩，用力绷紧脸，凉凉道：“你在集邮吗？”

顾齐低笑：“那你就是非常非常稀有的款式。”

后半段他们都没说话，走出那条山道时正好能看到日出，天色被染得犹如燃烧的火焰，季筱晴在顾齐的身后，透过指缝往外看。

天际像是被拉开了一条缝，太阳冲破云霞，冉冉升起，光芒刺得她睁不开眼睛。

回程的路上，他们经过港口，顾齐在码头的游轮餐馆里点了十几磅的帝王蟹、雪蟹和小龙虾。

这家店从不用餐盆上菜，直接送来一袋袋浸在辣椒酱里的食物，两人戴着围兜徒手上阵，季筱晴饿了太久，无视帝王蟹那满满的利刺，动作狠辣地拆断蟹腿，咬开壳，一口一个，嘎嘣脆。

“晴姐，你慢点吃，不急。”

顾齐边说边拍下她狼狈的模样，被季筱晴发现。她不顾满手红油，龇牙咧嘴地抢他手机。

“你再拍！再拍你就死定了！”

海港每日都热闹非凡，码头边整齐地停泊着几十艘船只，不时有起航的号角声响起。附近开着风格各异的商店，街道两边摆满了装着水果和海鲜的小摊。

这几日像是在过什么节，人们在商店中央的空地上演奏起了欢快的音乐，穿着一袭长裙的姑娘们载歌载舞，路人不断加入，于是队伍变得越来越庞大。

顾齐用手肘推了推季筱晴：“晴姐，我觉得你跳舞肯定比她们好看。”

“我不会跳舞。”

“晴姐，我想看你跳舞。”

“你做梦。”

“晴姐，和我一起去吧。”

在顾齐的怂恿下，季筱晴有些跃跃欲试。她心一横，跟着他加入人群，放飞自我地扭动了起来。

踩着音乐的节拍，季筱晴的情绪越来越嗨，那些积攒的压抑情绪好似被打包揉成一团，狠狠地扔向远处。

去他的开题论文！

去他的科研经费！

去他的爆炸头！

街头，歌手欢快弹唱——

“Because I’m happy，clap along if you feel like a room without a roof.”（只因我快乐，如果觉得自己像一间无顶之屋，就随我一起拍拍手。）

“Because I’m happy，clap along if you feel like happiness is the truth.”（只因我很快乐，如果觉得幸福好真实，就随我一起拍拍手。）

“Because I’m happy，clap along if you know what happiness is to you.”（只因我很快乐，如果知道幸福是什么，就随我一起拍拍手。）

“Because I’m happy，clap along if you feel like that’s what you wanna do.”（只因我很快乐，如果觉得这就是你想做的事，就随我一起拍拍手。）

他们玩得很开心，最后找到一块洒着光斑的绿荫，并排躺在地上，看着天空中展翅高飞的海鸥。

季筱晴合上眼，沉沉睡去。

那一天，她做了十几年来久违的美梦。

醒来后天色已晚，周遭异国风情的建筑和行人令季筱晴一下子没回过神，不知自己置身何处。

过了许久，女生耷拉下脑袋，闷闷地看着自己摊开的手掌："我有点想家了。"

顾齐偏过头问："你家乡是什么样的？"

季筱晴默不作声，过了很久才开口，"说不出来，要亲眼见过才知道。"

顾齐支着下巴，冲她眨眼："以后有机会的话，带我去你家看看吧。"

那瞬间，季筱晴的眼眶倏地发红。

如此珍重的一句话，他却用那么随意的口气说出来了。

可就是这样随口一提的话语，在她心里待了很久很久。

【6】

季筱晴自尊心极强，为了暗中解决她遇上的问题，顾齐拜托了好几位工程学院的学长，将种种刻意抹平成偶然。

再一次寻求帮忙，顾齐请他们聚餐。其中一位学长席间几度欲言又止，散场后将顾齐引到无人的角落。

"顾少，晴姐其实人挺不错的，也很单纯。你对她没意思的话，就别招惹她了。

"你现在对她好，但你可以对她好多久？

"再这样下去，她会受伤的。"

顾齐没答话。

他不在意那些交往过的女朋友，大家各取所需，在一起开心就好。

抱着这样的想法，他可以随时开始新的恋情，在拐角处洒脱地结束。

烟花多美，绚烂多姿，灿烂的永远是下一场。

可如果将交往女生的脸换成季筱晴……

顾齐背脊瞬间绷直，感觉到了沉重。

过了半晌，他轻摇摇头："我对晴姐……我对她不是那个意思，我喜欢的是谢妍姗。"意识到了什么，顾齐自嘲地笑了笑："晴姐也不会看上我这样的人。"

【7】

顾齐和季筱晴的联系慢慢地淡了下来。

季筱晴没有在意，猜想大概是因为双方都有要忙的事。

小长假前夕，顾齐的朋友在南校举办假面舞会，邀请季筱晴参加，言语间拐弯抹角地暗示她叫上谢妍姗。

谢妍姗遇到柯昱后性情大变，一扫过去萎靡之势，每天打了鸡血般埋头学习。季筱晴不愿令她分心，又不想失去一次见到顾齐的机会，于是独自赴约。

路上，她迎面撞见刚在北校上完编程课的梁萤。

"不会吧晴姐，你就这样去舞会啊？"

季筱晴本以为梁萤会奚落她，打算绕道走，没想到对方竟自来熟地提出帮她化妆。

花蝴蝶梁萤缠人本事一流，季筱晴也不愿素颜去舞会丢人，便半推半就地被梁萤带去了她在南校的住处。整个梳妆台上摆满了各种用途的化妆品，瓶瓶罐罐，碟碟盘盘，五颜六色，着实令季学霸震撼不已。

梁萤手法熟练，真正做到了将脸当画布创作，没过一会儿，季筱晴就在镜子里看见了全新的自己。

她很少打扮，更别提这种几十道工序的整妆，经过梁萤这么一折腾，黑眼圈没了，长发散下来，柔软地披在肩上，双瞳剪水，红唇丰盈，秀丽中透着股英气。

梁萤颇为满意，冲她妩媚地挑眉："女孩子嘛，花点心思都能变漂亮！"

她说罢开始兴奋地帮季筱晴寻找搭配妆容的衣服，从衣帽间里翻出一件又一件，最终选定了条一字肩喇叭袖的白色长裙。

站在等身镜前，季筱晴浑身漫起一股难言的欢畅，视野中的女生就像她曾经憧憬过的那般，精致而优雅。她提起裙摆转了转，再三确认镜子里的人真的是自己。

季筱晴踏入舞会厅，一群和顾齐关系好的男生瞪大了眼惊叫。

“天呢！这是晴姐吗？！”

“哇！晴姐你美呆了！”

人群中央，顾齐偏过头注视她，眸色清澄，载着未加掩饰的温柔。

他缓缓弯起眼睛，笑着说：“很漂亮。”

几周没有单独见面，季筱晴与顾齐四目相对时，心怦怦直跳。

她抿嘴，低头藏起笑意，走到人少的角落，等着他像往常那样上前搭话。

然而，直到舞会开始，音乐响起，所有人戴上面具，顾齐都没有来。

季筱晴默默看着他同别人谈笑，忽然感觉像在看一场电影，他在屏幕中，她在观众席，不断有人从他们中间走过，将距离越隔越远。

她没什么心情跳舞，年轻学生的欢笑声在耳边被扭曲成久久不散的警鸣，她先前的欢喜因期待落空而消散。

“晴姐。”

有人从身后轻轻拍了下她的肩膀。

听见他声音的那瞬间，季筱晴低沉的心绪好似擦亮了火花，蹿出了巨大的光。

她回头，嘴角抑制不住地往上扬。

顾齐淡淡道：“晴姐，我先走了，我朋友阿盛待会儿会送你回去。”

季筱晴的目光一下子黯淡下来。

她面色僵硬，木然地“哦”了声，直到他转身走向大门，她都没有回过神。

另一名女生紧跟在顾齐身边，仰着脑袋同他说笑。她皮肤白皙，美艳动人，是顾齐一贯喜欢的类型。

季筱晴认得她，她是室友小雯的好友，经常来她们公寓串门。听闻季筱晴是个大学霸，女孩主动提出互加微信，甜甜地说“以后有什么不懂的，我就来请教晴姐呀”。

就在刚才，她还特意过来同自己打了个招呼。

季筱晴目送两人并肩离场，消失在视野里。

她往后倚靠墙壁，感觉身上的力气好似被一点点地抽干。

那天，季筱晴干了一件从未发生过的荒唐事。

她点开女生的微信头像，编辑消息：“你怎么提前回去了？”

信息发送，等待期间，她如坐针毡。

一小时后，手机屏幕亮了。

小弥：“有些事，打算让顾齐今晚给我个答复。”

季筱晴心头有了预感，背脊泛上寒意，手指微微发抖。

小弥：“晴姐，你和顾齐很熟吗？”

他们很熟吗？

好像是。

又好像不是。

季筱晴很慢很慢地打了两个字：“还行。”

过了半小时，小弥发来消息。

“我向他告白，他答应啦！”

季筱晴拿着手机，盯着屏幕看了很久。

眼前的画面渐渐模糊不清，空气中所有浮动的尘埃都似乎在隐隐地叫嚣，她觉得她好像听不清别的什么声音了，除了滚滚袭来的、空洞的噪音。

【8】

顾齐和小弥的恋情只持续了一个礼拜。

季筱晴偶然听见顾齐的好友同其他人控诉：“顾少这家伙太混账

了，和妹子交往了几天，打算开始新生活，结果发现自己还是想追谢妍姗。”

“他就是不到黄河心不死，没追到谢冰山，就过不去这道坎。”

几天后，顾齐再次联系季筱晴，季筱晴直接将他送进黑名单。

本以为这次能彻底断了对他的念想，谁知不到一周，季筱晴在公寓附近的车站晕倒，被顾齐发现，送去医院。

她太过拼命，身体不适便用药物解决，头疼欲裂也要强撑着继续工作，长期下来，到了药物上瘾的程度。

季筱晴在病房中醒来，听见小护士笑着对她说：“你男朋友很担心你，守了你一整夜。”

季筱晴轻扯嘴角，无力地摇摇头。

“他不是我男朋友。”

她提前离开医院，胸口像是压着块巨石，连呼吸都有些困难。

顾齐替季筱晴隐瞒了病情，但她不慎将药片掉在实验室，被她的组员发现，最终还是顾齐出手，帮她化解了危机。

季筱晴欠了顾齐很大一个人情，原本应该向他道谢，然而，有些事情却往偏移轨道的方向急速发展。

顾齐和谢妍姗开始成双结对。

花花公子终于攻下高冷“冰山”的消息传遍全校。

季筱晴的室友小雯得意扬扬地将顾齐为谢妍姗戴项链的照片拿到她面前显摆：“我说得没错吧！他们就是交往了！”

悲伤失落过后，季筱晴隐约地察觉到，这件事与自己有关。

所有昔日埋下的隐患在她身体不适期间集中引爆，她遭到组员集体反对，项目失去核心位置，感情受挫，学业不顺，谢妍姗去看她的时候，季筱晴在公寓里痛苦地蜷起身子，负能量累积到极限。

她讨厌自己的所作所为，冲着最好的朋友说出了无法挽回的重话。

就像在周身筑起堡垒，上面布满了尖锐的刺，弄疼别人，却也刺伤自己。

冷静下来后，季筱晴想去找谢妍姗道歉，却不慎撞见顾齐与谢妍姗私下交谈。

“还有一件事，我希望你劝劝晴姐，”顾齐停顿许久，淡淡道，“让她别再喜欢我了。”

谢妍姗疑惑地拧眉：“你之前还说她的感受你无所谓，甚至用她对你的感情来要挟我，现在怎么变得那么快？”

顾齐沉默地看着她。

他这反应令谢妍姗更为恼火，她的语调不受控地拔高：“顾齐，你又在打什么主意？”

当潜藏已久的猜测终于得到了验证，来不及难过眼泪就往下掉。

像是被人狠狠扇了一巴掌，巨大的羞辱令所有的血液顷刻间都往脑袋上涌，季筱晴气得浑身发抖。

这一场感情，简直荒唐透顶。

再后来，季筱晴又见过顾齐一面。

他依旧是那副温柔得能轻易令人沉溺的态度，语调诚恳地劝她照顾好自己的身体。

季筱晴决定彻底地同他摊牌。

打从他们认识起，她一直都在装糊涂。

她以为不说出口就不会听到答案，听不到答案就不会受伤。

然而，泡沫会碎，梦总会醒，一切暧昧不清，终有落幕的那天。

顾齐闭了闭眼，轻叹口气，清冷月色下，他的表情有些落寞。

“我们不合适的。”他敛住笑容，认真地说，“晴姐，你就当自己遇上了个渣男，但是这个渣男还没那么坏，他仍存着那么一点良心。”

整个世界好似在这一瞬间被抽去了中心，天昏地暗，不断地旋转。

顾齐后来又说了什么，季筱晴一句都不想听。

喜欢一个错误的人，听见他的名字便会感到胸口的钝痛。

忘记掉会更好。

她知道，她都知道。

回到住处，季筱晴彻底地将顾齐拉黑，面无表情地做起大扫除，丢掉一切带有顾齐痕迹的东西，删除了所有与他有关的照片。

一切整理完毕，她看见书桌上的相框。

那是先前和顾齐两人旅行，在海港被抓拍的照片，彼时他们跟着人群跳舞，青春洋溢，偶然间相视一笑，画面定格在最美的瞬间。

季筱晴开始颤抖，从嘴唇到肩膀，蔓延至全身。

眼泪一滴一滴地落在桌面上，积成深潭，停也停不下来。

【9】

季筱晴过度消耗的身体终究被学校发现了异样，学院建议她回国休养。

祸不单行，她家里出事，父亲生病，无法支撑她继续留学，需要她回国近距离照顾。

季筱晴离开得悄无声息，断掉了与所有人的联系，甚至连谢妍姗都不例外。

顾齐几经波折，拜托朋友打听到她的下落，过了大半年才得知，季筱晴被国内的名牌大学破格录取，继续念书。

顾齐略微松了口气，她的杰出才华终究没因命运多舛而被埋没。

彼岸的好友问："你想要她新的联系方式吗？不过她交了男朋友，感情很不错。"

顾齐沉默许久，回道："不用了。"

他在心中遥祝她平安喜乐。

季筱晴退学后，顾齐空窗了很长一段时间，新学期开学，他换了新的女朋友。

酒吧嘈杂，他和一群朋友玩着重复过无数次的游戏。

周遭面孔换了一批，有旧人毕业，也有新生加入。顾齐的生活就是这样，好像缺了谁都不会有区别。

“你的联系人名单，为什么给这个女生特别备注了A？这样她会出现在你通信名单的最前列哎。”

小女友玩着顾齐的手机，敏锐地发现了什么，轻声细语地问：“是很重要的人吗？”

顾齐低眸，看到季筱晴的头像，上扬的嘴角逐渐收紧。

小女友依偎在他怀里哆哆地撒娇：“我帮你改掉好不好？”

她话音未落，手被顾齐按住，英俊的男生垂着头，发丝在脸上落下阴影，神情晦暗不明。过了半晌，他侧过脸，虽在笑，眼底却覆上了层寒意：“不好。”

四周都是人，小女友挂不住面子，表情僵在脸上，很是尴尬。

“这不是晴姐嘛，”顾齐的好友探头过来，看清名字后，朝他递去个“大惊小怪”的眼神，“紧张成这样，怎么搞得像是你的白月光似的。”

另一人摆摆手：“改就改呗，反正你和谢妍姗都是过去式了，没必要再去讨好晴姐啦。”

又一人说：“对啊，你们不提，我都忘了她是谁。”

顾齐将手机从女生手中拿回：“不改。”

见大家都在帮腔，小女友也来了任性的底气，顾齐向来对她温柔，几乎有求必应。

她音调提高：“不改就分手！”

“那就分手。”

顾齐回答得云淡风轻。

所有人怔住，气氛随之凝固。

那瞬间，好友倏地记得有天深夜顾齐难得失态，喝得烂醉，狼狈地摔倒在墙边。

“为什么呢……”

他蹲在地上，抱着脑袋，手指深深地埋入发丝间。

他的声音越来越轻。

“她明明不是我喜欢的类型啊……”

那时候他以为顾齐对谢妍姗念念不忘。

但也许，一开始就并非所有人以为的那个方向。

甚至连当事人都未曾知晓。

顾齐独自离开酒吧，外面天在下雨。

他心头陡然漫起一股莫名的失落，异国他乡，无处是家。

他曾经对季筱晴说过：“以后有机会的话，带我去你家看看吧。”

可惜再也没机会了。

顾齐站在屋檐下，低头翻看手机相册，有个相册里照片很少，他点开，发现了季筱晴的笔记。

当初偶尔捡到，不知为何，他顺手拍了下来。

纸上画了波形和数字电路图，女孩子字迹娟秀，排版干净规整。

顾齐甚至可以想象她伏在课桌前，眉头微皱，一笔一画认认真真地写下这些。

所有关于季筱晴的画面潮流般涌入脑海，如同夏日毫无预兆的暴风雨。

他想起她看书时低垂的眼帘，睫毛在眼下投落一小片阴影。

他想起她在展会的演讲台上做项目介绍，意气风发，野心勃勃。

他想起她在街头随着音乐跳舞，灿烂的笑容令他心跳慢了一拍。

他想起她压力很大，独自蜷缩在角落发抖，却能在宣泄完情绪后迅速起身，告诉所有人“没关系，我搞得定”。

顾齐曾听朋友说过：“有时候在意一个人，也许是因为这个人身上有着长久以来，你所渴望拥有的东西。”

他轻轻笑了笑。

他说的话总半真半假，到后来，自己也分不清哪句是真、哪句是假。

夜里森寒，冷风吹来，凉意渗入他的背脊，攀爬至四肢百骸。

季筱晴并不知道，顾齐唱歌很难听，从不在人前献丑，但他为她破过例。

那年他握着她的手，唱得笨拙而卖力，试图抚慰怀中姑娘的疼痛。

他唱了什么呢?

“他不懂爱情把它当游戏。”

番外二
记忆碎片

梁萤篇

【1】

午间吃饭，谢妍姗、高学姐、梁萤还有一群工程学院的男生坐在一起。

高学姐同谢妍姗聊起最近很火的小说《陪你到世界之巅》，就剧情聊得津津有味。

见梁萤被晾在一旁，一位学长问她："你平时看不看国内的言情小说？"

梁萤惊恐地瞪圆双眼，露出了别人问她看不看爱情动作片的表情，连连摆手，尖声道："怎么可能！言情小说我从来不看！"

学长问："那你平时都看什么书？"

梁萤浮夸地撩了撩长发："我一般爱看得过'雨果奖'的《三体》这类。"

学长露出赞许的表情，扭头对高学姐说："高琳琳，你看看人家！"

高学姐背着他翻了个白眼，转头问梁萤："《三体》里，智子停留的位置在哪儿？"

梁萤：“呃……”

高学姐：“如何进入四维碎片？”

梁萤：“喀……”

高学姐：“‘水滴’无坚不摧的关键是？”

梁萤：“……”

谢妍姗用筷子往自己碗里夹了个鸡腿，面无表情地回答——

“拉格朗日点。”

“通过翘曲点。”

“强互作用力。”

高学姐对她比了个赞：“全对！”

梁萤又输给了谢妍姗，气得咬牙切齿。

【2】

南校留学生“玩咖小团体”例行在周五聚会。

“梁萤怎么没来？”

一名女生踏入客厅，她刚靠高档百货熟悉的柜姐帮忙抢下当季新出的包包，正等着同梁萤过招。

留着大背头的男生边发牌边回答：“梁大小姐说要在图书馆编程。”

众人发出整齐的一声：“咦——”

“梁萤为什么铁了心地要上工程学院的编程课？”

“她好像被上学期一起上课的学霸洗脑了，跟我说‘101’难度大，后续课程的项目含金量高，以后放在简历上好看。”

“季筱晴吗？”

“不是，谢妍姗。”

“那不是梁萤的死对头吗？”

大背头摊手，表示没有看懂。

“梁萤有一次突然发神经似的问我，过去一周你有做过什么正经事吗？”

大背头望向天花板，掰着手指回忆："旷课，泡吧，打游戏，开几小时车排几小时队吃一家米其林三星的餐厅。"

他说罢指了指身边的"莫西干头"："这家伙的话，白天睡觉，晚上去派对，每晚带不同的女生回家。"

"结果梁萤她说……"大背头停顿片刻后，道，"你不觉得，自己完全没长进吗？"

"哈哈哈哈哈哈哈！"一人群狂笑。

"秀包姐"翘起刚做过美甲的小拇指擦笑出来的眼泪："天哪，这是梁萤说的话？她是和哪个学霸陷入热恋了吧！"

大背头接着模仿梁萤，对屋子里的众人进行灵魂拷问——

"我们为什么要出来留学呢？"

秀包姐答："混个文凭呗。"

大背头接着问："将来毕业后能做什么呢？"

全场寂静。

大背头清了清嗓子，开始搬运从梁萤那儿听来的话。

"现在这个时代，对可以胜任跨工种职位的复合型人才的需求逐年上升。大型项目里，许多人都可以担任不同岗位的工作。

"会的技术越多，越有价值，选择的可能性也越多。

"有些文职也不仅仅是写文案做PPT，还需要会编程。"

所有人陷入沉默，面面相觑。

"梁萤还用想这些？以后在她爸公司随便找个职位做不行吗？"

"别看她那样，梁萤这家伙对自己的未来还挺有规划的，不然就她那学术能力，怎么能混出那么高的绩点。"

"她进步可大了，现在让别人代工的都是不太重要的作业，关键的部分自己开始学了。"

大背头总结陈词："总而言之，她这一切都是为了让自己的简历闪闪发光。"

有名男生刚从楼上下来，错过了他们方才的对话，他见时间差不多，问道："大伙要去我家进行第二场吗？"

玩咖们交换了下视线，不约而同地开始整理行装。

“不去了。”

“我突然也有点想回去写作业。”

陆禾篇

【1】

柯昱对着谢妍姗的照片发呆。

陆禾将脑袋凑过来，试图瞧得更仔细点。

柯昱立刻将东西收进怀里。

柯昱：“你想看她的照片是吧？”

陆禾点头如捣蒜。

柯昱面无表情地拍拍他的脑袋：“你再多想一会儿。”

【2】

柯昱去外地开了个会，回到宿舍后，发现沙发上有一只女式钱包，爱心底配上蝴蝶结，很是粉嫩。

他不禁拧眉，陆禾的爱好真是越来越可怕了。

正巧陆禾路过，注意到柯昱手上的钱包，漫不经心地解释：“昨晚一群朋友说要来家里打游戏，结果只来了个女生，估计是她拉下的。”

柯昱感觉好像哪里不对：“那女生怎么就一个人来？”

陆禾耸肩：“不知道，人都来了，我就陪她打咯，然后刚打完一局，她就说在客厅里会吵到你室友，想去我房间里打。”

柯昱瞥他一眼，眉毛微挑。

陆禾若无其事地补充：“我说我室友不在家，可她一定要去我房里打，还把门关了。我说我房间里没座位啊，她说‘没事，我就坐床上好了’。”

柯昱微怔，表情有些一言难尽："然后？"

"我们两个就坐床上打了一晚游戏，"陆禾眨眨眼，语气带了点感慨，"她精神可真好啊，打到快凌晨两点了还不想走，我觉得太晚了，想睡觉，就找隔壁的小宋送她回去了。"

柯昱沉默两秒："你不自己送她？"

"小宋有车啊，开车送她回去更舒服吧。"陆禾得意扬扬地用手肘戳了戳柯昱，"哥，我是不是考虑得很周到？"

柯昱斜睨他，轻嗤："就你这样，还敢对我的感情生活指手画脚？"

【3】

关于陆禾大学时代对季筱晴的单恋。

事实上，季筱晴根本就不知道自己居然还有个潜在的暗恋者，毕竟平日里男生同她搭话，不是为了提问，就是为了抄作业。

陆禾就是其中一款典型。

"晴姐，我看了你昨天项目汇报的PPT，罗列了一些问题，还有我个人的建议。"

下课后，她被陆禾堵住，看见男生从书包里拿出笔记本，上面密密麻麻地写满了字。

被提问对季筱晴来说宛如家常便饭，然而，陆禾总抓着犄角旮旯的细节来问，有些地方她都没注意，一时竟无法回答。

就好比你写了本小说，给男主起名季向空，然后有个读者抓着你问，他为什么要叫季向空？

为什么他的名字有二十一画不是二十画？

他为什么不叫马向空牛向空？

为什么是向空不是向天？

为什么？

Why（为什么）？！

这些没营养的问题层出不穷地往外冒，像被贴上了狗皮膏药，没完没了，季筱晴心头陡然产生一股被刻意的不爽。

她索性以目前的项目汇报为未完成版本为理由堵了他的提问。

然而，陆禾却毫无结束的意思，又抽出一份她PPT的打印文件，依旧布满批注。

他正色道："晴姐，我觉得你这里、这里、这里还有这里，都可以有所改进。"

"有所改进"四个字直击季筱晴的雷点，因为这约等于做得不够好。

她脸上蓦地雷云滚滚。

陆禾却未察觉，因为他全程低着头，完全没有看她的脸！

这个人甚至都不尊重她！

季筱晴抑制住蹿上来的怒火："你说话都不看着对方的吗？"

半晌，陆禾冲她抬眸，四目相对，他的脸忽然涨成番茄，目光飘忽，说话都开始结巴。

"晴姐，你、你、你和谢妍姗很熟吧，听说她、她、她最近项目成绩不错啊……"

霎时间，一股疲惫感漫上季筱晴的心头。

难怪高学姐生日聚会那天他和柯昱会主动提出送她回家。

现在又来强行和她尬聊。

我就知道，又是想打听妍姗的消息。

季筱晴沉下脸，默不作声地抬腿就走，之后再也没有理会过陆禾。

至于陆禾之后回宿舍连搞一星期苦咖啡煮苦瓜当晚饭，临睡前捶胸顿足，上蹿下跳，差点被柯昱揉成一团从窗口扔出去……都是在她视野之外的事。

后记

感谢看到这里的你!

这本书是我的第三部长篇小说。不同于前两本，这本书换了个新题材，如果一定要概括的话，大概是青春成长加上科技类吧。

写完最终章柯昱的那段话后，我忍不住泪流满面，感慨万千，回想一路走来，他们确实经历过很多很多，而这本书的创作时长，从2018年1月写下大纲，到2020年5月完结，长达两年四个月。

《向你而生》对我来说很不好写，无论是人工智能、编程还是街舞，哪个都不是方便直接用文字展示的领域。

2018年和2019年又是我工作最忙碌的时刻，时常加班到深夜，压力大到靠打FPS游戏发泄，整块的时间基本没有，只能靠闲暇时的零碎时间码字。

至少有三次，我遇到瓶颈，自我怀疑，意志消沉，打算放弃。

幸好有朋友鼓励着我，说写完就是胜利。

于是我调整架构，修改，接着写。

直到2019年年底，对于这个故事是不是可以完结，我心里基本没有数。

也许因为拖得太久，我总感觉完结是件不可思议的事。

结果真到完结的那天，我没有想象中的欣喜若狂，而是陷入了很长时间的空虚状态。

我舍不得故事里的所有角色，谢妍姗、柯昱、季筱晴、陆禾、梁萤、顾齐、董晟、顾暖、高学姐……我写了两年多，他们也陪伴了我两年多，就像看着身边的朋友，一个个从青涩到成熟，相互依偎着跨过心中的那道坎，蜕变成光芒万丈的人。

这是我写过剧情设定最复杂的一本书，很多剧情都无法用简单的几句话描述，后半程几乎每章都有情感爆发的桥段，停下笔感觉蜕了层皮，缓好久才能继续。

为了写柯昱的舞台，我看了很多综艺节目和电影，尽力用文字写出视觉效果。

写与编程有关的内容相对比较方便，我翻出了以前我的课件和课程资料，整个创作过程，就像重新读了一遍大学。姗姗做什么项目，我就要跟着大致想一遍该怎么做，还要考虑读者的理解程度，将内容写得通俗易懂，关键是要有趣。

如果有读者看完，感觉编程很有意思，对此产生兴趣，那就是我最大的收获啦！

最让我头疼的就是计算机视觉这块，我自己并不从事与AI相关的行业。我查了很多资料，了解计算机视觉各个方面的知识，神经卷积网络、数据标注、模型、特征工程以及各类测试的数据库等。

因为有朋友在做与这方面相关的工作，于是有很长一段时间，我参加饭局的时候总会忍不住问他们和这方面相关的问题，被他们笑着反问："你这是在面试我吗？""你为什么现在这么爱钻研学术？"

我总感觉什么都不懂直接问人很不好，所以大部分时间里，我都是自己查资料自学。

我是个很较真的人，有时候也知道，很多东西未必需要写得非常细，因为读者也许不在乎，但对我来说，如果没有这些细节，我就无法进入剧情，我会没有实感。

比如说写到谢妍姗和柯昱的科研项目，我一定要了解他们在做什么、具体是什么内容、他们会怎样对话，而不是简单的“他们在做某个项目”，随后的剧情与此无关。

科技本身是个比较枯燥的题材，要写得吸引人看，挑战很大。

我写前两本书的时候基本没考虑过读者会怎么样想，根据我的第一本书《电竞恋人》改编的影视剧《陪你到世界之巅》播出之后，我看到了大量的反馈信息，有夸赞的，也有吐槽的。

后来有一阵，我写什么剧情都很怕写得不对，同专业人士反复确认：“你们觉得这样可行吗？”朋友跟我说：“你没必要介意的，因为无论你怎么写，想吐槽的人总有机会吐槽。”

总而言之，我在能力范围内，尽力而为！

2019年最快乐的事情莫过于《陪你到世界之巅》的播映，不知道有多少读者是因为我的前两本书而认识我的。

播映期间我和朋友聊起行业剧，有些职业天生比较容易被理解，比如说刑侦、法律，工作内容可以直接表现，而有些不容易，比如说电竞，还有科技行业。

让毫无相关知识背景的陌生人了解一个行业，只有抽取其中容易被人理解的概念，将其进行艺术化的加工。

比如说我这部电竞题材的《陪你到世界之巅》，如何在不作任何介绍的情况下，让不了解游戏的观众看明白互拆基地、破釜沉舟、绝地反杀、团队执行力等是一件很难的事。剧组最后对原著进行改编，用“连续三根燃炎杖”的方式，将结局拍得特别精彩，但也收到部分“电竞粉”的吐槽，“电竞粉”觉得不专业。

不过在我看来，这种形式是没有什么大问题的，毕竟如果真的完整呈现一场非常职业的比赛，大部分不懂游戏的观众恐怕完全不知所云。

许多运动题材的漫画里就有类似的夸张描述，比如靠“瞳术”打篮球的《黑子的篮球》、被誉为“杀人网球”的《网球王子》。戏剧和真实，当中有一个度。

整部剧的主旨不是如何打游戏、打比赛，而是刻画了一群逐梦的人，一段段互相扶持的友情和爱情，讲述了他们一次次跌倒后再次崛起的故事。

回到《向你而生》，电子竞技难写，科技领域对我来说就更难展现了，同一个专业不同分支的人，可能都会听不懂对方的工作内容，而我们日常的工作内容，在外行人看来，也许相当地枯燥。

所以我在写书的时候，一直在寻找有趣的项目，以及可以让人轻松明白的原理，并且还要将情节安排得比较合理。现实中的实验室研究课题往往读起来专业得令人一头雾水，比如研究“增强型超分辨率生成对抗网络”，但小说里肯定不能这么写。

写故事，最终还是要落实到人物，人物的成长、人物的感情、人物之间的互动，以及最重要的那点，还是有趣。

所以我加入了“狗粮博主”“互相掉马甲”这样的设定，希望在轻松活泼的基调下，进行简单的知识普及。

朋友看完后对我说：“我觉得，失落或者想放弃坚持的人，看到这个故事，会想再振作的。”

希望这本书，也打动了你。

例行的感谢时间。

感谢我的责编小白和饭团；

感谢全程给我反馈的剪风声、顾浮生、木清苑和离歌不起；

感谢不断为我打气的苏画弦；

感谢为我提供技术指导的各位大佬；

感谢后援阿钟，感谢这两年来一直支持我的琳家人们。

大家阅读过程中有任何感想，欢迎找我交流哦！

最后，将书里我自己最喜欢的一段话分享给大家：

“人很脆弱，有生老病死，有天灾人祸，稍不留意被利器划过皮肤，就会流出血来。

“可是，人又无比坚韧，泪水会变干，伤口会结疤，磨破的皮会结成坚硬的茧，断过的骨头会长得更强壮。日积月累，每个人身上都印有深深浅浅的伤痕，但他们仍会继续生活下去。”

2020年的开端正好遇上疫情，这段话格外应景，相信一切都会好起来的！

新文依旧是科技元素的题材，会比较搞笑温暖，有机会的话，我们下本书见。